Tobias Schlegl

SCHOCKRAUM

Tobias Schlegl

SCHOCKRAUM

PIPER

Mehr über unsere Autoren und Bücher:
www.piper.de/literatur

Die in diesem Buch geschilderten Einsätze beruhen auf den realen Erfahrungen des Autors. Figuren und Vorgänge in diesem Werk sind jedoch fiktiv. Ähnlichkeiten mit lebenden und verstorbenen Personen sind rein zufällig. Angaben zu Rettungseinsätzen, Medikamenten und Vorgehensweisen entsprechen möglicherweise nicht mehr dem aktuellen Stand.

FSC
www.fsc.org
MIX
Papier aus verantwortungsvollen Quellen
FSC® C014496

ISBN 978-3-492-07019-5
6. Auflage 2020

Satz: Satz für Satz, Wangen im Allgäu
Gesetzt aus der Sabon Next
Druck und Bindung: GGP Media GmbH, Pößneck
Printed in the EU

Für alle, die sich im sozialen Bereich engagieren.
Für alle, die sich im ökologischen Bereich engagieren.
Für alle Kolleginnen und Kollegen.

Prolog

Einhundertsieben Jahre. Neuer Rekord. So alt war noch keine meiner Patientinnen.

»Als junge Frau war ich Schauspielerin. Stellen Sie sich vor, ich habe noch in einem Stummfilm mitgespielt!«

»Tatsächlich?«, staune ich, nehme den leeren Infusionsbeutel vom Haken und hänge einen neuen an.

»War alles noch in Schwarz-Weiß damals. Ich hatte langes schwarzes Haar. Das sah gut aus auf der Leinwand! Dazu meine großen dunklen Augen ...« Der Wagen bremst, ich halte mich an der Rückenlehne der Trage fest. Sie ist hochgestellt, damit Frau Jakobi es bequemer hat. Ihre Haare sind inzwischen schlohweiß, die Augen eingerahmt von etlichen Lachfältchen.

Die Frau blitzt mich schelmisch an und drückt meinen Unterarm: »Sie sind aber auch noch ganz schön knackig!«

Ich lache. »Sind Sie auf der Suche?« Ich muss laut sprechen, um den Motor zu übertönen.

»Ach, wo denken Sie hin, ich nicht mehr! Aber meine Tochter.«

»Ja?« Die Blutdruckmanschette pumpt sich auf. Auf dem Monitor beobachte ich die Messwerte.

»Ich stell sie Ihnen gleich mal vor. Sie wartet an der Klinik auf mich.«

Ihr Blutdruck ist in Ordnung.

Sie beobachtet mich.

»Und, mögen Sie Ihre Arbeit?«

»Ja, schon. Ich bin noch mitten in der Ausbildung. Aber es gefällt mir. Ich kann Menschen helfen, das ist toll. Und am Ende des Tages weiß ich, was ich getan hab. Ehrlich gesagt auch körperlich. Ist schon viel Geschleppe. Und die Schichten sind lang.«

»Na, das ist doch kein Problem für Sie! Sie sind doch noch jung!«, schäkert sie.

Frau Jakobi bekommt allmählich wieder eine rosige Gesichtsfarbe. Sie hatte den Notruf gewählt, weil ihr schwindelig geworden war. Vielleicht die Hitze draußen oder einfach nur Flüssigkeitsmangel. Weil wir aber nicht ausschließen konnten, dass sie einen Schlaganfall hatte, haben wir sie mitgenommen, zur Kontrolle.

Ein Rumpeln. Der Rettungswagen schwankt. Der lästige Bordstein an der Krankenhausauffahrt. Meine Kollegin Laura hat nicht rechtzeitig abgebremst.

»Verzeihen Sie die kleine Achterbahnfahrt«, sage ich.

»Alles gut, Schätzchen. Mich haut so schnell nichts um.« Sie grinst mich an.

»Das merke ich!« Ich grinse zurück. Der Wagen hält an, der Motor geht aus.

»Wir müssen uns jetzt leider schon verabschieden«, sage ich, öffne die Hintertüren und springe nach draußen. Schwüle schlägt mir entgegen.

»Na, warten Sie mal! Sie wollten doch noch meine Tochter kennenlernen!«

Ach ja. Bin gespannt. Wie die Mutter, so die Tochter, sagt man doch. Sicherlich eine schöne, witzige Frau.

Laura hilft mir, die Trage aus dem Wagen zu ziehen.

»Ich hab gleich ein Blind Date«, sage ich, und sie rollt mit den Augen.

Die alte Dame reckt den Kopf. »Da ist sie ja!« Sie hebt ihren Arm samt Infusionsschlauch und winkt. »Hallöchen, Liebes! Hier bin ich!«

Ich drehe mich um und kann es nicht fassen. Auf uns schlurft eine alte Oma zu, über einen Rollator gebeugt, das silbergraue Haar zu einem festen Dutt gebunden. Fast so alt wie Frau Jakobi, nein, eigentlich sieht sie sogar älter aus. Was hatte ich denn anderes erwartet? Wenn die Mutter einhundertsieben ist, dann muss die Tochter so um die achtzig sein!

»Darf ich vorstellen?«, fragt unsere Patientin und kann sich das Lachen kaum verkneifen. »Elisabeth, meine Tochter. Und das ist Kim, mein Retter!«

Später sitze ich mit Marie auf unserem Balkon. Eine der seltenen lauen Sommernächte in Hamburg. Es ist schon spät, aber wir wollen beide nicht, dass der Abend endet. Vor uns zeichnen sich schwarz die Giebel und Schornsteine der Nachbarhäuser ab, über uns der Nachthimmel, der niemals ganz dunkel ist in dieser Stadt.

»Und dann kam raus: Mein Blind Date Elisabeth war siebenundachtzig!« Wir kichern. Marie boxt mir liebevoll in die Seite.

»Damit das klar ist. Du sollst nicht mit anderen Frauen flirten. Du hast mich!«

Ich halte mir theatralisch die Rippen und blicke sie an. Sie ist perfekt. Hübsch. Schlau. Lustig. Physiotherapeutin. Sie kümmert sich um andere, wie ich, hilft Menschen und liebt die Foo Fighters, wie ich. Und sie lacht viel. Laut lachen mit Marie, mehr brauche ich nicht.

»Ich meine das ernst! Wenn du dir noch einmal von einer Siebenundachtzigjährigen den Kopf verdrehen lässt, mach ich dich fertig!« Sie holt aus und boxt mich noch einmal. O fuck, das hat gesessen. Der Schmerz lässt meinen Oberkörper reflexartig nach vorn schnellen. Ich nehme ihre Faust und küsse sie.

WARUM?

Ich am Steuer. Versuche, mich auf die Straße zu konzentrieren. Mein Herz pocht. Laut. Lauter als das Martinshorn. Jeder Schlag durchfährt meine Brust, meine Arme bis in die Fingerspitzen, die schweißig am Lenkrad kleben. Ich zwinge mich, ruhig zu atmen. Schwierig. Unmöglich.

Ich bin im Tunnel. Mein Sichtfeld ist verengt auf den Ausschnitt genau vor mir. Rechts und links ist es dunkel. Ich biege in eine dreispurige Straße ein, der Wagen legt sich in die Kurve. Keiner im Weg hier.

Ich bemühe mich, an nichts zu denken, zu fokussieren. Es ist hoffnungslos. Ich höre den Beat meines Herzens und ein einziges Wort, eine Frage, im Rhythmus des Beats. Ein kleiner H.P. Baxxter brüllt sie wieder und wieder in sein Mikro. Der Boxenturm steht mitten in meinem Kopf. Ich mag die Band Scooter nicht. Sie verkörpert alles, was den Menschen so hässlich macht. Stumpfe Plastikscheiße. Schnapskoma und Grölen. Und montags wieder schön einreihen in die lebenslange Arbeitsschlange bis zum Tod. Aber solange am Wochenende mal ordentlich die Sau rausgelassen wird, lässt sich das Dasein ertragen. Irgendwie. Muss ja.

Es gelingt mir ganz und gar nicht, an nichts zu denken.

Der Song läuft in Dauerschleife. Der kleine H.P. Baxxter fängt wieder an zu schreien: *WARUM?* Immer dieses eine Wort, diese eine Frage. *WARUM? WARUM? WARUM???*

Ja, warum eigentlich? Das frage ich mich in solchen Momenten oft. Warum zur Hölle tu ich mir das an? Warum dränge ich gerade mit siebzig Sachen die Autos in der Innenstadt zur Seite, nur Zentimeter zwischen Crash und der Weiterfahrt? Warum rieche ich schon wieder meinen eigenen sauren Schweiß? Das ist doch nicht normal, was ich hier mache.

Ich sehe Menschen, die sich die Ohren zuhalten, die hoffen, dass ich schnell wieder aus ihrem Leben verschwinde. Ich nerve, ich irritiere. Ich reiße sie für einen kurzen Moment aus ihrem Alltag. Jederzeit kann alles vorbei sein. Ich erinnere sie daran, dass sie sterben werden. Sie alle. Und dann ist all das, was sie sich mühsam erarbeitet haben, auf einen Schlag bedeutungslos. Ich sehe nur Tote. Ich bin der kleine Junge aus *The Sixth Sense*. Aber über mich wird man nie einen Film drehen. Und wenn, dann würde niemals Bruce Willis mitspielen. Vielleicht Ralf Bauer, aber nicht fucking Bruce Willis.

Blick nach rechts zum Beifahrersitz. Da sitzt Dennis. Kann ich mich auf ihn verlassen? Schläfrig sitzt er da. Wieso ist Dennis so tiefenentspannt und ich nicht? Ihm ist einfach alles egal. Sogar er selbst, so wie er aussieht. Wird immer fetter und zynischer. Immer diese fiesen Sprüche. Das macht mich wütend. Aber es darf heute nicht eskalieren. Bitte nicht. Ich fühle mich nicht gut. Möchte nur ins Bett. Oder zu Hause den Kühlschrank öffnen und überlegen, was ich mir koche. In aller Ruhe.

WARUM? Warum sitze ich hier? Welche Wendung hat mein Leben genommen, dass ich mir das antun muss?

VU. Verkehrsunfall. So viel weiß ich. Steht auf der Einsatzdepesche. Über Funk hieß es: eine schwer verletzte Person. Die Laienreanimation sei bereits auf der Straße eingeleitet worden. Das war der Moment, der den Sound meines Herzschlags auf »MAX« gedreht hat. In diesem Moment dachte ich fest daran, an nichts zu denken. Eine Sekunde später bekam der kleine H.P. Baxxter seinen Einsatz.

Ich lenke den Rettungswagen durch die wartenden Autos.

»Siehst du was?«, fragt Dennis.

Ich recke den Hals. »Jepp. Wir haben es gleich geschafft. Da stehen Leute. Und da liegt einer. Und einer drückt.« Drei Autofahrer sind ausgestiegen, haben sich näher gewagt und gaffen. Mein Blick fällt auf den verformten Wagen, der zusammen mit dem Baum eine seltsame Einheit bildet. Eine hässliche Skulptur, Thema: »Verschmelzung von Natur und Technik«.

Ich halte den RTW an, schaue rüber zu dem Verletzten.

»Scheiße, der ist ja noch richtig jung«, murmele ich.

»Was stimmt nicht mit dir? Aussteigen!«, faucht Dennis. Ich zucke, schnappe unseren Rucksack, hole tief Luft. Jetzt müssen wir öffentlich arbeiten. Vor aller Augen. Alle, die hier rumstehen, sind unsere Zuschauer, beobachten jeden Handgriff. Aber das hier ist keine Show. Das ist der intimste Moment im Leben eines Menschen, der Moment, in dem der Schritt zwischen Leben und Tod gemacht wird. Der Übergang. Der Zustand zwischen Tag und Nacht. Das letzte Glühen, bevor die Sonne endgültig im Meer abtaucht und den Himmel ein letztes verzweifeltes Mal blutrot färbt. Dieser Moment gehört einem Menschen ganz allein. Zuschauer, Gaffer, die nichts, aber auch gar nichts mit ihm verbindet, sind vollkommen fehl am Platz. Das ist würdelos.

Ich bin mir sicher, dass der Mann da vor mir auf dem Boden den Schritt zwischen Leben und Tod noch nicht machen will. Es ist zu früh für ihn. Ich schätze ihn auf Ende zwanzig, jünger als ich. Viel Bart, etwas dicklich, Metallica-Shirt. Dieser Mann will sich auch nächstes Jahr noch in Wacken im Moshpit blaue Flecken holen. Und dafür sind wir da. Dennis und ich. Wir müssen diesen Menschen jetzt zurückholen, den Übergang verhindern.

Der Ersthelfer drückt den Brustkorb in der richtigen Frequenz und Tiefe. Erleichtert lächelt er uns an.

»Sie machen das gar nicht so schlecht«, sagt Dennis. »Noch einen Augenblick, wir übernehmen gleich.«

Was hat der Metalhead nur für ein Glück. Ohne den beherzten Helfer wäre ihm ein Hirnschaden garantiert. Würde er zu einem Deckengucker im Pflegeheim. Wäre das eine würdevolle Alternative zum Tod?

Warum hören diese nervigen Gedanken nicht auf?

Ich muss jetzt funktionieren! Drücken und pusten. Dafür bin ich da. Retten und reanimieren. Warum verliere ich mich in Gedanken? Warum zögere ich? Das ist doch nicht meine erste Rea. Ich sehe, wie Dennis sich zu dem Verletzten kniet, dessen T-Shirt aufschneidet, die Patches des C3 klebt. Das EKG zeigt: PEA, pulslose elektrische Aktivität. Der Herzmuskel arbeitet nicht mehr. Kreislaufstillstand. Der Metalhead hat den Übergang eigentlich schon hinter sich.

Ich kämpfe mit meinen Gummihandschuhen, sie wollen nicht über die Schweißhände rüber, verdammt, wie ein Praktikant. Dennis löst den Ersthelfer beim Drücken ab und raunzt: »Kim, die Beatmung!« Ich kann keinen klaren Gedanken fassen. Ich weiß nicht, ob wir den Sauerstoff überhaupt aus dem Wagen mitgenommen haben. Ich sehe die Flasche nirgends. Fuck. Fuckfuckfuck! Ich renne hektisch zurück zum RTW. Aber da ist keine Sauerstoffflasche. Ich könnte schreien vor Wut. Warum funktioniert hier nichts? Haben wir sie etwa an der Wache vergessen? Was für ein Anfängerfehler. Die Kollegen dürfen das nie erfahren. Ich renne zu Dennis zurück, der drückt dem Metalhead konzentriert und rhythmisch auf den Brustkorb. Und da sehe ich sie: die Sauerstoffflasche, rechts neben dem Kopf des Patienten. Stand sie die ganze Zeit dort? Was hat Dennis gedacht, als ich noch mal zum Wagen gerannt bin? Hat er das überhaupt mitbekommen? Ich krame im Rucksack und suche die Beatmungsmaske. Ich nehme das größte Modell, stülpe sie dem Mann über Nase und Mund. Aber das Beatmen funktioniert nicht richtig. Wegen des Barts zischt die Luft an der Seite heraus. Sekunden vergehen. Ich bin wie gelähmt.

»Kleinere Maske, C-Griff. Warum nicht gleich den Larynxtubus?«, ruft Dennis. Natürlich. Ich wühle wieder, finde den Tubus. Ich öffne den Mund und schiebe den Tubus tief in den Rachen.

Warum habe ich nicht selbst reagiert? Warum musste ich mir das jetzt von Dennis sagen lassen? Er ist doch nur Rettungsassistent. Ich bin Notfallsanitäter. Meine Ausbildung war länger, mein Wissen ist auf dem neuesten Stand. Es ist einfach nur peinlich.

Ein neuer Zyklus. Rhythmusanalyse. Kein Schock per Defibrillator.

»Kim, drückst du jetzt?« Dennis greift nach dem Rucksack. »Ich lege den Zugang, dann spritzen wir Adrenalin.«

Das ist gut. Da muss ich nicht mitdenken. Nur drücken.

Das hat etwas Meditatives. Ich vergesse, dass ich hier auf einem Lebewesen herumdrücke. Ich vergesse die Blicke der Schaulustigen. Ich vergesse mich. Ich werde eins mit der Bewegung. Der Shouter in meinem Kopf macht Mittagspause. Ich drücke und drücke. Dennis hat die Beatmung übernommen. Und ich drücke.

Die Notärztin ist da. Ihr Kollege hockt sich neben mich.

»Komm, ich lös dich mal aus«, sagt er.

Ich will nicht. Ich sollte aber, sonst werde ich zu langsam. Scheiß drauf. Ich mache das gut. Ich bin noch nicht müde. Doch der Kollege drängt mich sanft, aber unmissverständlich zur Seite.

Vier Minuten später darf ich wieder ran. Im fahrenden Rettungswagen stehe ich neben der Trage und drücke. Ich drücke auch noch, als wir am Krankenhaus ankommen. Sobald der Wagen anhält, steige ich auf die Trage, knie mich über den Metalhead. Meine Unterschenkel sind rechts und links an seine Hüfte gepresst, sie passen gerade noch so daneben. Dennis zieht die Trage aus dem RTW, obendrauf der intubierte Patient und ich. So schiebt er uns in die Notaufnahme. Schwestern, Pfleger und Ärzte warten schon, umringen und folgen uns. Wir werden quer durch den Empfangsbereich gerollt, und ich muss aufpassen, dass ich mir nicht den Kopf an der Decke stoße.

»Patient Jonas Liebold, männlich, achtundzwanzig Jahre, Verkehrsunfall, Herz-Kreislauf-Stillstand, Laienreanimation vor Ort ...« Ich höre kaum, was die Notärztin runterrattert. Ich drücke. Wie befreiend. Ich bin hier, ich bin jetzt. Für diesen Moment, genau für diesen Moment bin ich Notfallsanitäter geworden. Ich kann etwas verändern, ich mache den Unterschied.

»Kim, aufhören. Es ist gut. AUFHÖREN!«, befiehlt der Klinikarzt im Gang kurz vor dem Schockraum. »Wir schließen jetzt den LUCAS an. Der Patient kommt sofort in den OP.«

Ich lasse ab. Für mich übernimmt die Maschine. Fühle ich mich heldenhaft? Nein. Fühle ich mich gebraucht? Ja.

Stille.

Gegen dreiundzwanzig Uhr komme ich nach Hause. Marie schläft bereits. Ich setze mich an den Küchentisch und sacke völlig ausgebrannt zusammen. Schon wieder Überstunden. Und nach meiner Schicht wollte ich noch unbedingt bei der Klinik vorbeifahren. Wollte wissen, was aus meinem Metalhead geworden ist.

»Der Typ hatte tatsächlich einen dauerhaften ROSC, ist also erst mal wieder da. Ist nicht klar, ob er es schafft. Ursache war wohl ein Infarkt. Er war im Katheterlabor und an der ECMO-Anlage, jetzt liegt er auf der Intensiv«, hat mir Schwester Kerstin gesagt.

Kerstin. Sie ist bei vielen für ihre schlechte Laune gefürchtet, aber ich mag sie. Wenigstens eine ehrliche Haut. Mich wundert ihre miese Stimmung überhaupt nicht. Als ich bei ihr vorbeischaue, liegen die Leute in Zweierreihen auf dem Flur, die Zimmer sind heillos überfüllt. Ich bin froh, dass ich nach jeder Patientenübergabe wieder in meinen leeren RTW flüchten kann. Weg von den Menschen, die die Notaufnahme mit einem medizinischen Discounter verwechseln. Mal schnell zwischendurch zum Facharzt. Ganz ohne Termin. Pech für sie, dass Schwester Kerstin dazwischengeschaltet ist.

»Hallo? Hallo!«, ruft einer vom Gang. Kerstin lehnt sich aus dem Schwesternzimmer.

»Ich warte hier schon seit acht Stunden!«, klagt der Mann. »Mein Rücken bringt mich um!«

»Ich sagte Ihnen doch, wir kümmern uns drum. Alles zu seiner Zeit!«, schnauzt Kerstin, dreht sich zu mir zurück und verschränkt die Arme.

Der Metalhead war das genaue Gegenteil. Bei ihm zählte jede Sekunde. Er bekam sofort die volle Aufmerksamkeit. Pfleger, Schwestern und Ärzte kümmern sich jetzt rund um die Uhr um ihn. Für genau solche Fälle gibt es den Rettungsdienst, die Notaufnahme und den Bereitschaftsdienst des Operationsteams, der den OP-Saal zu jeder Tageszeit hochfahren kann.

Ich gehe den gesamten Fall noch einmal durch. Der junge Mann hatte einen Herzinfarkt und ist deshalb gegen den Baum gefahren. Wir haben die Wiederbelebung bis zum Krankenhaus durchgeführt, aber letzten Endes hat das Herzkatheterlabor dafür gesorgt, dass sein Herz wieder mit Sauerstoff versorgt werden konnte. Eine verstopfte Herzkranzarterie als Ursache. Mit Ende zwanzig.

Der Fall lässt mich nicht los. Der Patient tut mir leid. Gerettet ist er noch lange nicht. Viele sterben wenige Tage nach einer erfolgreichen Reanimation. Wacken liegt in weiter Ferne.

Und dann diese Anfahrt heute, die Probleme mit der Sauerstoffflasche, die Schwierigkeiten beim Beatmen. Ich bin unzufrieden. Wieso war ich so unaufmerksam? Warum diese handwerklichen Fehler? Dennis hat zwar in der Nachbesprechung nichts dazu gesagt, aber er muss es mitbekommen haben. Da konnte die Notärztin das gesamte Team am Ende noch so sehr für die Reanimation loben, das zählt nicht. Schließlich war sie in der Chaosphase nicht dabei. Aber ist es wichtig, dass ich in Gedanken war? Der Metalhead wurde doch ins Leben zurückkatapultiert, und nur das zählt. Außerdem haben wir tatsächlich keinen groben Fehler gemacht. Es waren nur Kleinigkeiten.

»Was stimmt nicht mit dir?« Dennis hat die Frage des Tages gestellt. Er selbst hat funktioniert wie ein Uhrwerk. Aus dem Zen- in den Vollspeed-Modus. Aber, ehrlich gesagt, der hat auch nie was anderes gemacht in seinem Leben. Nur Rettungsdienst.

Einer der wenigen, die das durchgehalten haben. Fünfundzwanzig Jahre diese Arbeitsbedingungen, die Bezahlung, die Nachtschichten. Das hat Folgen. Gesundheitlich und bei manchen auch charakterlich. Einige der Alten werden komisch. Man sollte Dennis eine Sitcom oder Realityshow geben. Der beschwert sich lautstark, wenn die Geräte im Auto nicht den neuesten medizinischen Standards entsprechen. Seinen eigenen Körper behandelt er allerdings wie Abfall. Schokoriegel. Käsebrötchen. Currywurst. Was ein Körper am Tag halt so braucht. Für Dennis ist klar, Grünzeug und Vitamine sind etwas für verweichlichte Indie-Rock-Fans.

Ich verstehe das nicht. »Wer rettet, fettet« ist auch bei Dennis ein beliebter Spruch, und zwar während er gerade Industrieprodukte in sich reinstopft. Du bist der Nächste, den ich mit meinem RTW einsammele, denke ich mir. Er sorgt dafür, dass mein Arbeitsplatz auch in Zukunft sicher ist. Schön. Warum bin ich nicht dankbar dafür?

Da ist noch etwas anderes. Der Job hat Dennis abgestumpft. Er scheint nichts mehr zu fühlen. Hat immer einen ironischen, zynischen Spruch auf den Lippen. Meistens lache ich mit, aber innerlich fühle ich mich schmutzig. Oder ich werde wütend und muss mir auf die Zunge beißen. Denn es braucht vor allem eines im Rettungsdienst: Empathie. Im Umgang mit Patienten und Kollegen. Sonst kann eine fragile Notfallsituation jederzeit eskalieren. Heute war Dennis Vollprofi. Und ich nicht.

Ich lasse den Kopf hängen, mein Rücken ein Buckel. Bin so müde. Nichts geht mehr. Ich kenne das, das ist jobbedingt. Es wird aber seit einigen Monaten immer schlimmer. Ich stopfe mir den letzten Bissen meines Nutella-Toasts in den Mund.

Im Schlafzimmer versuche ich, so leise und vorsichtig wie möglich neben Marie unter die Bettdecke zu schlüpfen. Sie stöhnt kurz auf und dreht sich weg. Ich umarme sie, spüre meinen Atem gegen ihren Nacken. Es dauert, bis der Schlaf kommt. Aber er kommt, und ich falle in die Dunkelheit.

AUFWACHEN

Ich stapfe durch den Garten. Hinter mir höre ich Dennis schnaufen. Plötzlich legt er seinen Arm um meine Schultern, stützt sich auf mich. Ich wanke unter seinem Gewicht, ziehe ihn mit über die Terrasse des heruntergekommenen Hauses, drücke ihn durch die Hintertür. Er steckt fest, ich stemme mich gegen diesen Riesen, muss drücken, quetschen, dann löst er sich, und wir stolpern nach drinnen.

Es stinkt fürchterlich. Eine Fifty-fifty-Mische aus Kotze und Kot. Mein Magen zieht sich zusammen. Speichel sammelt sich. Ist das ekelhaft. Gleich flute ich das gesamte Wohnzimmer mit meiner Kotze.

Eine Frau sitzt mit einer halb leeren Wodkaflasche auf dem Sofa und singt. Ich kenne das Lied, aber ich erkenne es nicht. Sie verschluckt einzelne Silben. Sie wirkt ungepflegt. Hat eine Frisur wie der Clown Pennywise aus ES. *Sie ist völlig betrunken.*

Lose bunte Pillen auf dem Beistelltisch. Ich bin mir nicht sicher, aber liegt da nicht auch eine Spritze? Die Frau hat verwaschene Tattoos auf ihren Oberarmen. Ist das die Patientin?

Der Nachbar ruft: »Nach oben, nach oben!«

»Was soll denn da noch sein?«, frage ich.

»Nach oben«, wiederholt er nur.

Der Boden ist dreckig, vollgeschmiert mit Kot. Mich um-

schwirren Schwärme winziger Fliegen. Ich wedele vergeblich mit den Armen, sie setzen sich auf meinen feuchten Nacken und krabbeln in der Spur der Schweißtropfen meinen Rücken hinab.

Ich muss gehen, ich kann hier niemandem helfen. Aber ich komme nicht vom Fleck. Stehe mitten in der Scheiße. Klebe fest.

Die Frau singt laut. Ich halte mir die Ohren zu, aber es hilft nichts. Die Töne werden höher, schriller. Ich drücke fester auf die Ohren. Keine Wirkung. Die Ohren schmerzen. Die Frequenz ist kaum noch auszuhalten.

Ich schreie. Ich schreie dagegen an. Frequenz gegen Frequenz. Es quillt warm zwischen meinen Fingern hindurch, am Handgelenk und Hals entlang. Blut. Mein Blut.

»Es ist wieder da. Jetzt bin ich sogar deswegen aufgewacht«, flüstere ich. Marie hat sich eh schon unruhig hin und her bewegt. Draußen ist es hell.

»Der Tinnitus? War der denn je weg?«, fragt Marie schläfrig, ohne die Augen zu öffnen. Stimmt eigentlich. Hat das Piepen jemals gestoppt? Keine Ahnung. Gestern, beim Einsatz, habe ich den Ton nicht gehört. Oder habe ich ihn einfach überhört? Wirklich ruhig war es da ja nicht. Ist es nie bei Einsätzen.

Ich kann mich nicht daran erinnern, wann das angefangen hat. Mal ist der Ton lauter, mal leiser. Nachts, kurz vor dem Einschlafen, nervt er besonders. Es sei denn, ich bin komplett müde. Und dieser Zustand kommt immer öfter vor. So einen Tinnitus hatte ich ja schon immer mal, nach Partynächten und Festivalbesuchen. Nicht drum kümmern, geht wieder weg. Dieses Mal aber nicht. Das Piepen bleibt. So laut, dass ich jetzt sogar davon aufwache.

Marie blickt mich an. »Jetzt geh doch mal zum Arzt. Kannst du doch heute machen.«

»An meinem freien Tag? Da setz ich mich doch nicht ins Wartezimmer. Ich krieg so spontan eh keinen Termin. Und ich geh auf keinen Fall in die Notaufnahme.« Ich denke an Schwester Kerstin, wie sehr sie sich über meinen »Notfall« freuen würde und mich bis zum Abend auf dem Gang schmoren lassen würde. Wäre zwar ein guter Gag, allerdings wäre ich der Leidtragende. Darauf habe ich jetzt keinen Bock. Aber ich will auch nicht, dass dieser Ton mich mein Leben lang schikaniert. Wie bei diesem Schauspieler. Ich hab mal ein Interview gelesen. Darin hat er über seinen Tinnitus erzählt und dass er in Hotels immer das Zimmer zur Straße nehmen müsse. Nur mit geöffnetem Fenster zur Straße sei es ihm überhaupt möglich, mit dem Tinnitus einzuschlafen. Arme Sau, habe ich mir damals gedacht und mich gefreut, dass ich so was nicht hab. Fuck.

»Okay. Ich such mir wenigstens mal einen HNO-Arzt raus«, sage ich und beende den Flugmodus meines Smartphones. Eine Sprachnachricht. Von Benny.

»Hey Kim, Teampartner, äh … lass mal treffen. Gibt Neuigkeiten. Also, isch küss dein Auge.«

Isch küss dein Auge. Bennys Satz klingt nach, leicht verstellte Stimme, Prollstraßenslang. Das mag ich an Benny: Er hält sich kurz. Reduziert Sprachnachrichten aufs Wesentliche. Im Gegensatz zu vielen anderen.

Überhaupt Benny. Den habe ich viel zu lange nicht gesehen.

Wir haben uns gleich am ersten Tag in der Berufsschule kennengelernt. Vor gut vier Jahren. Und wenn ich jemanden interessant finde, dann ist meine erste Frage immer diese eine – ich wollte wissen, was für einen Musikgeschmack Benny hat. Was für Bands er hört.

»Guns n' Roses und Ozzy Osbourne. Zu den Konzerten geh ich jetzt auch bald«, hat Benny geantwortet. Wie absurd! Zwei alternde Acts, die ihren Zenit längst überschritten haben, aber trotzdem einen Anfangzwanzigjährigen dazu bringen, für siebzig Euro ein Konzertticket zu kaufen. Ich habe beide Bands früher auch gehört. Wobei, früher? Wann war das eigentlich genau? Ich bin zehn Jahre älter als Benny, aber mit Anfang zwanzig war ich schon längst mit Guns n' Roses und Ozzy durch.

Im Lauf der Ausbildung habe ich ihn dazu gebracht, deutschen Rap zu hören. Politischen Rap. Antilopen Gang. Sookee. Neonschwarz. Benny hat sich darauf eingelassen. Er ist sogar noch weiter gegangen. Hat sich selbst was rausgesucht, prolligen deutschen Hip-Hop, ohne tiefe Botschaften. Gzuz. Apache 207. Nur zum Scherz sogar Money Boy. Und irgendwann konnte ich nicht mehr sagen, ob er das jetzt wirklich noch ironisch meint oder ob er einfach Fan geworden ist. Das Hip-Hop-Projekt mit Benny war außer Kontrolle geraten. Dieses Rapperimitieren, ist das nicht schon seit gefühlt Jahrzehnten überholt? Seit jeher eher peinlich? Nicht für Benny. »Was geht, Bro!?« war noch harmlos. »Bitte, gib mir die Shisha. Shishasheesh!« war schon schwieriger zu handhaben. Ich hab immer gehofft, dass keiner mithört. Aber morgens waren immer schon genügend andere Auszubildende im Raum.

Einmal kam ich in die Klasse, da hat Benny sich vor mir aufgebaut, eine pseudolässige Rap-Körperhaltung eingenommen und mit ernster Miene und seinem Straßenslang gesagt: »Abrakadabra, dreimal schwarzer Kater!«

Ich hab mich nicht mehr eingekriegt vor Lachen. Ich hab sogar noch gelacht, als Benny den Gag nach der vierten Stunde zum bestimmt zwanzigsten Mal wiederholt hat. Es kommt mir so vor, als hätte ich damals eine ganze Woche lang durchgelacht.

Die Flüssigkeit verschwindet in meiner Vene. Tropfen für Tropfen. Cortison. Hoch dosiert. Die einzige Chance, einen Tinnitus medikamentös zu bekämpfen.

Ich darf mich nicht auf das Piepen konzentrieren, sonst wird es lauter. Ich kann mir gut vorstellen, wie manche Menschen wegen dieses Dauerlärms durchdrehen und versuchen, diesen Ton irgendwie zum Schweigen zu bringen. Fenster auf, Autolärm rein. Wie sie sich als letzten Ausweg einen spitzen Bleistift ins Trommelfell rammen.

Die Hals-Nasen-Ohren-Praxis hatte einen Termin frei, ein anderer Patient hatte abgesagt. »Sie können sofort vorbeikommen.« Jetzt habe ich es Schwarz auf Weiß. Beziehungsweise Blau auf Hellrosa. Das Ergebnis des Hörtests. Eine Kurve, ausgedruckt, auf meinen Knien.

»Sehen Sie«, hat der Arzt erläutert, »bei der zweithöchsten Frequenz fällt die Zacke steil nach unten. Bei beiden Ohren. Hier sorgt Ihr Tinnitus dafür, dass Sie den eingespielten Ton verzögert wahrnehmen. Die Frequenz ist besetzt. Durch den Tinnitus. Stellen Sie sich das vor wie mit Ihren lieben Mitmenschen im letzten Urlaub. Der Tinnitus hat sich die Liege am Pool bereits morgens mit einem Handtuch reserviert. Befestigt mit einer Klammer. Kennen Sie die, diese überdimensionierten Wäscheklammern? Damit bloß keiner wagt, das Handtuch beiseitezuschieben.«

Mein Tinnitus hat reserviert, mit Klammer. Ist gekommen, um zu bleiben. Jeden Tag muss ich nun eine einstündige Infusion bekommen. Eine ganze Woche lang.

»Jetzt gucken Sie nicht so unglücklich!«, fuhr der Arzt fort. »Keiner will Cortison. Und, ja, hoch dosiert kann es Stimmungsschwankungen hervorrufen. Vielleicht auch Bluthochdruck. Und: ein Mondgesicht. Kein Scherz. Manche schwemmen auf. Besonders im Gesicht. Aber das soll Sie jetzt nicht beunruhigen. Sie sind ja noch jung. Und es ist Ihre einzige Chance. Gut, dass Sie das jetzt in Angriff genommen haben.«

Was für ein Glück, dass das mit dem Termin so schnell geklappt hat. Wahrscheinlich bin ich der einzige Kassenpatient auf dem Planeten, dem es je gelungen ist, einen Facharzttermin noch am selben Tag zu bekommen.

»Aber soll ich Ihnen mal was sagen?«, hat der Arzt nachgesetzt und keine Antwort abgewartet. »Eigentlich kommen Sie zu spät. Am besten fängt man mit der Therapie ganz früh an. Warum kommen Sie erst jetzt, Monate später?«

Ich hätte mit meinen Arbeitszeiten argumentieren können. Dass Zwölf-Stunden-Schichten einfach einiges unmöglich machen. Dass ich in letzter Zeit so müde bin und mich kaum noch freiwillig aus dem Haus schleppe. Aber ich hab einfach nichts gesagt. Zu anstrengend.

»Na ja, wir versuchen unser Glück«, hat der Arzt gemeint und mir auf die Schulter geklopft. Dann hat er mich zurück zur Anmeldung geschickt, ich habe meine EC-Karte über den Tresen gereicht und meine PIN ins Gerät getippt. Tschüss zweihundertfünfzig Euro. Erst dann hat die Arzthelferin meine Vene punktiert. Und jetzt lieg ich hier.

Wie soll ich das jetzt eigentlich schaffen, eine Woche

lang jeden Tag für eine Stunde diese Prozedur über mich ergehen zu lassen? In der Arztpraxis. Ich kann mich deswegen doch nicht krankschreiben lassen. Nicht nach dem heftigen Einsatz gestern. Das würde viel zu viele Fragen aufwerfen. Das würde ja so aussehen, als hätte ich den nicht verkraftet. Abrakadabra, dreimal schwarzer Kater. Benny. Scheiße, Benny. Den habe ich ganz vergessen anzurufen.

DARUM

Benny geht nicht ran. Ich schreibe ihm eine Nachricht. *Bin jetzt erreichbar. Ruf einfach an. Und lass meine Augen in Ruhe.*

Keine Häkchen. Ungewöhnlich, normalerweise antwortet er direkt. Woher er die Zeit dafür hat, erklärt sich, wenn man Bennys Arbeitgeber kennt. Benny fährt auch im Rettungsdienst. Aber für die Feuerwehr. Die eine Hälfte der Arbeitszeit ist er für den Rettungsdienst zuständig, die andere für den Brandschutz. Und da seit der Erfindung der Rauchmelder selbst in Großstädten relativ selten ein Großbrand ausbricht, hat Benny mehr Zeit, mit seinem Smartphone zu spielen.

Ich bin trotzdem alles andere als neidisch. Ich will keine Brände löschen. Feuerwehrmann sein ist für mich keine Option.

Zum Abendbrot schnippele ich mir einen Salat. Blätter, Tomaten, Mozzarella, Dosenmais. Die Gurke ist schrumpelig, sie landet im Müll. Marie hätte die vielleicht noch gegessen, aber sie ist nicht da. Mit einer Freundin verabredet.

Ich summe gegen den Tinnitus an. »Hatten Sie in der letzten Zeit vielleicht viel Stress?«, hat der Arzt gefragt.

Ich hab mit den Schultern gezuckt. »Nicht mehr als sonst.«

Am Rand der Schüssel klopfe ich den Schneebesen ab, dann gieße ich die Soße über den Salat und streue noch ein paar Kürbiskerne drüber.

Nicht mehr als sonst. Stimmt ja gar nicht. Bin viel gestresster als sonst. Nichts hat sich verändert, und doch fühlt sich alles anders an, beängstigend, bedrohlich. Auf einmal ist da diese Panik, wie beim Metalhead. Fuck, warum habe ich mir nur diesen Job ausgesucht? Wieso bin ich so blöd und tue mir das an?

Der Salat steht vor mir, aber ich mag nichts davon essen. Ich weiß es doch genau. Ich weiß, warum ich mir das antue. Ich habe mich bewusst dafür entschieden. Auch wenn das alles andere als nahelag und schwer zu erklären ist. Wenn Kollegen fragen, erzähle ich meist irgendeinen Bullshit.

Meine Lieblingsantwort ist: »Ich hab mich schon immer für Medizin interessiert und hab das nach dem Abi eigentlich studieren wollen – wenn mein anderer Job nicht dazwischengekommen wäre.« Was für ein herrlicher Quatsch.

Ich wusste damals überhaupt nicht, was ich machen sollte. Und auf keinen Fall wollte ich Medizin studieren. Ich hatte panische Angst vor medizinischen Eingriffen. Allein wenn mir Blut abgenommen wurde, musste ich mich fürchterlich konzentrieren, damit mir nicht schwarz vor Augen wurde. Ich hasse das Gefühl, wenn ich merke, wie mir das Blut langsam aus der Vene gesaugt wird. Ich bilde mir ein, ein lautes schmatzendes Saugen zu hören. So widerlich.

Ich bin nach wie vor froh, dass ich bisher noch nie eine

größere OP über mich ergehen lassen musste. Die Mandeln wurden mir entfernt, da war ich sieben. Das reicht mir an OP-Erfahrung völlig aus. Ich hab mich damals wie E.T. gefühlt. Kurz davor, von Regierungsschergen bei lebendigem Leibe aufgeschnitten und seziert zu werden. Nach und nach entfernen sie die einzelnen Organe, und E.T. muss dabei zusehen. Das ist mein persönliches alternatives Ende von *E.T.* Und so ausgeliefert habe ich mich damals auf dem Operationstisch gefühlt. Vermummte Gestalten drückten mir eine Maske aufs Gesicht und befahlen mir, rückwärts zu zählen: zehn … neun … acht … sieben … und dann fielen mir die Augen zu. Und als ich erwachte, hatte ich höllische Schmerzen im Rachen. Ich konnte nicht mehr schlucken, ohne das Gesicht zu verziehen, ich fühlte mich misshandelt. Ich wollte nur noch raus aus dem Krankenhaus.

Ein Jahr später hatten wir Schulfest, wir tobten im Klassenzimmer, und ich wollte allen zeigen, wie groß ich bin. Dass ich schon die Decke berühren kann. Auf Zehenspitzen, die Arme gereckt, unter mir ein Stuhl, der auf einem Tisch stand. Hab die Decke nicht erreicht – und dann das Gleichgewicht verloren. Unterarmbruch.

In der Notaufnahme waren zwar alle nett zu mir, aber ich hatte ein Problem, das mich wahnsinnig machte: Es dauerte alles viel zu lang. Seit Wochen hatte ich mich auf den Abend gefreut. Im Fernsehen lief *Dumbo*, und meine Eltern hatten mir nach langem Quengeln erlaubt, den Film zu gucken. Obwohl er erst um 20.15 Uhr anfing und obwohl es unter der Woche war.

Und da saß ich, in der Notaufnahme, und es war 20.35 Uhr, und alle Erwachsenen hatten die Ruhe weg. Sogar meine Eltern auf der Heimfahrt, obwohl sie doch um die

Brisanz der Lage wussten. Als wir zu Hause waren, konnte ich noch die letzten fünfzehn Minuten sehen. Was für eine Enttäuschung. Ich fand das schlimmer als den Bruch.

Ich erinnere mich auch noch, wie meine Großtante im Sterben lag. Da war ich elf Jahre alt. Meine Eltern mussten mich regelrecht zu ihr schleifen. Ich wollte die Tante zwar sehen, aber ich wollte nicht ins Krankenhaus.

Dann stand ich an ihrem Bett und sah ihr aufgequollenes Gesicht. In ihrem Hals steckte ein Schlauch, und die Geräte piepten, als gäbe es gleich eine Sprengstoffdetonation.

Nein, Krankenhäuser waren alles andere als positiv besetzt für mich. Ich hätte niemals Medizin studiert, damals, nach dem Abi. Ich habe einen bequemeren Weg gewählt.

Da gab es diesen Kumpel, der war ein paar Jahre älter und arbeitete in einer Werbeagentur. Ein kleines Start-up, das schnell wuchs und dringend Manpower benötigte. Dort jobbte ich nachmittags, schon in der Schulzeit. Einen Besseren hätten sie nicht finden können. Wenn ich will, kann ich Leute ganz gut überzeugen und sie für etwas begeistern, das sie eigentlich gar nicht interessiert. Ich lernte, pointierte Texte zu schreiben, Websites zu bauen, und ich war gut. Die Seiten wurden geklickt.

Das lief parallel zur Oberstufe. Meine Eltern haben immer aufs Geld geachtet, wollten nie viel von dem ausgeben, was sie sich hart erarbeitet hatten. Und auf einmal konnte ich mir Dinge leisten, die meine Klassenkameraden nicht hatten. Eine Videokamera, einen größeren Fernseher, eine Spielekonsole, das erste eigene Auto, selbst gekauft. Und natürlich: Reisen. Mit dem Skateboard im Gepäck nach New York. Das war immer mein Traum. Nach dem Abi hab ich ihn mir erfüllt.

Dann bekam ich das Angebot, bei einem großen Hamburger Unternehmen einzusteigen. Quer einzusteigen. Bei einer angesagten Klamottenmarke als Junior Assistant Product Content Manager. Oder so ähnlich. Die Titel wechselten jährlich. Der Job war aufregend, die Bezahlung unverschämt, und ich habe oft in mich hineingegrinst, dass ich mich ohne Ausbildung und Studium so weit hochgearbeitet hatte.

Nach ein paar Jahren allerdings kamen erste Zweifel: Was mache ich hier eigentlich? Ist es das, wofür es sich zu leben lohnt? Immer nur Werbung? Braucht das irgendjemand? Mach ich das jetzt noch dreißig Jahre bis zur Rente, und dann sterbe ich? Und ist es mir eigentlich völlig egal, wo, von wem und unter welchen Bedingungen diese Klamotten hergestellt werden?

Mit den Jahren wurden die Fragen quälender. Ich konnte sie nicht länger ignorieren. Ich brauchte einen radikalen Schnitt. Ich wollte einen Beruf, der das genaue Gegenteil von dem war, was ich bisher gemacht hatte. Ich wollte mutig sein. Verwegen. Ich wollte, dass meine Kollegen mich für völlig bescheuert erklären. Ich wollte einen Job, der keine oberflächliche Scheiße propagiert. Ich wollte Inhalt. Inneren Halt. Erfüllung. Wert. Nichts, aber auch gar nichts gesellschaftlich Wichtiges hatte ich bis dahin geschaffen. Was wäre passiert, wenn mich ein Verrückter auf offener Straße erschossen hätte? Mein Leben wäre wertlos gewesen. Eine leere Hülle, die in sich zusammenfällt.

Das war der Zustand vor meiner Ausbildung zum Notfallsanitäter. Bevor ich alles zurück auf null gesetzt hab. Diesmal wollte ich nicht den bequemen Weg, ich wollte den steinigen. Ein langes Medizinstudium kam mit Anfang dreißig nicht mehr infrage. Aber eine Ausbildung. Also habe ich quasi auf dem Absatz kehrtgemacht und bin in die andere Richtung gelaufen. Meiner großen Angst entgegen. Als Auszubildender musste ich in den drei Jahren allein siebenhundertzwanzig Stunden im Krankenhaus arbeiten. Besonders viele davon im OP. Guten Tag, Angst. Hier bin ich.

Aber meine Furcht ging über Krankenhäuser hinaus. Sie war wie eine dieser russischen Matroschkapuppen. Wenn ich eine Holzfigur öffnete, dann fand ich darin eine kleinere Figur. Einen Mann mit schwarzem Kapuzenmantel und Sense. Des Pudels Kern. Den Tod persönlich. Ich hatte eine Scheißangst vor dem Tod.

Das war nicht immer so. Als Kind hatte ich ein Lieblingsbuch. *Die Brüder Löwenherz* von Astrid Lindgren. Krümel und Jonathan sterben beide am Anfang des Buchs. Jonathan opfert sich, um seinen Bruder zu retten, und Krümel stirbt nach schwerer Krankheit. Beide landen in Nangijala, einem magischen Ort, den man nur durch den Tod erreichen kann. Dort lebt es sich wie in einem Märchen. Und man kann der sein, der man immer sein wollte. Stark. Mutig. Schön.

Als ich klein war, glaubte ich an Nangijala. Ich glaubte, dass dieser Ort existiert. Dass man nach dem Tod dorthin kommt. Meine Mutter, die auch auf eine Art Paradies vertraute, ließ mich in dem Glauben. Sie wollte ihrem Jungen nicht unnötig Angst machen. Für mich war der Tod also nichts Schlimmes. Im Gegenteil, der Tod war nur der Übergang. Der Übergang in etwas Besseres.

Eines Tages, als Grundschüler mit vielen Fragen, die mir keiner beantworten konnte, kam die Erkenntnis: Nangijala gibt es nicht. Es gibt nur den Tod und danach nichts. Jedenfalls nichts, das man wissenschaftlich belegen kann. Das Sterben an sich bleibt zwar ein Übergang, allerdings ein Übergang ins Nirgendwo.

Ich war nicht wütend, als ich die Wahrheit realisierte. Ich bekam Angst. Eine Angst, die ich vorher nicht gekannt hatte. Und ich war tieftraurig.

Das trug ich in mir, bis die Idee mit dem Rettungsdienst kam. Natürlich. Natürlich! Es musste der Rettungsdienst sein. Ich würde verhindern können, dass die Leute ins Nichts fielen. Ich würde den Menschen helfen dazubleiben. Im Leben.

Dafür bin ich jetzt zuständig. Der Tod ist mein Endgegner, und den gilt es auszutricksen. Ist das Idealismus? Oder Selbstaufopferung? Vielleicht sogar Selbstzerstörung? Für mich ist es jedenfalls genau richtig. Ich habe mich gefunden. Ich habe mich meinen Ängsten gestellt und gewonnen. So sehe ich das.

Aber diese vollständige Version erzähle ich niemandem, die kennt auch Benny nicht. Die kennt noch nicht mal Marie. Diese Antwort kenne nur ich. Die Antwort auf die Frage: »Warum?« Oder, in voller Länge: »Warum zur Hölle fängst du mit über dreißig noch mal eine Ausbildung an? Und warum willst du ausgerechnet im Rettungsdienst arbeiten, da verdienst du doch überhaupt keine Kohle?« Darum.

WACHE

Mein Smartphone vibriert. Das Klingeln kann noch so lieblich daherkommen, für mich ist es ein Schrei. Ein kreischender Wecker. Wie bei den *Die drei ???*, Folge zwölf, *Der seltsame Wecker*. Brutal. Kaum auszuhalten. Aus damit.

4.45 Uhr. Ich konnte es noch nie leiden, früh aufzustehen. Am Anfang der Ausbildung hatte ich mir noch eingeredet, dass sich mein Körper an die Zeiten gewöhnen würde. Wird schon! Nichts wurde. Früh aufzustehen bereitet mir körperliche Schmerzen. Besonders im Kopf. Ein heißes Küchenmesser an meiner Schläfe, und dann wird zugestochen. Was bin ich nur für ein Jammerlappen.

Ich horche in die Stille. Ich ignoriere mein Piepen und konzentriere mich auf Maries Atem. Vier Jahre sind wir jetzt zusammen, und ich habe sie noch nie schnarchen gehört. Oder weiß ihr Körper auf magische Weise, wann mein Wecker klingeln wird?

Ich betrachte die Umrisse ihres Gesichts in der Dunkelheit, während sie friedlich und langsam atmet. Ich bin so froh, dass es Marie gibt. Ich lausche noch mal. Ja, der Fiepton in meinem Ohr ist noch da. Nicht ganz so laut wie gestern, aber eindeutig noch da. Liege reserviert. Einmal Cortison und schon geheilt? Das hätte mir gefallen.

»Na, du siehst ja beschissen aus«, begrüßt mich Carsten knapp zwei Stunden später. Viel zu laut, dieser Mann. Carsten ist Ende vierzig, groß gebaut, war früher beim Bund, jetzt ist er Wachleiter. Ein Düsseldorfer. Ist den rheinischen Singsang nie ganz losgeworden. Er legt Wert auf eine funktionierende Befehlskette und verteilt sehr gerne Aufträge.

»Hör mal, Kim, kannst du am Sonntag einspringen? Wir brauchen noch einen Einsatzleiter für den 72-Berta. Und ich hab gerade im Plan gesehen: Du hast da frei. Außerdem hast du noch Minusstunden.«

»Was soll ich haben, Minusstunden?« Ich kann mich nicht daran erinnern, jemals zu wenig gearbeitet zu haben.

»Jung, das hab ich im Plan gesehen. Du bist im Minus.« Carsten lächelt breit.

»Ich kann nicht. Weil ... ich bin schon fest zum Essen verabredet. Französisches Restaurant. Steht schon seit Wochen fest«, lüge ich. Warum muss ich mich eigentlich rechtfertigen? Allerdings akzeptiert Carsten kein Nein.

»Französisches Restaurant?!« Seine Stimme überschlägt sich fast. »Nur noch Weicheier hier! Wenn dir dein Job lieb ist, dann tanzt du hier an. Ich muss die Schichten besetzen. Ein Rettungswagen hat zu fahren. Sonst drohen der Firma hohe Verluste. Und die Behörden haken nach. Das Einsatzgebiet braucht Abdeckung. Wir müssen die Notfallversorgung für die Bevölkerung aufrechterhalten.« Carsten schnaubt und stampft an mir vorbei.

Meine Kollegen und ich müssen die Personalnot ausbaden. Carsten erwartet von uns, dass wir von unserer sowieso schon knappen freien Zeit ganze Tage opfern, um das Unternehmen am Laufen zu halten, die ewigen Lücken im Dienstplan zu stopfen. Meldet sich keiner, wird der Druck erhöht. Dann schickt er Mail auf Mail, an alle, der Ton zunehmend dramatisch. Aus seinem Bitten wird ein Flehen in Großbuchstaben. Im Worst Case schreibt er schließlich: *Wer von euch hat ein Herz und kümmert sich um Menschen in Gefahr? Um Kinder in Not?* Unfassbar. Das ist die unterste rhetorische Verzweiflungstat. Aber sie scheint zu funktionieren. Auf wundersame Weise sind die Schichten fast immer besetzt.

7.15 Uhr. Tauche im Waschraum mein Gesicht in kaltes Wasser. Fühle mich kraftlos. Taub. Hoffe, irgendwie über den Tag zu kommen. Denn heute fahre ich mit Jo.

Ruhig bleiben, sage ich mir, als Jo fünf Minuten später aufspringt und mit seinem Smartphone vor meinem Gesicht herumwedelt: »Hast du das schon gesehen? Hier: *Asylbetrug – so leicht ist es, in Deutschland abzukassieren*. Ich hab es doch schon immer gesagt, die wollen alle nur an unser Geld! Die sind ja nicht blöd, die wissen, wie es geht. Und unsereiner? Rackert sich ab! Für nix und wieder nix.«

Ich will gar nicht lesen, welche *BILD*-Schlagzeile mich da in dicken weißen Lettern auf schwarzem Grund anschreit.

»So! Ich zeig dir jetzt mal, was ich davon halte.« Jo drückt auf *Kommentieren*, fügt einen Kotz-Smiley ein und setzt fünf Ausrufezeichen dahinter. Weiß er denn nicht, dass all diejenigen, die mit ihm bei Facebook befreundet sind – und das ist ein Großteil der Firma –, seine Kommentare lesen können? In ihrer Timeline? Auch die Chefs?

»Die sollen alle dahin zurückgehen, wo sie hergekommen sind. Meine Meinung. Wir haben hier genug Probleme.« Er reckt das Kinn.

Ich habe Jo bei Facebook auf stumm geschaltet. Ihn

ganz zu blockieren traue ich mich nicht. Genauso wenig, wie ich ihm das »Du Arschloch!« entgegenschleudere, das mir schon die ganze Zeit auf der Zunge liegt. Die Konfrontation spare ich mir. Sonst wäre die restliche Schicht mit ihm unerträglich. Und es bestünde die Gefahr, dass wir bei Notfällen nicht gut zusammenarbeiten und die Patienten gefährden.

Jo merkt, dass ich nicht auf seine Tiraden eingehe, und lässt es gut sein. Zwei Minuten später rückt er mir mit einem neuen Aufreger auf die Pelle: »Hast du schon gehört, dass Carsten nicht mehr mit seiner Frau zusammen sein soll? Hat mich eh gewundert, dass der überhaupt eine gefunden hat.«

Wenn Jo so über Carsten lästert, wird mir Carsten direkt sympathischer.

Acht Uhr. Und noch immer kein Einsatz.

»Wer hat den Backofen so versaut? Die Küche sieht ja wieder aus! Dreckschweine hier, nur Dreckschweine.« Carsten ist in Form. Jetzt darf ich ihm nicht über den Weg laufen. Ich verdrücke mich in den Schlafraum. Der heißt offiziell »Ruheraum«, denn geschlafen wird nicht im Dienst – auch nicht im Nachtdienst –, nur »geruht«. Wer sich das an seinem Schreibtisch ausgedacht hat, sollte mal eine Schicht im Rettungsdienst arbeiten.

Carsten steckt den Kopf durch die Tür. »Kim, Jo! Ihr habt gerade nichts zu tun. Macht mal schnell die Küche sauber. Außerdem steht noch die Regeldesinfektion beim 72-Paula an. Und die Wagenhalle müsste auch mal wieder gefegt werden. Ach ja, da unten stehen auch noch Pakete. Das ist die Lieferung fürs Lager. Die sortiert ihr ein. Schafft ihr doch, oder?«

Wer auch immer denkt, im Rettungsdienst herrsche aufregende Nonstop-Blaulicht-Action, der kennt den Alltag an einer Rettungswache nicht. »Housekeeping« wäre die passende Bezeichnung. Denn die meiste Zeit im Rettungsdienst geht für Wachen- und Wagenkeeping drauf.

Alarm. 9.33 Uhr. Wir lassen alles stehen und liegen. Manchmal erübrigen sich Dinge von ganz allein. Sehr gut. Der Einsatz an sich ist allerdings nicht der Rede wert. Bauchschmerzen, Übelkeit, dazu Fieber seit heute Nacht. Jo und ich sind uns einig: kein Fall für die Notaufnahme. Wir klären den Patienten auf und lassen ihn zu Hause.

»Mit Sicherheit irgendein Infekt. Warum haben die Menschen keine Geduld? Das geht doch von selbst wieder weg. Dauert halt ein paar Tage«, grummele ich, als wir wieder im RTW sitzen.

Jo nickt. »Ja, und wenn nicht, dann ruft er halt noch mal an. Aber das war eindeutig was für den Hausarzt. Zeitverschwendung.«

»Ihr habt den Patienten zu Hause gelassen?« Carsten ist empört. »Ihr sollt gefälligst jeden mitnehmen!«

»Wo steht das?«, blaffe ich zurück.

»Das sag ich euch jetzt. Als euer Wachleiter. Jeden mitnehmen! Das ist auch euer Geld, das uns durch die Lappen geht.«

Jo und ich tauschen einen Blick aus. Carsten versperrt uns den Weg.

»Null Euro! Null Euro zahlt die Krankenkasse für euren Einsatz. Obwohl ihr Arbeitszeit investiert, Material verbraucht und den Patienten vor Ort komplett durchgecheckt habt. Es tut mir leid, Leute, aber zum Rettungsdienst gehört grundsätzlich der Transport. So steht's im Sozialgesetzbuch. Und wenn der nicht stattfindet, kann man auch nichts abrechnen. Kein Transport, keine Kohle. Wenn das öfter passiert, macht die Firma minus – und hat dann auch weniger Geld für die Angestellten.«

»Weniger geht doch gar nicht«, murre ich. »Soll sich das nicht bald ändern, dass auch bezahlt wird, wenn nicht transportiert wird?«

»Mag sein. Aber solange die Herren Politiker nicht so weit sind: jeden mitnehmen!«

Gesundheitspolitischer Unsinn. Außerdem ist es hochnotpeinlich, mit solch einem Nichtnotfall die überfüllte Notaufnahme anzufahren. Und wie blöd auch für den Patienten. Der muss dann mit Fieber irgendwo auf dem Gang liegen. Schwester Kerstin sorgt schon für ordentlich Wartezeit.

Ich bleibe dabei, ich fahre nicht jeden in die Notaufnahme. Soll Carsten doch motzen.

11.00 Uhr. Mittlerweile ist es richtig voll auf der Wache. Männer und Frauen in neonorangenen Hosen, dunklen Poloshirts oder Sweatjacken. Manche sitzen am Tisch, essen Brötchen. Manche stehen rum und halten sich an ihrer Kaffeetasse fest. Andere hängen auf dem Sofa, das Handy in der Hand. Einige erscheinen immer mal wieder zwischen Tür und Angel und tun so, als seien sie schwer beschäftigt. Alle quasseln. Man fühlt sich wie am Hauptbahnhof. Ein Kommen und Gehen, trostlose Optik. Es riecht nach Filterkaffee. Hallende Sounds, Schlüssel klappern, Melder brummen, Funkgeräte piepen. Und über allem schwebt die liebliche Stimme von Carsten. In Fetzen dringt sein Bellen zu mir durch: »Regeldesinfektion«, »Wagenhalle«, »Lager«.

»Kim, willst du mitessen? Ich mache Quiche.« Saskia steht vor mir, lächelt mich an.

»Ja, gern. Wann esst ihr denn?«

»Weiß noch nicht genau. Irgendwann heute Nachmittag. Ich muss ja noch einkaufen. Jetzt muss ich aber erst mal eine rauchen.«

Also wird es ein Abendessen. Saskia kocht ebenso gern und gut, wie sie sich mit ihren Mitmenschen unterhält. Der Rest des Tages wird für Saskia folgendermaßen aussehen: Erst mal klären, wer heute mitessen will. Anschließend eine kurze Raucherpause. Wieder rein und sich bei Carsten über einen Einsatz von gestern aufregen. Dann ein Kollegengespräch, gerne dabei noch eine rauchen. Sobald sie damit fertig ist, zum Supermarkt fahren. Zurück an der Wache erst mal eine rauchen. Den Einkauf mit Kollegen hochschleppen, dabei quatschen. To be continued. Wohlgemerkt, die Notfallalarmierungen dazwischen sind noch gar nicht eingerechnet. Und mit einem Schnitt von etwa sieben Einsätzen am Tag, die jeweils circa siebzig Minuten dauern, könnte die Quiche auch erst am Ende der Woche fertig sein. Ich muss mich also vorher tunlichst selbst versorgen, denn ansonsten kann das Überleben schwierig werden.

Hab eh schon schlechte Laune. Wenn jetzt noch Hunger dazukommt, dann werde ich zum Carsten.

Ich greife in meinen Rucksack nach einem meiner »Drinks«. Wenn es die nicht gäbe. Das Zeug ist zwar flüssig, gilt aber als Nahrung. Flüssige Astronautennahrung quasi, milchig, leicht angedickt, etwas muffig im Nachgeschmack. Eine Fünfhundert-Milliliter-Flasche ersetzt eine volle Mahlzeit, mit allem, was man an Nährstoffen braucht. Für alle, die keine Zeit zum Essen haben: Businessschnösel, aber auch Notfallsanitäter. Und kochfaule Hipster.

16.15 Uhr. Einmal Fahrradsturz, zweimal Bauch, einmal Rücken. Davon drei Patienten ins Krankenhaus transportiert. Die heutige Bilanz bis jetzt. Ein ruhiger Tag, ohne dramatische Notfälle. Das ist normal. Neunzig Prozent der Einsätze, zu denen wir mit Blaulicht fahren, sind eher harmlose Fälle. Oder, wie Carsten es ausdrückt: »Neunzig Prozent Scheiße. Aber für die restlichen zehn Prozent musst du die Arschbacken zusammenkneifen.« Und er hat recht. Die restlichen zehn Prozent haben es in sich. Das sind die Einsätze, bei denen die Uhr gegen uns tickt. Bei denen wir voll da sein müssen. Als Team. Bei denen jeder Handgriff sitzen muss. So wie die Reanimation vorgestern. Gott sei Dank hat mich bislang niemand darauf angesprochen.

Den Nachmittag versüßen wir uns im »Blue-Light-Room«. Manche Krankenhäuser haben einen kleinen Aufenthaltsraum für den Rettungsdienst, in dem man kostenlos Snacks und Getränke bekommt. Sie erhoffen sich davon wohl, dass Rettungsteams ihre Patienten besonders gerne und oft zu ihnen und nicht zur Konkurrenz bringen.

Wir haben die Auswahl zwischen Kaffee, Cola und Schokoriegeln. Jo reißt ein Knoppers auf und stopft zwei weitere in die Jackentasche.

»Willst du auch eins?«, fragt er kauend.

17.02 Uhr. Alarm. Einsatzstichwort »arterielle Blutung«. Da sind sie, die fehlenden zehn Prozent. Mein Herz schlägt schneller, aber ich bleibe ruhig. Arschbacken zusammenkneifen. Zu Befehl.

Jo kämpft sich durch den Feierabendverkehr. Da steht der Bus. Eine Menschentraube auf dem Gehweg, vermutlich die ausgestiegenen Fahrgäste. Sie machen Platz für uns, die Tür des Busses steht offen, darin, auf dem Boden, in einer Blutlache, liegt eine ältere Dame. Zwei Ersthelfer kümmern sich um sie.

Die Wunde ist tief. Am Unterschenkel ist ein ordentliches Stück Haut und Muskelfleisch abgerissen. Wie viel Blut auf dem Boden ist, kann ich nicht abschätzen. Mit einem Kniestrumpf haben die Ersthelfer den Unterschenkel abgebunden. Was für eine gute Idee.

»Ich glaube, es ist nicht die Arterie, sondern die Vene«, sage ich zu Jo. »Sonst wäre die Blutung nicht so schnell zurückgegangen. Trotzdem: hoher Blutverlust, kritische Patientin. Wir gehen auf Nummer sicher. Jo, das Tourniquet, danach geben wir erst einmal Sauerstoff. Und dann brauchen wir einen Zugang.« Ich blicke mich um. »Großen Dank an die Ersthelfer!« Ich ersetze den Strumpf mit dem Tourniquet, einem Klettband, das ich unterhalb des Knies der Patientin anlege. Ich drehe den Knebel und spanne das Tourniquet, bis keinerlei Blut mehr aus der Wunde sickert.

Von Weitem höre ich die Sirene des Notarztes, er wird jede Minute ankommen.

»Können Sie mir sagen, was passiert ist?«, frage ich die Dame.

Bevor sie antworten kann, ergreift einer der Ersthelfer das Wort: »Ich hab es gesehen, ich stand direkt daneben.

Sie ist beim Aussteigen mit dem Bein zwischen Bus und Bordstein gerutscht.«

Die Frau nickt und verzieht dann das Gesicht. Sie hat starke Schmerzen. Verständlich bei der Fleischwunde. Auch das Abbinden tut weh.

»Der Notarzt ist gleich hier und wird Ihnen ein Schmerzmittel geben«, versuche ich sie zu beruhigen. Kein Patient soll unnötige Schmerzen haben. Nicht meine Patienten.

Zurück an der Wache, zücke ich mein Handy. Benny hat geantwortet. Eine Nachricht wie ein guter Punkrocksong: auf den Punkt: *Morgen Abend treffen? Egal wann und wo. Augenkuss. Benny.*

Mist. Das passt mir eigentlich gar nicht. Morgen hab ich Dienst. Wenn ich mich danach noch mit Benny treffe, wird es spät. Und am nächsten Tag wieder arbeiten. Wie soll ich aus dem Bett kommen?

Andererseits habe ich Benny lange nicht mehr Kussauge-in-Kussauge gesehen und gesprochen. Bin immer im Einsatz. Und wenn nicht, dann muss ich auch mal für Marie da sein. Bin viel zu müde für sozialen Kontakt. Ich begegne doch jeden Tag genügend Menschen. Bei den Einsätzen. Und in der Eingangshalle des Hauptbahnhofs, auch Wache genannt. Immer wird geschnackt. Bin leer. Leer geredet.

Egal, ich schlage Benny einen Treffpunkt vor. Für morgen. Nur nicht heute.

18.35 Uhr. Heute muss ich wieder eine Stunde länger bleiben. Obwohl wir pünktlich abgelöst wurden. Aber ich kann noch nicht nach Hause: Das Cortison muss noch in meine Vene. Ich habe meinen HNO-Arzt bequatscht, und so durfte ich die Infusionen mitnehmen. Er hat nicht auf eine Aufsicht in der Praxis bestanden. Das wäre ja auch noch schöner. Immerhin habe ich die Infusionen selbst bezahlt. Und meine Kollegen können doch auch Zugänge legen.

Ich frage Saskia. Die steht in der Küche und begutachtet ihre Quiche durch die Ofenscheibe. Eigentlich hat sie schon längst Feierabend, aber sie zieht das durch. Jetzt bekommt die Nachtschicht gleich ein Festmahl. Was für eine gute Seele.

Wir setzen uns nebeneinander, und sie sticht mir die Nadel tief in die Ellenbeuge. Krass, tut das weh, der Schmerz zieht hoch bis in die Schulter. Blut steigt den Infusionsschlauch nach oben. Jede Pulswelle einige Zentimeter. Saskia hat nicht die Vene getroffen, sondern meine Arterie.

Doch noch eine arterielle Blutung heute. Fuck.

FREUNDSCHAFT

Benny ist schon da. Er sitzt an einem Holztisch in der hinteren Ecke. Vor ihm eine Flasche Bier. Ich habe kein schlechtes Gewissen. Ich bin nur sieben Minuten zu spät, und das, obwohl ich aus einer Zwölf-Stunden-Schicht komme, plus Cortison-Überstunde.

Ich stoppe am Tresen. Der Barkeeper begrüßt mich.

»Auch ein Bierchen?«, fragt er, und ich nicke.

Ich hatte sicherheitshalber ordentlich Puffer eingeplant zwischen Arbeit und Freizeit, besser: Freiheit. Es hat einfach keinen Sinn, mich kurz nach Schichtende zu verabreden. Platzt sowieso. Noch so eine Spezialität des Rettungsdienstes. Nichts ist sicher. Ich habe keine Gewissheit, dass ich nach den zwölf Stunden wirklich durch bin. O ja, durch bin ich. Mental und körperlich. Aber kurz vor Schichtwechsel kann noch ein Alarm kommen. Der frühe Abend ist eine beliebte Zeit, die 112 zu wählen. Und selbst nach dem Einsatz ist nicht Schluss. Ich muss ihn schließlich noch im System dokumentieren. Das kann kein anderer für mich machen.

Es klappert, als ich meine Flasche auf dem Tisch abstelle. Benny sieht auf, doch er schaut mir nicht in die Augen. Das irritiert mich. Wie wenn sich im Fernsehen Bild und Ton verschieben. Es passt nicht zusammen.

»Hey, Benny, Teampartner«, beginne ich das Gespräch. Drei Jahre lang sind wir ein eingeschweißtes Team gewesen. Partners in crime. Er: groß, stämmig, zupackend. Ich: klein, schmal, wortgewandt. Wir saßen nebeneinander im Unterricht. Wir gingen zusammen in die Pause. Wir aßen immer an einem Zweiertisch. Es sollte sich bloß keiner neben uns setzen. Und wir traten gemeinsam zur ersten großen Prüfung an, ein paar Monate nach Ausbildungsstart: der Prüfung zum Rettungssanitäter. Am Ende der Ausbildung, bei der großen Abschlussprüfung zum Notfallsanitäter, durften wir nicht zusammen ran, es wurde gelost, und die Losfee zog andere Kombinationen. Egal. Teampartner. Noch immer. For life.

»Hey, Teampartner«, lächelt Benny an mir vorbei.

»Alles okay bei dir? Was ist los?«, frage ich.

»Ach ... Erzähl du erst mal.«

Ich runzle die Stirn und nehme einen Schluck. Das Glas ist kalt und nass vom Kondenswasser. Fummele einen Bierdeckel aus dem Halter neben der Kerze und schiebe ihn unter die Flasche.

»Nichts Besonderes«, murmele ich. »Der übliche Shizzle.«

»Haste gearbeitet?«

»Ja, ich komm direkt von der Wache.«

»Jetzt erst?« Benny rollt mit den Augen.

»War 'ne freiwillige Überstunde.« Ich erzähle von den Cortison-Infusionen. Wie so oft landen wir aber ganz schnell bei echten Überstunden, Arbeitsbedingungen, Unterbezahlung. Schlechte-Laune-Themen.

»Und dann haste am Ende wieder mal einen Vierzehn-Stunden-Tag und musst am nächsten Morgen wieder ran. Ich frage mich, ob das überhaupt erlaubt ist.« Ich zupfe eine Schicht Papier von der Ecke des feuchten Bierdeckels.

»Man könnte sich eigentlich mal bei der Gewerkschaft beschweren«, schlägt Benny vor.

»Ach, Gewerkschaft my ass. Die können eh nichts ausrichten. Ist ja keiner Mitglied. Und dann sagen alle: ›Was tun die schon für mich?‹ Ja, was sollen die auch tun, wenn nur zehn Prozent der Leute organisiert sind?« Ich forme aus dem Papierchen eine Kugel und rolle sie zwischen Daumen und Zeigefinger.

»Weißt du, dass Ärzte zu neunundneunzig Prozent organisiert sind?«

»Das erklärt einiges, oder? Aber na gut, die verdienen ja auch viel mehr Kohle. Bei uns heißt es: ›Wie soll ich von meinem bisschen auch noch was für die Gewerkschaft abdrücken? Ich kann grad mal meine Familie ernähren.‹ Und ich kann die Kollegen irgendwie verstehen. Einer hat mir mal erzählt, dass er es nur bis zum Monatsende schafft, wenn er seine beiden Kreditkarten überzieht. Und manche haben ernsthaft 'nen Zweitjob, so ein Vierhundertfünfzig-Euro-Ding. Und das bei der Verantwortung, die wir tragen! Ist doch bitter.« Ich schnippe das Kügelchen zu ihm rüber.

»Ach komm, du kannst doch Wachleiter werden«, frotzelt Benny und schnippt zurück. »Gibt doch ein paar Hundert Tacken mehr im Monat.« Die Kugel landet auf dem Nachbartisch, gestoppt von dem Glas einer Frau. Sie bemerkt es nicht.

»Stimmt, richtig geil. Dann hab ich nur noch Orga am Hacken und fahre gar nicht mehr raus.« Und werde zum Carsten, denke ich mir. »Kein Wunder, dass viele Kollegen irgendwann in den Sack hauen. Wie lange halten die meisten durch? Fünf bis acht Jahre? Und dann verschwinden sie. Manchmal sogar noch schneller. Haste mitbekommen? Bei uns hat grad wieder eine gekündigt. Die war echt gut. Jetzt will sie studieren. Die hätte die Firma eigentlich auf Händen tragen müssen. Tja, irgendwann sind nur noch die Alten da. Die den Absprung nicht geschafft haben. Und wunderlich werden.«

»So wie du«, schmunzelt Benny.

»So wie ich, ich armer alter Sack.«

Im Augenwinkel beobachte ich, wie die Frau nebenan das Papierkügelchen mit Fingerspitzen hochnimmt, betrachtet und dann unauffällig unter den Tisch fallen lässt.

»Mal im Ernst: Ist die Kohle für dich ein Problem?«

Ich leere meine Flasche. »Nee, nicht wirklich.« Ich fühle mich immer ein bisschen schlecht, wenn es ums Geld geht, um mein Geld. Ich hab ja früher gut verdient und was zurückgelegt, deshalb bin ich nicht ganz so abhängig vom Gehalt wie andere. »Du kannst jederzeit arbeitslos werden« war das Mantra meiner Eltern. Sie haben mir eine gewisse Abstiegsangst eingeflößt. Ich hatte zwar einen gut bezahlten Job, aber kein Studium und auch keine Ausbildung. Ich hätte jederzeit abrutschen können.

Aber selbst das angesparte Geld geht allmählich zur Neige. Ich muss mir echt was überlegen. Besonders die drei Jahre mit unserem mickrigen Ausbildungsgehalt haben reingehauen.

»Das Problem ist die Wohnung«, sage ich. »Die ist einfach zu teuer.«

»Zieh da bloß nicht aus! Die ist so geil, so geil gelegen, so was kriegst du nie wieder.«

»Wäre vor allem geil, wenn sie nicht so groß wär.« Wenigstens wohnen Marie und ich zu zweit da drin.

»Kannst ja immer die Nachtschichten nehmen. Dann bekommst du doch ordentlich Zuschlag«, frotzelt Benny.

»Und sehe aus wie *The Walking Dead*!« Wir lachen beide laut, aber Benny fängt sich sofort wieder und schaut betreten. Abrupt steht er auf und nimmt die Gläser: »Ich hol mal Nachschub.«

»Für mich bitte nur ein Wasser!«, rufe ich ihm hinterher. Ich greife nach dem Bierdeckel und knicke ihn in der Mitte durch. Scheiße, ich rede die ganze Zeit, dabei wollte Benny mir was sagen. Es gibt Neuigkeiten, hat er geschrieben. Erzähl du erst mal, hat er gesagt. Schluss jetzt, genug von mir.

Auch Benny weiß, dass er dran ist. Aber er schweigt erst mal und holt dann tief Luft: »Meine Mutter hat Brustkrebs. Ihre Therapie beginnt übermorgen.« Er verstummt wieder. Nicht nur er. Auch der Kneipensound wird abgewürgt, das Licht gelöscht. Ein einziger Spot strahlt direkt auf Benny. Der sitzt da, in der Stille nach dem Paukenschlag. Sein Blick huscht von links nach rechts.

Ich warte darauf, was mein Körper mit dieser Information macht. Meine Sinne haben sie wahrgenommen, der Kopf verarbeitet sie gerade. Ich horche in mich hinein. Ich fühle … nichts. Bleibe taub, wie in den letzten Wochen. Ich sage aber etwas anderes.

»Scheiße, Benny, das tut mir leid. Kann ich irgendetwas für dich tun?«

Du verlogenes Stück Scheiße, Kim. Nichts tut dir leid. Und dieses »Kann ich irgendetwas für dich tun?« kommt doch eh nur aus Höflichkeit. Du hoffst ja nur darauf, dass er Nein sagt.

»Nein, ist schon okay. Ich wollte es nur sagen, falls du dich gefragt hast, warum ich mich nicht öfter gemeldet habe«, antwortet Benny.

Jetzt entschuldigt der sich auch noch. Dabei hast du dich doch gar nicht mehr gemeldet. Du müsstest dich entschuldigen. Jetzt entschuldige dich gefälligst.

»Wie geht es dir denn jetzt? Hast du jemanden, mit dem du reden kannst?«

Wie soll es ihm schon gehen? SCHEISSE. Richtig scheiße. Wie denn sonst? Und schon wieder so eine dumme Frage. »Hast du jemanden zum Reden?« Was für 'ne Floskelscheiße. Du hoffst doch nur, dass er dich nicht einspannt und seine Probleme auf dich ablädt. Egoistischer Möchtegernfreund. Dreckschwein.

Ich fass es nicht. Jetzt habe ich also statt H.P. Baxxter einen kleinen Klaus Kinski in meinem Kopf.

»Es ist okay«, sagt Benny wieder. »Ich rede viel mit meiner Mutter. Die ist natürlich ziemlich fertig. Aber wir schaffen das.«

Jetzt mach bitte keinen Merkel-Spruch. Bitte nicht. Erkenne den fucking Ernst der Lage.

»Na klar schafft ihr das.«

Das ist ja an Hilflosigkeit nicht mehr zu überbieten. Peinlich.

Ich frage: »Und wie machst du das jetzt mit deinem Job? Reduzierst du, oder was?«

»Nee, das kann ich gar nicht, aus Kohlegründen. Aber ich ziehe zu ihr, jetzt am Wochenende. Raus aus meiner WG. Wollte ich eh. Und die Wohnung unter ihr ist vor Kurzem frei geworden. Meine Mutter hat das mit dem Vermieter klar gemacht.«

Das ist wirklich eine einschneidende Veränderung in Bennys Leben.

»Wann? Dieses Wochenende? Wenn ich schleppen soll, bin ich am Start«, sage ich. Es ist ein ehrliches Angebot.

»Ach, geht schon. Meine Mutter bezahlt ein Umzugsunternehmen.«

Ich schaue Benny an. Er ist schwer zu lesen. Kaum zu sagen, wie sehr ihn die Situation mitnimmt. Er macht einen ausgeglichenen, völlig normalen Eindruck, nur seine Blicke passen nicht ins Gesamtbild. Na ja, mit Fassaden kenne ich mich aus. Vielleicht tobt es in ihm. Es muss in ihm toben.

Ich zögere. Aber schließlich bricht es aus mir heraus, ohne dass ich zu Ende überlegt hab: »Benny, ich werde mich jetzt gleich für morgen krankmelden. Und du solltest das auch tun. Wir trinken jetzt, der Abend geht auf mich. Selbstzerstörungsmodus ist aktiviert.«

Benny lächelt. Die Stimme in meinem Kopf ist verstummt. Keine Beschwerden. Ich habe das Richtige getan. Benny und ich, wir wissen beide, was jetzt passieren wird.

Es ist weit nach Mitternacht. Wir stehen auf einer kleinen Bretterbühne, starren auf einen Monitor und versuchen, den Text zu entziffern.

»I'll tell you what I want, what I really, really want!«, kreische ich.

»So tell me what you want, what you really, really want!« Benny gibt alles. Es ist mitten in der Woche. Vor uns stehen drei Leute und schütteln die Köpfe. Sie können sich wohl nicht entscheiden, was furchtbarer ist: unsere schrägen Stimmen oder die verpassten Einsätze. Bild-Ton-Schere. Und warum singen zwei Kerle einen Weibersong? Uns ist das völlig egal. Wir sind hier, und nur hier. In diesem Moment. Und dieser Moment ist der richtige. Und gut. Seit Wochen habe ich mich nicht mehr so frei gefühlt. Gefühlt. Ich fühle wieder etwas. Wenn Glück einfach nur ein richtig guter Moment ist, dann bin ich jetzt glücklich.

Ich muss mich daran festhalten. Der Moment darf so schnell nicht vergehen. Wir bleiben nach dem Song und etwas mitleidigem Applaus einfach auf der Bühne stehen.

Ich wende mich dem Besitzer und Master of Ceremony der Karaoke-Bar zu, der seitlich der Bühne thront. »Können wir noch *Killing in the Name* von Rage Against the Machine singen?«, frage ich ins Mikro.

Der Mann wedelt mit den Armen: »Runter, runter! Nächster!«

»Oder haben Sie irgendwas von Eminem da?«

Stöhnend drückt er sich hoch, kommt rum und geleitet uns mit einem eisigen Lächeln auf den Lippen nach unten.

Wir sehen uns an.

»Dann müssen wir weiterziehen«, sagt Benny.

»Auf jeden Fall«, antworte ich. Festklammern am Glück. Den Moment anhalten.

Wir zahlen fünf Euro Eintritt und betreten die *Große Freiheit*. Achtzigerjahre-Party. Auch hier hält sich die Besucherzahl in Grenzen. Wir bestellen zwei Wodka Lemon.

»Kim?«

Fuck. Wer stört? Ich drehe mich langsam um.

»Jaaa! Du bist es! Das ist ja toll! Hey, wie geht's dir?« Die Frau vor mir breitet die Arme aus und drückt sich an mich. Ihr Parfüm riecht nach Sommer. Ich werde mir meiner Alkoholfahne bewusst und taste unauffällig nach den Kaugummis in der Hosentasche.

»Boah! Wie lange haben wir uns nicht gesehen? Das ist ja echt eine Überraschung!« Sie blickt von mir zu Benny – zu mir – zu unseren Drinks. »Oh. Störe ich grade? Ach komm, zwei Minuten hast du, oder? Wir wollten eh grade gehen. Wir haben in den Geburtstag von einer Freundin reingefeiert. Aber jetzt reicht's auch. Hier geht ja eh nichts mehr.« Sie lacht und deutet auf eine Gruppe aufgebrezelter Frauen, die an der Garderobe ihre Jacken entgegennehmen. »Komm, zwei Minuten für eine alte Kollegin!«

Benny nickt mir zu. Also rücke ich ein Stück zur Seite, sie nimmt den Platz zwischen uns ein und dreht Benny den Rücken zu.

»So erzähl mal, was machst du jetzt? Hast du das wirklich durchgezogen? Rettungssanitäter, ne?«

»Notfallsanitäter«, korrigiere ich und schiebe mir ein Kaugummi rein. Ich sehe, wie Benny das Gesicht in den Händen vergräbt und in sich hineinkichert. »Das ist quasi der Chef auf dem Rettungswagen, wenn kein Notarzt dabei ist.« Lalle ich?

»Krass! Und, wann bist du fertig?«

»Bin schon fertig.«

»Was? Hä? Wie lange ist es denn her, dass du bei uns gekündigt hast?«

»Bald viereinhalb Jahre.«

»Nein! Das ist ja krass! Ey, wie die Zeit rast. Geht dir das auch so? Je älter man wird, desto schneller rast die Zeit. Gefühlt bist du doch gerade erst weg bei uns!«

»Ehrlich gesagt, mir kommt es vor wie eine Ewigkeit. Diese Ausbildung waren die längsten drei Jahre meines Lebens«, sage ich. Benny nickt.

Sie legt mir die Hand auf die Schulter. »Also, ich finde deine Entscheidung immer noch so krass. So mutig. Einfach alles hinzuschmeißen, unserem Laden den Mittelfinger zu zeigen und was ganz anderes zu machen. Ey, selbst die Chefs haben damals den Hut gezogen. Ich bewundere dich. Ich selber denke auch so oft, ich muss noch mal was anderes machen. Ich weiß nicht, vielleicht was mit Kindern oder so.«

Die Ladys vor der Garderobe werden unruhig. Eine nimmt Daumen und Zeigefinger in den Mund und pfeift.

Meine Ex-Kollegin reißt die Augen auf. »O shit, ich muss los. Aber es war so gut, dich zu sehen, Kim! Lass doch mal treffen, mit ein paar Kollegen, in 'ner gemütlichen Runde, so auf die alten Zeiten! Hast du meine Nummer?«

»Bestimmt.«

»Super! Alles klar. Also, wir sehen uns. Ciao!«

Sie gibt mir einen Kuss auf die Wange und stürmt zum Ausgang.

Benny und ich schauen uns an und schütteln beide ungläubig die Köpfe.

»Hast du ihre Nummer?«, fragt er.

»Natürlich nicht. Ich habe alles gelöscht von damals. Erschreckenderweise fällt mir nicht mal ihr Name ein.«

Wir grinsen, prosten uns zu, stürzen unsere Drinks runter und stürmen die riesige Tanzfläche. Außer uns tanzen noch drei, vier Menschen. Menschen. Mann oder Frau, wer weiß das schon. Die Umrisse verschwimmen. »Sweet Dreams are made of this«, schreien wir. »Everybody is looking for something.«

Dann geht alles ganz schnell. Der Augenblick verweilt nicht mehr. Irgendjemand spult vor. Die Zeit, die wir für einen Moment zum Stillstand gebracht haben, muss wieder an den richtigen Punkt auf der Achse kommen.

Ich lasse mein Glas auf den Boden fallen. Es klirrt so schön. Ich nehme Bennys Glas und lasse es fallen. Mehr, ich will ein Orchester hören, ein Orchester aus Glas. Ich greife mir die leeren Gläser auf dem Stehtisch neben uns.

Eins nach dem anderen. Klirrklirr, Musik, Avantgarde. Ich erfinde neue Klangkompositionen zu alten Achtzigerjahre-Titeln. Ich nehme auch die kleine Keramikvase vom Tisch. »Billie Jean is not my lover.« Und werfe. Klirr. Genau im Takt.

»Sie verlassen jetzt augenblicklich die Veranstaltung. Sie haben für heute Hausverbot!«

Ach so. Ich habe mich schon gewundert, warum mich der muskulöse Mann so fest in den Arm nimmt. Jetzt drückt er mich Richtung Ausgang.

Ich suche nach einer passenden Antwort für den Security-Mann, aber mir fällt keine ein. Irgendwas Schlagfertiges, Unverschämtes. Aber alles, was ich rausbekomme, ist ein dümmliches »Warum?«.

Die Uhr hinter Benny zeigt Viertel vor sechs. Noch ist es dunkel draußen. Regen prasselt gegen die große Scheibe.

»Und da sagtest du einfach: Warum?« Benny versucht, meine Stimme zu imitieren. Wir beide verschlucken uns vor Lachen an unseren Burgern.

Marie ist schon auf, als ich ins Bett falle. Sie wartet hinter der Tür auf mich. Ist genervt.

»Bist du wieder fünfzehn?«, begrüßt sie mich.

Ja, bin ich. Fünfzehn für einen Abend. Gerne auch für immer.

MARIE

»Du kümmerst dich um überhaupt nichts mehr. Wann hast du zum letzten Mal die Wäsche gewaschen? Oder die Spülmaschine ausgeräumt? Wann hast du das letzte Mal eingekauft?« Marie sieht mich herausfordernd an. Es sind immer die Kleinigkeiten, die einen Sturm entfachen. Erst ging es nur darum, wer die Einkaufstaschen auspackt, die Marie mit nach Hause gebracht hat. Hätte ich es doch einfach gemacht.

Ich gucke zu Boden, sage nichts.

»Das geht so nicht mehr, Kim. Ich hab da keinen Bock mehr drauf. Das ist jetzt wieder genauso wie während der Ausbildung. Ich spiele aber nicht mehr die verständnisvolle Frau an deiner Seite. Das hab ich gern getan über all die Zeit. Ich hab dir gerne den Rücken freigehalten, dich gerne unterstützt, wo ich nur konnte. Aber das ist jetzt vorbei.« Marie ist aufgewühlt, aber sie spricht ganz ruhig. Das macht die Worte umso schärfer.

»Ich find's unfair, Kim. Das haben wir anders abgemacht. Du hast es mir versprochen. Ich arbeite auch den ganzen Tag und will mich danach nicht nur um deinen Scheiß kümmern. Und vielleicht geht's mir auch mal schlecht. Oder gut. Was auch immer, dich scheint's ja nicht zu interessieren!« Sie atmet tief durch. »Am Ende geht es immer nur um dich. Um deine Pläne. Deine Träume. Dein Ego.«

Wie kann ich es ihr nur erklären? Sie hat ja recht. Ich kümmere mich nicht. Nicht um sie, nicht um unser Zuhause. Aber das hat nichts mit unserer Beziehung zu tun. Das hat nichts mit ihr zu tun und auch nichts mit meinem Ego. Im Gegenteil. Ich komme einfach mit mir selbst nicht richtig klar. Ich bin so oft einfach nur fertig, sodass ich keine Energie mehr hab.

Ich habe so sehr für meinen Traum gekämpft, und meine Kollegen schaffen das doch auch! Wieso sollte ich es nicht schaffen? Das ist doch keine Geschichte des Scheiterns. Das ist die Geschichte vom Glück.

»Manchmal weiß ich gar nicht, was du denkst. Was du fühlst. Ob du überhaupt etwas fühlst. Du bist einfach nur kalt. Zu dir selbst und besonders zu mir.« Ganz leise fragt sie: »Liebst du mich überhaupt noch?«

Ich stehe auf, gehe zu ihr und nehme Marie fest in den Arm. Sie fängt an zu weinen. Ich versuche es auch. Es klappt nicht.

»So, so sehr«, sage ich und drücke sie noch fester an mich. »Hab Vertrauen in uns. Ich mach gerade irgendwie 'ne harte Zeit durch.«

Marie flüstert: »Dann sprich mit mir. Sag mir, warum das gerade eine harte Zeit ist. Erklär mir, warum ich das Gefühl habe, dass du gar nicht da bist, obwohl du neben mir stehst. Wenn ich weiß, was los ist, dann habe ich doch auch Verständnis.«

Ich löse meinen Griff, halte sie an den Schultern, blicke ihr ernst ins Gesicht. »Eine nicht ausgeleerte Spülmaschine wird uns nicht entzweien.«

Marie fängt an zu lachen: »Aber bei einer nicht ausgeleerten Spül- und Waschmaschine wird es schon kritisch.« Dann verschwindet ihr Lächeln. »Wir müssen was ändern.«

Ich umarme sie wieder. Wir stehen in der Küche, und ich lasse sie lange nicht los. Ich will sie niemals verlieren. Sie ist mein Fels. Sie ist diejenige, die all die Dinge ausgleicht, die ich auf der Arbeit erlebe. Jedes Mal, wenn ich todkranke Menschen sehe, denke ich: Ich muss meine Zeit mit ihr noch besser nutzen. Ich muss intensiver leben. Aber den Gedanken habe ich oft wieder vergessen, wenn die Schicht sich dem Ende zuneigt.

Ich habe Marie auf einer Weihnachtsfeier im Krankenhaus kennengelernt. Ausgerechnet auf einer Weihnachtsfeier. Sie war als Physiotherapeutin angestellt, ich war der Azubi, der seine allerersten Stunden gesammelt hat.

In einer Ecke des Raums stand ein mit weißem Glitzer besprühter Plastiktannenbaum, an den Wänden blinkten Lichterketten. Das Büfett war leer, die Tanzfläche voll. »All I want for Christmas is youuuu«, schmetterte Mariah Carey. »U-u-u-uh, Baby!«, grölten die Kollegen.

Die Leute um uns gesellten sich nach und nach zu anderen Grüppchen. Wir standen zu zweit neben der Plastiktanne. Endlich allein mit der Frau, die den ganzen Abend gelächelt hatte, sobald sich unsere Blicke trafen.

Sie verschränkte die Arme und nickte mir zu: »Wieso bist du als Azubi so alt?«

»Das ist eine lange Geschichte«, warnte ich und erzählte ihr eine einigermaßen ehrliche Version.

»Wow«, sagte sie. »Das könnte ich nicht.«

»Warum nicht? Jeder kann das. Man muss es nur wollen. Und dann auch machen.«

»Ja, aber selbst wenn ich wollte, könnte ich nicht. Ich bin so froh, irgendwo angekommen zu sein. Nicht mehr die Auszubildende zu sein, die Anfängerin. Ich bin froh, dass mir mein Job liegt und ich gut darin bin. Dass ich die Kollegen und Kolleginnen kenne und dass ich weiß, wie der Hase läuft. Das gibt einem ja auch einen gewissen Halt, eine Sicherheit. Noch mal von vorne anzufangen fände ich den absoluten Horror.« Sie strich sich eine Strähne aus der Stirn. »Also, du hast meinen größten Respekt.«

Ich verbeugte mich leicht, sie grinste.

»Darf ich dich auch was fragen, Marie?«

»Immer. Alles.«

»Welche Musik hörst du?«

»Hip-Hop, Elektro, Jazz ... – was Spotify so hergibt.«

»Gitarre?«

»Ich hasse Gitarrenmusik!«, strahlte sie.

Nicht ihr Ernst. Dich krieg ich, dachte ich.

Zwei Monate später ist sie bei mir eingezogen.

Marie nimmt ein Bad, und ich sitze am Küchentisch und spiele mit Krümeln, die ich eigentlich wegwischen wollte.

Vier Jahre sind wir jetzt zusammen. Nicht ein einziges Mal haben wir übers Heiraten oder Kinderkriegen gesprochen. Wir sind beide Mitte dreißig, und viele befreundete Paare produzieren schon eifrig Nachwuchs. Ich war mittlerweile auf fünf Hochzeiten. Wieso ist das kein Thema bei uns? Beziehungsweise: kein Thema für Marie?

Ich gebe nichts auf verlogene Zeremonien und Schwüre auf alle Ewigkeit. Nichts ist sicher. Das erlebe ich jeden Tag. Also geht auch jeder Schwur im Kern komplett am wahren Leben vorbei.

Und ein Kind? Das passt zurzeit gar nicht rein. Wie soll ich Vater sein, wenn ich nicht mal ein guter Partner bin? O Gott, außerdem hieße das ja noch weniger Schlaf.

Nein, alles Blödsinn. Dafür ist noch Zeit. Und wenn der richtige Zeitpunkt da ist, dann greifen wir auch zu.

Aber vielleicht will Marie ja, dass ich sie »frage«. Und wartet. Oder sie denkt wie ich, vertraut darauf, dass der passende Moment kommen wird. Soll die biologische Uhr doch ticken. Bei mir piept's eh so laut, ich hör sie nicht.

Ich stapfe durch den Garten, stoppe, drehe mich um. Hinter mir ist Benny. Was macht der denn hier?

Diesen Hintereingang hab ich schon mal gesehen. Schlüpfe durch die Terrassentür. Wie das stinkt. Eine Fifty-fifty-Mische aus ranziger Wurst und einer seit Monaten nicht geleerten Biotonne. Mein Mund füllt sich mit Speichel. Ekelhaft.

Auf dem Sofa sitzt eine Frau. Vor ihr eine halb leere Wodkaflasche. Was sind das für bunte Pillen auf dem Beistelltisch? Und ist das eine Spritze? Die Frau ist verdammt ungepflegt. Dreckige Bluse, die Haare wie von Krusty dem Clown. Mitte dreißig. Mein Alter. Sie sagt etwas. Hört sich an wie ein Reim.

»Benny, verstehst du das?«, frage ich.

»Sei still! Sie rappt.«

Plötzlich steht der Nachbar neben uns. »Nach oben«, sagt er.

Angst durchzuckt mich. Ich zeige auf die Frau: »Ist das nicht unsere Patientin?«

Er antwortet nicht. Benny und ich gehen Richtung Treppe.

»Scheiße. Alles voller Scheiße. Und ich bin voll reingetreten«, beschwert sich Benny.

Ich bekomme kaum Luft. Es stinkt bestialisch. Ich versuche, durch den Mund zu atmen. Langsam ein – und aus. Es surrt um meinen Kopf. Ich atme ein, tief, tief ein. Fliegen. Habe Fliegen eingeatmet! Viele Fliegen! Ich versuche, sie auszuspucken. Huste. Kräftig. Kräftiger. Würge. Übergebe mich. Ich kotze alles voll. Der Strahl hört gar nicht auf. Egal. Ich lasse es raus.

Dann ein Schrei. Ich drehe mich um und kotze Benny mitten ins Gesicht. Nicht nur Benny schreit. Alle schreien, auch der Nachbar und die Frau. Sie schreit so hoch, so schrill und laut, dass mein Trommelfell platzt. Blut läuft mir aus den Ohren.

SCHLECHTER SCHERZ

Epistaxis lese ich auf der Einsatzmeldung. Ich starte den RTW, schalte das Blaulicht an. Los geht's. So schnell ich es verantworten kann. Lieber komme ich dreißig Sekunden später an als gar nicht. Vor meiner ersten Blaulichtfahrt hat mein Ausbilder mir Videos von verunfallten Rettungswagen gezeigt. Minutenlang. Die meisten lagen auf der Seite, die Scheiben zersplittert, die Karosserie verformt. Einer war frontal in eine Hauswand gerast. Aus einem anderen wurden Leichen gezogen. Diese Bilder wirken. Auf keinen Fall will ich als mahnendes Beispiel für jeden neuen Ausbildungsjahrgang herhalten müssen!

Unsere Einsatzstelle liegt in einem ruhigen Wohnviertel. Leere Straßen, gepflegte Vorgärten. Malte schnallt sich den schweren Rucksack auf den Rücken und nimmt die Absauge. Ich trage das Sauerstoffgerät und den C3, unsere Wunderanalysewaffe – Defibrillator, EKG, Blutdruckmesser und Pulsoxymeter in einem. Ein älterer Herr öffnet uns die Haustür. Ihm steckt ein Papiertaschentuch in der Nase. Er sieht aus wie ein alter Kapitän. Kapitän mit Taschentuch.

»Ach, da sind Sie ja schon!«, begrüßt er uns. »Kommen Sie doch erst einmal rein. Darf ich Ihnen was anbieten? Ich hätte Früchtetee für Sie.«

»Nein, vielen Dank«, sage ich. Laut und deutlich, freundlich, aber bestimmt. Typisch Rettungsdienst. Wir folgen dem Mann in die Stube. Eine Standuhr tickt. In den Fenstern und Regalen stehen Buddelschiffe in allen Größen und Formen. Die Flaschen glänzen, in ihnen blähen sich die Segel filigraner Windjammer.

»Wie können wir Ihnen helfen?«, frage ich.

»Ach, wissen Sie«, erklärt der Kapitän. »Ich habe gepopelt, und dann hat es geblutet. Na, da habe ich es mit der Angst zu tun bekommen.«

Malte und ich blicken uns an. »Wie viel Blut ist denn rausgekommen?«, will ich wissen. Nach einer dramatischen Epistaxis, also Nasenbluten, sieht es mir nicht aus.

»Ach, nur ein paar Tropfen. Direkt nach dem Anruf hat es aufgehört.«

Nicht sein Ernst. »Ich fasse das noch mal zusammen: Sie haben gepopelt, es hat ein bisschen geblutet, und da haben Sie die 112 gewählt, die Nummer für Notfälle.« Ich betone jedes Wort, besonders das letzte. Doch den Subtext versteht der Mann offenbar nicht. »Und warum haben Sie, nachdem es dann wieder aufgehört hat zu bluten, nicht noch einmal angerufen und den Rettungsdienst abbestellt?« Ich habe große Mühe, ruhig zu bleiben.

»Na ja, man weiß ja nie«, sagt unser Patient, der kein Patient ist.

»Bitte machen Sie das nie wieder. Wir sind für Notfälle da, nicht für Popel.« Ich mache auf dem Absatz kehrt.

»Sollten wir nicht … vorsichtshalber … einen Blick in die Nase …?«, setzt Malte an. Dann zuckt er mit den Schultern und wendet sich an den Mann. »Wenn jetzt ein richtiger Notfall passiert, kann unser Wagen nicht alarmiert werden. Deswegen ist mein Kollege so erregt.«

»Oh … also …«, höre ich den Kapitän noch stottern, bevor ich aus der Haustür bin.

»Was war das denn für ein Kack? Das war doch echt ’n schlechter Scherz!« Ich bin so richtig in Fahrt. »Das kann doch wohl nicht sein, dass ich für so einen Shit rausfahren muss! Stell dir mal vor, um die Ecke wäre jetzt ein Unfall. Unser Wagen wäre blockiert. Und das nur wegen eines popelnden Seebären! Wir sind doch kein Serviceunternehmen, wir sind der Rettungsdienst! Ich würde dem Typen gerne mal ’ne richtig schöne Rechnung schreiben. Dann würde er uns nicht mehr so schnell rufen!« Das tut gut. Hab Wachleiter Carsten im Ohr: »Neunzig Prozent Scheiße.« Trotzdem regt mich jeder einzelne unnötige Einsatz auf.

Ich tröste mich mit der Aussicht auf heute Abend. Da sehe ich endlich Benny wieder.

Benny ist wieder früher da als ich. Wir umarmen uns.

»Teampartner«, sage ich.

»Teampartner«, erwidert Benny.

Ich vergesse, dass ich ihn zuerst nach seiner Mutter fragen wollte, es sprudelt nur so aus mir heraus. Die Geschichte mit dem Popel, ein Sinnbild für den ganzen Müll, wegen dem wir täglich rausfahren müssen. Benny regt sich mit mir über den Seebären auf, dabei geht es im Grunde gar nicht um den armen Mann. Der hatte ja einfach nur Angst, wusste das bisschen Nasenbluten nicht einzuschätzen. Aber er muss herhalten für so viele Einsätze, die wir uns hätten sparen können. Für all die Harnwegsinfekte, Brechdurchfälle, Rücken-, Bauch-, Ohren- und Zahnschmerzen und Schnupfnasen. Diese Einsätze sorgen dafür, dass wir uns mehr und mehr wie Taxifahrer vorkommen. Sie sind Ursache für unseren tiefen Frust.

»Selbst wenn der Typ unbedingt am späten Nachmittag wegen seiner Popelei einen Arzt sehen will, warum geht er dann nicht zu seinem Hausarzt? Er hat doch zwei funktionierende Beine! Oder er ruft sich ein Taxi!«, schnaube ich.

Benny winkt ab: »Ach, der könnte auch den ärztlichen Bereitschaftsdienst rufen. 116 117. Diese Nummer muss sich doch inzwischen rumgesprochen haben.«

»Oder noch besser: Warum schaltet er nicht seinen gesunden Menschenverstand ein und wartet einfach noch ein bisschen ab, ob er wirklich Hilfe braucht? Ich glaube echt, die Leute nehmen uns nicht für voll.« Ich trinke einen Schluck Bier. Schön kühl.

Dann fasse ich mir ein Herz. »Und, wie geht's dem Taxiunternehmer Benny, wie geht es deiner Mutter?« Bitte lass den kleinen Klaus Kinski nicht wieder auftauchen.

»Es geht. Den Umzug hab ich geschafft, das ging echt schnell mit dieser Firma, im Grunde war's nur der Samstag. Gestern hab ich ausgepackt. Die Bude ist nice. Bin froh, dass ich nicht mehr in dieser engen WG hocke.« Benny wischt sich die Hände an den Oberschenkeln ab. »Und meiner Mutter geht es den Umständen entsprechend. War jetzt ja die erste Chemo. Nimmt sie derbe mit. Sie ist ganz verändert. Aber irgendwie wird sie das durchziehen.« Er schaut an mir vorbei, wohin auch immer.

Es ist seltsam. Wir haben es fast täglich mit Krebsfällen zu tun. Wir unterhalten uns auch darüber, ganz offen. Ein normales Arbeitsgesprächsthema. Aber wenn wir dann plötzlich selbst betroffen sind, wird es schwierig. Dann fehlt die Distanz. Dann sitzt der Krebs daneben und lacht uns dreckig ins Gesicht. Wir werden sprachlos. Hilflos. Verdammter Dreckskrebs.

»Ich war heute mit ihr einkaufen«, fährt Benny fort. »Wir haben eine Perücke für sie ausgesucht.«

Wie furchtbar. Ich sehe mich mit meiner Mutter im Perückenladen stehen, während sie ein Modell nach dem anderen anprobiert. Keine Perücke ist die richtige. Mama wirkt immer fremd.

Früher, als Kind, hab ich das geliebt. Im Kostümladen stöbern, vor Karneval. Meine Eltern beobachteten mich aus den Augenwinkeln, ließen mir die freie Auswahl. Nur die teuren Modelle waren ausgeschlossen. Ich griff zu, und schon war ich der, der ich schon immer sein wollte. Batman, Spiderman, Robin Hood. Binnen Sekunden ein Superheld. Wegen einer Krebserkrankung eine Verkleidung zu kaufen muss das exakte Gegenteil dieses Glücks sein.

»Habt ihr was Passendes gefunden?«, frage ich.

»Ja, wir haben eine genommen, die ihrer jetzigen Frisur recht nahekommt. Vielleicht fallen ihr die Haare ja auch gar nicht aus. Aber sie möchte vorbereitet sein.« Benny trinkt, schluckt und sieht mir direkt ins Gesicht. »Ich wollte nur noch mal sagen, dass unser Abend letzte Woche echt groß war. Ich will mehr davon.«

»Können wir gerne machen«, lache ich. Allzu oft krankmelden können wir uns allerdings nicht. Außerdem hat die Nacht ordentlich Kraft gekostet. Kraft, die ich eigentlich nicht hab.

Benny lehnt sich zurück. »Und, wie geht's dir so?«

Ich weiß nicht so recht, was ich antworten soll. Welches Fass will ich aufmachen? »Ach, ich hab gerade wieder 'n bisschen Stress mit Marie. Sie wirft mir vor, dass ich zu wenig zu Hause mithelfe und immer nur an mich denke.«

»Wie, du hast dich mit Marie gestritten? Redet ihr wieder? Wohnt die etwa wieder bei dir?«, fragt Benny aufgeregt.

Ich verstehe nicht ganz. »Wieso sollten wir nicht reden? Und ja, Benny, wir wohnen zusammen, seit vier Jahren. Schön, dass du das auch mal mitbekommst.« Ich grinse verunsichert und schüttele den Kopf.

»Alter, was stimmt nicht mit dir? Ich weiß nicht, welches Spiel du da treibst, aber ich find es nicht lustig«, entgegnet Benny.

Ich begreife es nicht. Warum reagiert er so aggro?

»Sorry, Kim, aber vor einem halben Jahr hast du mir erzählt, dass du nicht mehr mit Marie zusammen bist. Dass sie ausgezogen ist und wieder bei ihren Eltern wohnt.«

»Das soll ich gesagt haben? Warum?«

»Weil es so war? Kim ... ich habe sie seitdem auch nicht mehr bei dir gesehen.«

»Das ist ein Scherz, oder?« Panik steigt hoch.

»Nein, Kim. Das ist kein Scherz. Ich schwöre bei meiner Mutter. Okay?«

Ich sehe mich von oben. Sehe, wie ich Benny gegenübersitze. Ich versuche, etwas zu sagen, bekomme die Wörter aber nicht in die richtige Reihenfolge. Ich schließe die Augen und höre für einen Moment nichts mehr. Keinen Fiepton. Keinen Herzschlag. Nichts.

Sitze bei Benny im Wagen. Geballte Sprachlosigkeit auf fünf Kilometern.

»Kim, du solltest dich wirklich mal ausschlafen«, rät er mir, bevor ich aussteige.

»Ja. Und danke.« Meine Stimmbänder sind nicht in der Lage, mehr hervorzubringen.

Die Haustür kracht hinter mir ins Schloss. Vor mir das prächtige Treppenhaus des Altbaus. Die Treppen schwingen sich hinauf bis in unseren fünften Stock. In meinen fünften Stock. Ich lasse das Licht aus und nehme Stufe für Stufe. Ruhige, bewusste Bewegungen im Mondlicht.

Komm klar. Bleib ruhig. Atme. Ruhig. Keine Aufregung. Nur nicht in Panik geraten. Am liebsten würde ich losrasen und immer zwei Stufen auf einmal nehmen bis nach oben, Tür auf, und dann die Erleichterung: War alles nur ein schlechter Scherz, eine groß angelegte Verschwörung, ein finsterer Traum. Solche Träume hatte ich doch in letzter Zeit öfter.

Aber ich bleibe ruhig. Stufe für Stufe. Benny hat die Wahrheit gesagt. Es gibt keine Erlösung da oben.

Ich muss fummeln, bis der Schlüssel endlich ins Türschloss gleitet, die Hände zittern. Ich lasse die Tür hinter mir zufallen und lehne mich dagegen. Es ist dunkel. Höre meinen Atem. Ruhig. Bleib ruhig. Riecht es hier nicht nach Marie?

Mein Herz macht einen Sprung, ich ziehe nicht mal die Schuhe aus und bin in zwei, drei Sätzen im Bad, Licht an, und – eine Zahnbürste. Meine Zahnbürste.

Panik.

Was ist das hier für eine kranke Scheiße? Was ist los mit dir? Wie VERRÜCKT bist du denn? H.P. Kinski ist zurück. *Du Psycho!*

Ich kann es mir nicht erklären. Sie war da. Sie war da!

Du hast sie dir eingebildet, du Schwachkopf! Hast wohl die Trennung nicht verkraftet, du armseliges Weichei! Einweisen sollte man dich!

Mein Herz rast, mein Atem auch. Und dann ist da diese Idee in meinem Kopf.

Nein, tu es nicht! Bist du bescheuert?!

Ich zücke mein Smartphone. 21.46 Uhr. Soll ich es riskieren?

Mach dich nicht lächerlich!

Ich wähle Maries Nummer.

Leg auf!

Es tutet. Dreimal. Scheiße, geh ran und gib mir die letzte Bestätigung. Das siebte Mal. Die Mailbox springt an.

LEG SOFORT AUF!!!

»Schade, leider niemand da. Nachrichten dürfen aber gerne hinterlassen werden.« Piep. Maries Stimme. Wie lange habe ich sie nicht mehr gehört? Ich lege auf.

Zu spät, du Idiot.

Ja, zu spät. Jetzt wird sie nicht nur sehen, dass ich angerufen habe. Sie wird auch noch eine Sprachnachricht bekommen, in der drei Sekunden lang nur mein schwerer Atem zu hören ist. Wie peinlich.

Geradezu lächerlich!

Ich wäre gern mutig gewesen. Hätte ich doch nur ausgesprochen, was ich denke. Warum hast du mich verlassen? Mehr nicht. Wäre das nicht die richtige Nachricht gewesen? Warum hast du mich verlassen, Marie?

THE LONG NIGHT

Ich wache völlig gerädert auf. Habe kaum geschlafen, mich hin und her gewälzt. Und jetzt das schlimmste Katergefühl. Dabei hab ich doch kaum was getrunken.

Was stimmt nicht mit dir? Die Frage verfolgt mich. Ich bin kein Psychologe. Ich will aber auch keinen Psychologen. Ich hasse Psychologen. Meine intimsten Gedanken und Fragen will ich mit der Person ausmachen, der ich am meisten vertraue: mir selbst.

Warum habe ich mir was vorgemacht? Weil ich die Trennung nicht wahrhaben wollte? Das muss es sein. Die Trennung erklärt doch auch all meine Albträume. Mein Schlechtdraufsein. Dass ich im Job ein bisschen neben der Spur bin. Mir wird leicht ums Herz. Das ist die Lösung.

Ich schaue aufs Smartphone. Kein Anruf. Soll ich? Ist es schlau? Zu spät. Maries Nummer ist gewählt. Sieben Mal tutet es. Dann höre ich ihre etwas aufgesetzte Mailboxstimme: »Schade, leider niemand da. Nachrichten dürfen aber gerne hinterlassen werden.« Diesmal schaffe ich es, vor dem Piepton aufzulegen.

So eine Scheiße. Natürlich hat sie gesehen, dass ich angerufen hab. Natürlich will sie nicht rangehen. Und erst recht nicht zurückrufen. Sie wird es einfach nicht tun. Wenn sie etwas durchziehen will, dann bleibt sie straight.

Aber irgendwie ist es auch extrem unsouverän von ihr. Ich will sie doch nur kurz sprechen. Eine kurze Erklärung bekommen, um die Sache abschließen zu können.

Heul doch!, zischt H.P. Kinski.

Um 18.28 Uhr stehe ich in voller Montur neben dem RTW. Nachtschicht. Unsere Vorgänger haben mir Schlüssel und Melder überreicht. Jetzt muss ich mit Nicole den Wagen checken. Ist wirklich alles aufgefüllt worden? Ist der Sauerstoff noch im grünen Bereich? Sind abgelaufene Medikamente an Bord? Wir müssen uns beeilen. Der Wagen ist nicht außer Dienst. Wir können jederzeit alarmiert werden.

Nicole ist alleinerziehend, Ende dreißig. Wegen ihrer Kinder arbeitet sie in Teilzeit. Wenn sie nicht zu Hause ist, passt ihre Schwester auf die Kleinen auf.

Nicole ist tough shit. Sie arbeitet seit über zwölf Jahren als Rettungsassistentin und widerlegt bei jedem Einsatz jegliche Vorurteile gegenüber weiblichem Personal. Ich habe sie noch nie klagen gehört. Selbst wenn eine Reanimation mal über sechzig Minuten geht.

Nicole pflegt einen recht rauen Umgangston. Gerade die jüngeren Kollegen verschreckt sie damit. Aber es ist wie so oft mit harten Schalen – darunter steckt ein weicher Kern, ein absolut liebenswürdiger Mensch. Eine, die sich für andere einsetzt und darin ihre Lebensaufgabe gefunden hat.

Sie ist Vorsitzende im Betriebsrat. Der kämpft zwar auf verlorenem Posten, aber er kämpft. Und Nicole geht vorneweg. Nicht aufgrund großartiger Errungenschaften des Betriebsrats, sondern weil sie echt ist. Man nimmt ihr ab, dass sie für ihre Kollegen alles in die Waagschale wirft. Wenn sie nichts erreicht, dann keiner.

Nicole checkt gerade die Braunülen im Rucksack, und ich zähle die Beatmungsmasken, als der Alarm losgeht. Zwei lang gezogene Töne dringen aus der Wagenhalle zu uns in den RTW. Eine Warnlampe taucht die Wände draußen sekundenweise in rotes Licht. Kurz darauf vibrieren und schrillen unsere am Gürtel steckenden Melder. 18.36 Uhr. Bis eben habe ich mich völlig verkatert gefühlt. Jetzt bin ich schlagartig wach. Alle Sinne sind geschärft, es zählt nur der Moment.

Nicole nimmt hinterm Steuer Platz, ich drücke die 3 auf dem Funkgerät, und die Leitstelle weiß, dass wir den Einsatz angenommen haben und losfahren. Ich falte die Karte auseinander.

»Wir müssen raus in den Speckgürtel«, brülle ich gegen das Martinshorn an. Das ist eigentlich nicht unser Einsatzgebiet, aber wahrscheinlich sind alle anderen Rettungswagen bereits alarmiert worden und fahren Menschen in die Notaufnahme, die zu viel gepopelt haben.

Gesichtsverletzung durch Pferdetritt steht auf der Einsatzdepesche, darunter *Dyspnoe*, gestörte Atmung. Patientinnenalter *21 Jahre*. Geht ja schon einmal gut los heute. Ein Zehn-Prozent-Einsatz.

Nicole fährt schnell, ich halte mich am Griff oberhalb der Tür fest. Kralle mich fest. Sie hat bestimmt niemals diese Videos von den verunfallten RTW gesehen.

Nicole schafft die lange Strecke in elf Minuten. Ich hätte mindestens fünfzehn dafür gebraucht.

Sie schaltet Blaulicht und Martinshorn aus. Ich drücke die 4 auf dem Funkgerät, wir sind am Einsatzort. Um uns herum Wald. Aufgeregt winkt uns ein junges Mädchen zu und deutet in die Einfahrt. Nicole lenkt den RTW über sandigen Boden vor eine Reithalle. Ich springe aus dem Wagen.

»Schnell! Meiner Schwester ist etwas Schreckliches passiert!«, ruft das Mädchen. Ich greife nach Rucksack und Absauge, Nicole trägt die Sauerstofftasche und den C3. Zügig gehen, nicht rennen. Jetzt bloß nicht mit all den Geräten stolpern, sich verletzen oder die Geräte beschädigen.

Wir folgen dem Mädchen in den Stall. Es riecht nach Pferd und Mist. Vor einer leeren Box liegt eine zierliche junge Frau auf dem Boden. Sie wimmert vor Schmerzen. Zwei andere Mädchen knien neben ihr und halten ihre Hände. Ängstlich blicken sie zu uns auf. Das Gesicht der Patientin ist blutig. Richtig blutig. Und geschwollen, besonders das linke Auge. Das ganze Gesicht sieht verformt aus. Die Nase schräg, die Lippen aufgeplatzt. Entlang der Wange zeichnet sich ein dunkler Abdruck ab. Die Frau hat Probleme, Luft zu bekommen. Sie verschluckt sich, Blut quillt aus ihrem Mundwinkel.

»Bitte zur Seite. Was ist hier genau passiert?«, fragt Nicole die drei Mädchen.

»Lea hat einen Huftritt abbekommen. Mitten ins Gesicht. Bitte helfen Sie ihr«, sagt die Größte der drei mit tränenerstickter Stimme.

Lea schreit auf und verschluckt sich dann wieder. Sie verschluckt den Schrei förmlich.

»Okay. Könnt ihr bitte die 112 wählen und noch einen Notarzt verständigen? Sagt: Pferdetritt ins Gesicht, vermutlich Mittelgesichtsfraktur. Kriegst du das hin?«, frage ich die Große. Sie holt sofort das Handy aus der Tasche.

Ich fixiere Leas Kopf zwischen meinen Knien und sage: »Hallo, Lea, wir sind der Rettungsdienst und haben gehört, was passiert ist. Hast du große Schmerzen?«

Lea öffnet die Augen und nickt vorsichtig, reden kann sie nicht, sie hat zu viel Flüssigkeit im Mund. Die Augen gehen wieder zu, sie wirkt schon ein bisschen weggetreten.

Nicole gibt mir die Absauge und platziert ein Pulsoxy an Leas Finger. Es misst die Herzfrequenz und die Sauerstoffsättigung. Ich öffne Leas Mund. Er ist voll mit hellrotem Blut. Ich sauge alles weg. Neues Blut läuft nach. Ich muss jetzt dafür sorgen, dass die Atemwege frei bleiben. Sonst wird sie nicht ausreichend mit Sauerstoff versorgt. Ihre Sättigung liegt bei zweiundachtzig Prozent. Zu niedrig. Nicole nimmt eine Sauerstoffmaske und hält sie über Leas Nase und Mund. Sie kann die Maske nicht richtig anlegen, dafür muss ich zu oft absaugen.

Nicole wendet sich an die kleine Schwester. »Kannst du die Maske halten?« Sie will ihre Hände wieder frei haben. Fünfzehn Liter Sauerstoff pro Minute laufen jetzt nonstop. Ich taste vorsichtig über Leas Gesicht. Höre ein leises Knirschen. Lea schreit vor Schmerzen auf. Wangenknochen, Jochbein, Nasenbein, Augenhöhlen. Hier fühlt sich nichts mehr stabil an.

»Das scheint tatsächlich eine schwere Mittelgesichtsfraktur zu sein.« Mir wird heiß. Aber im Kopf bin ich ganz klar. Ich nehme das Funkgerät von meinem Gürtel und drücke die 5.

Nach ein paar Sekunden meldet sich die Leitstelle: »75-Berta für Florian Hamburg, bitte kommen.«

»75-Berta hier. Wäre ein Helikopter schneller als ein NEF verfügbar?«

»Ich starte eine Abfrage.« Kurz darauf knarzt das Funkgerät wieder: »75-Berta für Florian Hamburg. Helikopter wäre erst in dreißig Minuten am Einsatzort. Das NEF ist in wenigen Minuten da.«

»Dann warten wir auf das NEF.«

Leas Zustand ist kritisch. Der Blutdruck liegt bei neunzig zu sechzig. Das EKG zeigt eine Sinustachykardie bei einer Herzfrequenz von hundertzwanzig Schlägen pro Minute. Viel zu schnell. Ihre Schmerzen müssen höllisch sein. Ich sauge wieder Blut ab und bereite eine endotracheale Intubation für den Notarzt vor. Das ist die beste Möglichkeit, Leas Atemweg zu sichern. Sie darf sich nicht mehr verschlucken.

Nicole legt einen intravenösen Zugang auf Leas Handrücken und schließt die Infusionslösung an.

»Kannst du den halten?«, fragt sie die Schwester und drückt ihr den Beutel in die Hand. Es tröpfelt langsam. Erst mal. Wir wollen die Blutung nicht verstärken. Ich checke Leas Pupillen. Schwer zu beurteilen, das linke Auge ist mittlerweile noch stärker angeschwollen. Wirklich kein schöner Anblick.

Nicole kramt die Rettungsdecke raus. Lea soll nicht mehr frösteln. Hypothermie sorgt für eine Störung der Blutgerinnung. Lea stöhnt und zuckt. Ihre Schmerzen müssen wirklich unerträglich sein. Ich finde das unbefriedigend. Ich will nicht, dass meine Patienten unnötig leiden.

»Hast du Allergien? Besonders gegen Medikamente?«, fragt Nicole. Lea gurgelt. Ich sauge ab.

Nicole wiederholt die Frage, dann blickt sie mich an: »Ich meine, sie hat Nein gesagt.«

»Ja, das habe ich auch verstanden«, sage ich.

»Nimmst du sonst irgendwelche Medikamente?« Nicole wartet ab. Wieder so etwas wie ein Nein. Nun befragt sie Leas Schwester: »Weißt du, wann Lea das letzte Mal gegessen hat?«

»Wir hatten Kuchen mit, den haben wir uns nachmittags geteilt. So um vier?«

»Hat sie irgendwelche Vorerkrankungen? So was wie Asthma? Oder einen Herzfehler?«

Das Mädchen schüttelt den Kopf.

»Und hast du eine Ahnung, wie viel Lea wiegt?«

Sie zuckt mit den Schultern.

Nicole schaut zu mir: »Sie ist schlank. Ich schätze, um die fünfzig Kilo.«

Ich nicke. Wir würden jetzt gerne die Schmerzmedikamente geben, aber der Notarzt ist noch immer nicht da. Für uns sind die beiden passenden Medikamente Ketanest und Dormicum nicht freigegeben. Ich ärgere mich über diesen Behördenirrsinn: Dreieinhalb Kilometer weiter, gleich hinter der Stadtgrenze, haben es die Kollegen in ihrem Rucksack.

Es kommt mir wie eine Ewigkeit vor, bis das NEF mit der Notärztin endlich da ist. Tatsächlich sind nur vier Minuten vergangen. Der Beutel der Absauge ist ordentlich mit Blut gefüllt. Nicole und ich haben es geschafft, Lea zu stabilisieren. Ihr Zustand hat sich nicht verschlechtert. Die Sauerstoffsättigung ist aber immer noch alles andere als zufriedenstellend. Wir machen die Übergabe, kurz und knapp. Berichten, was genau wir getan und was wir über Lea erfahren haben.

»Zieh mir mal fünf Milligramm Midazolam auf. Fünfzig Milligramm Esketamin und fünfzig Milligramm Succinylcholin. Wir machen jetzt eine Crash-Intubation«, sagt die Notärztin zu ihrem Kollegen. Der zieht die Medikamente auf und reicht sie an. Über den Zugang verschwinden sie in Leas Vene. Die Narkose wirkt schnell. Lea schließt die Augen und ist nicht mehr ansprechbar. Hat endlich keine Schmerzen mehr. Hat aber auch aufgehört zu atmen.

»Los jetzt!«, kommandiert die Ärztin.

Ich assistiere bei der Intubation. Mit dem Laryngoskop und dem dazugehörigen Spatel drückt die Notärztin Leas Zungengrund nach oben, bis sie Leas Stimmritze sehen kann. Ich reiche ihr den Endotrachealtubus. Sie versucht, ihn so weit in die Luftröhre hineinzuschieben, dass die schwarze Markierung hinter der Glottis verschwindet.

»Verdammt, ich kann gar nichts sehen. Es sickert ständig Blut vor die Glottis!«

Ich sauge wieder ab.

»Noch mal!«

Es hilft kaum. Ich beobachte die Hände der Notärztin. Sie zittern nicht, nicht mal ein bisschen. Selbst beim dritten Anlauf nicht. Mittlerweile sind schon mehr als fünfundvierzig Sekunden vergangen.

»Sauerstoff bei siebzig!«, ruft Nicole.

Es bleibt nicht mehr viel Zeit. Eigentlich sind jetzt Zwischenbeatmungen mit dem Beatmungsbeutel nötig. Äußerst schwierig bei diesem instabilen Gesicht. Was tun? Eine Notkoniotomie? Der berühmte Luftröhrenschnitt. Darf ich. Kann ich. Zumindest theoretisch.

»Nicole, Skalpell«, sage ich.

Die Notärztin lässt sich nicht aus der Ruhe bringen und versucht es ein viertes Mal. Intubiert blind. Ich halte den Atem an.

Da schnellen ihre Mundwinkel nach oben: »Endlich! Kannst blocken.«

Ich blocke den Tubus, damit keine Luft entweichen kann, und schließe das Beatmungsgerät an. Nicole hat bereits die Tragen geholt. Wir nehmen als Erstes die Schaufeltrage. Von beiden Seiten schieben wir die Teile unter Lea, schaufeln sie auf die Liegefläche und klicken diese unter ihr zusammen. Auf drei hieven wir das Mädchen auf die richtige Trage. Die mit dem Gestell und den Rollen dran. Wir teilen die Schaufeltrage wieder, und Lea gleitet auf die Vakuummatratze, die Nicole auf die Trage gelegt hat. Sanfter kann man einen nicht umbetten.

»Behaltet die Sauerstoffsättigung im Blick!«, ruft die Ärztin, als wir Lea aus dem Reitstall hinaus Richtung RTW schieben. Das geht schwer auf dem sandigen Boden.

Die Notärztin steigt mit mir hinten ein. Sie telefoniert mit der Klinik und meldet Lea an. Landung in fünfzehn Minuten. Jetzt wird dort der Schockraum hochgefahren. Ärzte und Pfleger werden alarmiert und stehen bei unserer Ankunft bereit, um die Patientin schnellstmöglich zu versorgen.

Ich bin zufrieden. Es läuft gut, es läuft rund. Trotz aller Schwierigkeiten. Alle arbeiten in einem Fluss zusammen. Lange habe ich mich nicht mehr so auf die Arbeit konzentriert. Bin ich wieder normal? Ist alles wieder gut?

An der Wache fülle ich all das Material auf, das wir verbraucht haben. Ich muss auf jeden Fall die kleine und die große Sauerstoffflasche wechseln. Bin vollkommen ausgepowert. Und es ist erst 20.10 Uhr. Das heißt, ich habe noch zehn Stunden und zwanzig Minuten Arbeitszeit auf der Uhr. Die Nacht hat noch gar nicht angefangen. Aber erfahrungsgemäß folgt auf einen so heftigen Einsatz nicht gleich noch einer.

20.35 Uhr. Alarm. *Schlechter AZ*. Mehr Informationen gibt es nicht von der Leitstelle. Schlechter Allgemeinzustand kann so ziemlich alles bedeuten. Daran habe ich mich gewöhnt. Nichts im Rettungsdienst ist sicher. Nicht die Mittagspause, nicht der Toilettengang. Jederzeit kann alles passieren. Heftige Einsätze und Popeleinsätze. Jederzeit kann der Melder gehen. Oder eben auch nicht. Diese Unsicherheit ist reizvoll, aber auch belastend. Rettungsdienst – das ist ein ständiges Öffnen verschlossener Türen. Und niemand weiß vorher, was einen dahinter erwartet. Welcher Patient, welche Krankheit, welche Gefahr. Eine blutige Nase oder eine blutverschmierte Küche? Welcher Abgrund tut sich diesmal auf?

Ich denke an die Szene aus *Matrix*. Keanu Reeves in einem kalten, farblosen Bürolabyrinth. Ein endlos langer Gang, der von Hunderten Türen gesäumt ist. Wie viele Türen habe ich in meinen vier Jahren schon geöffnet? In wie viele Wohnungen, in wie viele Leben bin ich eingedrungen? Jeder Einsatz ein Tor zu einer anderen Welt.

Nicole und ich stehen vor einer schicken alten Villa. Nicole läutet. Nichts passiert. Strange. Um uns herum sieht alles nach Geld aus. Opulenter Garten, dezent beleuchtet, eine überdimensionierte Haustür, Überwachungskameras. *Von Felsbach* steht in geschwungenen Buchstaben auf dem glänzenden Klingelschild.

Nicole läutet noch einmal. Da öffnet sich die Tür, ganz langsam. Vor uns steht eine jüngere blonde Dame in einem grün-blauen Kimono. Sehr blond. Die Haare sind vor Kurzem eindeutig mit Wasserstoffperoxid in Berührung gekommen.

»Der Rettungsdienst. Sie haben uns gerufen?«, frage ich.

»Ja, ja, wegen meines Mannes. Sehen Sie selbst«, antwortet die Kimonofrau ganz ruhig. Sie zeigt hinter sich zu einer langen Wendeltreppe, die sich von der Diele zu einer Art Empore ins Obergeschoss schraubt. Dann geht sie voran und schreitet bedächtig die Stufen hoch. Bei jedem Schritt knarzt das Holz.

Das Gebäude ist beeindruckend. Von innen eher ein Schloss als ein Haus. Glänzendes Parkett und hohe Decken. Landschaftspanoramen in Öl und Gipsbüsten auf Messingständern. Fehlt nur noch eine polierte Ritterrüstung mit Schwert.

Von der Empore geht es auf einen Flur. Die Kimonolady öffnet eine Tür und deutet in ein großzügiges Badezimmer mit goldglänzenden Wasserhähnen. Auf dem Boden liegt ein Mann, mindestens doppelt so alt wie die Frau. Um seinen rechten Oberschenkel ist ein blutiges Handtuch gebunden. Um ihn herum eine Lache aus frischem und schon eingetrocknetem Blut. Das ist viel. Eventuell ein halber Liter. Krass, schon wieder ein Zehn-Prozent-Fall.

»Was ist hier passiert?«, fragt Nicole.

Herr von Felsbach trägt ernsthaft einen Vokuhila, mit angegrauten Löckchen, unendlich vielen kleinen Löckchen. Eine Miniplifrisur.

»Ich bin aus Versehen in eine Schere gefallen, und dann hat es nicht mehr aufgehört zu bluten«, sagt er.

Der Mann erinnert mich an meinen Vater. Auf den Familienfotos aus den Achtzigern hat er auch so eine furchtbare Frisur.

»Was soll das heißen, Sie sind in eine Schere gefallen? Wie kann man denn in eine Schere fallen?« Nicole kniet sich zu dem Herrn, schiebt das Handtuch zur Seite und betrachtet die Wunde. Ich schaue ihr über die Schulter. Die Verletzung ist nicht groß, aber tief. Blut sickert heraus. Ich hole alles aus dem Rucksack, was wir für einen Druckverband brauchen. Verbandspäckchen, Mullbinden, Kompressen.

»Ich … ich bin aufgestanden aus dem Bett und dann ausgerutscht. Und in die offene Schere gefallen. Die lag auf dem Boden«, erklärt Herr von Felsbach. Nicole sieht mich mit großen Augen an. Sie glaubt dem Typen kein Wort.

Ich lege den Druckverband an, Nicole kümmert sich um die Diagnostik.

»Fünfundneunzig Prozent Sauerstoffsättigung.«

Trotzdem gibt sie ihm eine Sauerstoffmaske mit fünfzehn Liter Flow. Blutdruck hundertfünfzehn zu siebzig. Achtzig die Herzfrequenz. EKG unauffällig. Alles im grünen Bereich.

Wo ist eigentlich Frau von Felsbach hin? Hat sie sich einfach, ohne etwas zu sagen, in ein anderes Zimmer zurückgezogen? Was ist denn das für ein Szenario?

Der Druckverband hält. Die Blutung ist gestoppt.

»Ich lege Ihnen jetzt einen Zugang«, erklärt Nicole. »Sie brauchen dringend Flüssigkeit. Achtung, das gibt einen kleinen Pieks.« Dann untersucht sie, wie üblich, den Blutzuckerwert. Hundertfünfzehn mg/dl. Normwert. Ein entgleister BZ hätte eine Erklärung für den Sturz sein können.

»Kim, ich würde gerne einen Notarzt dazuholen. Herr von Felsbach hat ordentlich Blut verloren«, sagt Nicole.

Das sehe ich anders. »Mag sein, aber jetzt ist er doch stabil. Die Werte sind gut, und er blutet nicht mehr. Das schaffen wir schon alleine.« Ich bin mir sicher. Nicole und ich sind erfahren genug.

Jetzt müssen wir Herrn von Felsbach nur hier rausschaffen. Die Wendeltreppe können wir ihn zu zweit allerdings nicht hinuntertragen, auch mit dem Evac-Chair nicht. Unsere einzige Chance ist, uns rechts und links bei ihm unterzuhaken und ihn beim Gehen zu unterstützen.

»Können Sie versuchen, mit unserer Hilfe aufzustehen?«, fragt Nicole. Der Miniplimann nickt. Nicole gibt ihm die Hand, und ich drücke ihn von hinten hoch. Der ist ja mindestens zwei Meter lang. Gott sei Dank aber recht dünn. Wir halten ihn beide fest. Er steht extrem wackelig. Schwankt von einer Seite zur anderen und scheint keinen festen Stand zu finden.

»Kim, hast du ihn?«, ruft Nicole, doch da sackt Herr von Felsbach schon ein und fällt einfach um. Nach hinten, in meine Arme. Automatisch greife ich zu.

»Hab ihn!« Sein Gewicht drückt mich in die Hocke, aber die halte ich. Verhindere so, dass er mit dem Kopf oder Rücken auf den Boden knallt. Nur das Becken dürfte einen blauen Fleck davontragen.

Ich lege seinen Oberkörper vorsichtig ab. Herr von Felsbach ist ohnmächtig, atmet aber normal. Die Sauerstoffmaske sitzt korrekt, auch der Zugang hat gehalten.

»Hallo, können Sie mich hören?«, ruft Nicole laut und setzt einen kleinen Schmerzreiz: Mit den Knöcheln ihrer rechten Hand reibt sie über sein Brustbein. Er schlägt die Augen auf und stöhnt. Der C3 zeigt einen Blutdruck von achtzig zu fünfzig an. Der ist durch das Aufstehen komplett in den Keller gegangen.

Ich wiederhole die Messung. Will wissen, ob der Blutdruck durch die Liegeposition wieder steigt.

»Hundertdrei zu siebzig mmHg. Passt wieder.«

Nicole sieht mir in die Augen. »Kein Notarzt?«

»Nein, was wir brauchen, ist eine Tragehilfe. Wir brauchen die Feuerwehr. Die müssen ihn waagerecht im Tuch die Treppe runtertragen.« Mein Ehrgeiz ist angestachelt. Wir lösen den Fall schon alleine. Wir müssen nicht nach Mama und Papa schreien.

Nicole funkt mit der Leitstelle und lässt ein HLF alarmieren, ein Hilfeleistungslöschgruppenfahrzeug. Abkürzungen sind manchmal extrem sinnvoll. Als sie fertig ist, nutze ich die Gelegenheit:

»Wo ist denn Ihr Schlafzimmer? Ich würde mir gerne mal kurz die Schere ansehen.«

»Gleich um die Ecke«, sagt Herr von Felsbach unter der Sauerstoffmaske.

Ich verlasse das Bad und sehe mich um. Drei weitere Türen gehen vom Flur ab. Ich drücke die Klinke der ersten Tür. Abgeschlossen. Genau wie die zweite. Die dritte lässt sich öffnen. Ein zerwühltes Kingsizebett steht in der Mitte des Raums. Auf dem Teppichboden sind Blutflecken, daneben liegt eine größere Schere, trockenes Blut klebt an beiden Klingen. Ich versuche, sie mit dem Griff nach unten auf den Boden zu stellen. Keine Chance. Ich öffne die Klingen und probiere es noch einmal. Wie ich sie auch drehe, es ist unmöglich, die Schere zum Stehen zu bringen. Ich lege sie auf den Boden. Wenn ich jetzt auf die Schere fiele, wäre es unmöglich, mich zu verletzen. Fühle mich wie ein Kriminalkommissar. Vielleicht brauchen wir hier wirklich einen.

Wo ist nur diese Kimonolady? Die Treppe ist sie nicht runtergegangen, das hätten wir wohl gehört. Sie muss in einem der anderen Räume verschwunden sein. Aber warum hat sie abgeschlossen? Was soll das?

Mit meinem Smartphone mache ich ein Foto von der

Schere. Dann höre ich eine Sirene näher kommen. Das HLF. Ich gehe die Wendeltreppe nach unten, lasse die Haustür offen stehen und hole die Trage und das Tragetuch aus dem RTW. Sechs Feuerwehrleute stapfen mir entgegen. Fünf Jungspunde und ein älterer Kollege. Der geht voran.

»Hier kommt die Kavallerie!«, ruft er mir entgegen. Immer der gleiche Spruch. Beim ersten Mal fand ich ihn noch witzig.

Ich sage den Kollegen, wo sie hinmüssen, und gehe hinterher. Oben höre ich Nicole erklären, welche Verletzung Herr von Felsbach hat und dass er jetzt die Wendeltreppe hinuntergetragen werden muss.

»Na, und da habt ihr keinen Notarzt dazugeholt?«, fragt der Anführer der Truppe. Nicole geht nicht darauf ein. Zusammen mit einem jüngeren Feuerwehrmann sammelt sie die herumstehenden Geräte zusammen. Ich helfe, Herrn von Felsbach auf das Tragetuch zu bekommen.

»Wo ist eigentlich Ihre Frau? Ist bei ihr alles in Ordnung?«, raune ich ihm zu.

»Ja, ja, alles gut. Die ist bestimmt in ihr Zimmer gegangen. Alles gut«, versichert er.

Zu sechst ziehen wir die Trageschlaufen des Tuchs hoch und heben ihn an. Mit den Füßen voran bugsieren wir ihn die Wendeltreppe hinunter. Es ist eng, wir müssen aufpassen, nicht zu stolpern, und ich bin froh, dass ich ganz hinten bin, am Kopfende. Auf der Mitte der Treppe schaue ich noch einmal hoch – und da sehe ich sie. Die Kimonolady. Sie steht am Treppenabsatz und sagt kein Wort. Das Gesicht versteinert. Der Blick kalt.

Dann streckt sie ihre linke Hand zur Wand aus – und ich sehe nichts mehr. Alles ist schwarz. Stockduster.

»Die hat jetzt nicht wirklich das Licht ausgemacht!«, zische ich.

»Licht an. LICHT AN!«, brüllt der ältere Feuerwehrmann. Sekunden verstreichen. Nichts passiert.

Das gibt es doch nicht! Ich stoße den Kollegen neben mir an. »Kannst du mal?« Er übernimmt meine Schlaufe. Ich hole das Handy aus der Jackentasche, aktiviere die Taschenlampe und spurte die Treppe hoch zur Empore. Ich muss nicht lange suchen, und es wird wieder hell. Keine Spur von der Kimonolady. Was für eine kranke Scheiße geht denn hier ab?

Wie befreiend, als endlich die Haustür hinter uns ins Schloss fällt. Wir legen Herrn von Felsbach auf die Trage, ich schnalle ihn fest. Die Kollegen verabschieden sich kopfschüttelnd. Während ich den Patienten in den RTW schiebe, ruft Nicole die Leitstelle an und lässt einen Schockraum hochfahren. Das hat sie nicht mit mir besprochen, aber ich kommentiere es nicht. Es ist ungewöhnlich, einen Schockraum ohne Notarzt an Bord anzumelden. Einen Schockraum braucht man nur, wenn der Patient kritisch ist. Und meistens hat man dann schon längst einen Notarzt hinzugezogen.

Aber Nicole reicht es jetzt offensichtlich. Die Situation ist ihr zu extrem. Sie will auf Nummer sicher gehen. Ich hätte anders entschieden. Aber auch ich finde den Verlauf des Falls höchst sonderbar – harmlos ausgedrückt. Was für eine Psychobude.

Das Beeindruckende an einem Schockraum ist nicht unbedingt der Raum an sich. Das ist einfach ein großer Raum. In der Mitte ein Patientenbett, drum herum etliche Geräte und Instrumente. Alles, was man zur Lebensrettung braucht, befindet sich hier zentral an einem Platz.

Was den Schockraum so besonders macht, ist das Ritual, das sich in ihm vollzieht. Als wir mit Herrn von Felsbach ankommen, füllt sich der Raum von einem Moment zum anderen mit Menschen, vielen Menschen. Eine Welle von Ärzten, Pflegern und Schwestern schwappt herein, umspült das Patientenbett. Ich kann kaum erkennen, wie viele Leute das sind. In meiner Wahrnehmung verschmelzen sie zu einer konturlosen Masse.

Gespannte Stille. Ich räuspere mich. Hier läuft alles nach einem festen Schema ab. Und das besagt, dass vor der gründlichen Untersuchung und Versorgung des Patienten eine mündliche Übergabe erfolgt, in der Regel durch den Ranghöchsten des Rettungsdienstteams.

»Wo ist denn der Notarzt?«, fragt mich Schwester Kerstin leise.

»Gibt es nicht«, zische ich und beginne laut, die wichtigsten Informationen über Herrn von Felsbach zusammenzufassen. Wie wir ihn angetroffen haben. Was passiert ist. Wie sich seine Werte entwickelt haben. Ich habe nicht mehr als dreißig Sekunden. Dann werden die ersten Ärzte unruhig.

»Zeig mir mal das Foto von der Schere«, fordert mich Kerstin auf, als ich vor dem Klinikeingang die Trage desinfiziere. Sie nimmt das Telefon in die Hand. »Das ist doch Quatsch. Da ist der niemals draufgefallen. Die haben sich gestritten, und da hat seine Alte zugestochen. Ganz einfach.« Ich schmunzele. Noch eine Kommissarin.

Wir sind zurück an der Wache. Ich fühle mich schlecht. Warum habe ich Nicole ignoriert? Der Patient hatte ungefähr einen halben Liter Blut verloren. Da muss man eigentlich gar nicht lange nachdenken. Das war absolut notarztpflichtig. So hab ich es in der Schule doch auch gelernt.

War das jetzt Übermut? Falscher Stolz? Oder wieder eine meiner Funktionsstörungen? Auf jeden Fall darf ich mir das nicht noch einmal erlauben. Sonst reißt mir Nicole den Arsch auf. Ich kann mich jetzt schon auf eine ordentliche Diskussion gefasst machen. Nicole kommt aus dem Waschraum zu mir an den Esstisch und zieht sich einen Stuhl heran. »Kim. Was sollte das eben?«

Es ist nach Mitternacht. Ich sitze auf dem Sofa und bin unendlich müde, kann aber nicht schlafen. Bin total aufgewühlt. Im Fernsehen läuft eine uralte *Columbo*-Folge. Nicole hat den Fernseher eingeschaltet, jetzt sehe ich sie nirgendwo. Wahrscheinlich hat sie sich hingelegt.

Sie hat mir keine große Szene gemacht. Klang eher enttäuscht. Und das finde ich eigentlich viel schlimmer.

»Es gibt ja einige Möchtegernhelden bei uns, Kim«, hat sie gesagt. »Dich habe ich aber bislang nicht dazugezählt. Du arbeitest doch immer sauber und lässt dich auf deinen Teampartner ein. Zwingst niemandem ohne guten Grund deinen Willen auf.« Aber genau das habe ich gemacht. Ich hatte keinen guten Grund.

Ich hätte mich mit meiner momentanen Gemütsverfassung rechtfertigen können. Mit der Trennung, die mich lähmt. Die mir Sinn und Gefühl raubt und mein Hirn durchdrehen und sich verrückte Sachen ausdenken lässt. Eine unsichtbare Freundin zum Beispiel.

Aber warum sollte ich das erzählen? Ich will nicht jammern. Schon gar nicht vor Nicole. Und ich will mein Seelenleben auch nicht vor jedem ausbreiten. In Wahrheit ist mir überhaupt nicht klar, warum Marie mich verlassen hat. Marie. Marie. Marie. Ein dumpfer Schmerz breitet sich von meinem Magen in die Brust aus.

Columbo dreht sich um und hebt den Zeigefinger: »Eine Frage hätte ich da doch noch.«

Ich auch. Wie hab ich dich verloren?

1.12 Uhr. Ich schrecke aus dem Schlaf. Alarm. Laut. Der Fernseher läuft. Wo bin ich? Wer bin ich? Wann bin ich? Hilfe! Ist Schlafentzug nicht eine Foltermethode, um Terroristen zum Reden zu bringen? Ich drücke mich hoch. Alles ist unscharf, verzerrt, die Lichter grell.

Ich schleppe mich, so schnell ich kann, zum Faxgerät. Es druckt die Einsatzdepesche. *Entgleister BZ*. Auch das kann alles bedeuten. Akute geistige Verwirrung oder ein Patient, der gleich ins Koma fällt.

Die nächste Tür wartet darauf, geöffnet zu werden.

Verschwommenes Blaulicht an Häuserwände projiziert. Mehr kann ich nicht aufnehmen. Bin dankbar, dass nicht ich am Steuer sitzen muss. Meine Muskeln schmerzen. Auch mein Kopf. Er ist voll mit weißem Nebel. Der Nebel legt sich über jeden klaren Gedanken. Gestalten zeichnen sich dunkel ab. Werden deutlicher. Da ist Lea mit dem verformten Gesicht. Ihr folgt der Herr mit der Miniplifrisur. Die Schere steckt ihm noch im Bein.

Diesmal ist alles anders. Diesmal wartet keine Tür darauf, geöffnet zu werden. Sie steht bereits offen. Vor ihr auf der Straße ein Mann, Mitte vierzig, und zwei Polizisten.

»Ich sag es Ihnen, als ich nach Hause kam, stand meine Haustür offen. Deshalb habe ich Sie ja gerufen. Sie sollen das einfach nur aufnehmen. Für die Versicherung!« Der Mann ist aufgeregt.

»Und Sie können nicht sagen, ob was entwendet worden ist?«, fragt einer der Polizisten.

»Wie denn? So schnell kann ich das doch gar nicht überprüfen!«, empört sich der Mann.

Der andere, kleinere Polizist räuspert sich. »Ist ja gut. So. Hier sind ja auch schon die Kollegen vom Rettungsdienst!« Er wendet sich uns zu. »Hier wurde angeblich eingebrochen. Es sind allerdings keine Spuren an der Tür zu sehen. Der Mann gibt an, dass sein Blutzucker extrem hoch sei. Er möchte unbedingt in die Notaufnahme.«

»Sind Sie Diabetiker? Wie hoch ist denn Ihr Blutzucker?«, fragt Nicole.

»Ja, ich muss mir regelmäßig Insulin spritzen.« Der Mann wedelt beim Sprechen wild mit den Armen. Im Koma befindet er sich jedenfalls nicht. Im Gegenteil. »Wie hoch? Weiß ich nicht genau. Das Gerät sagt nur ›high‹.«

Das spricht für einen extrem hohen Wert, das Messgerät kann ihn nicht mehr anzeigen. Vielleicht sogar weit über sechshundert mg/dl.

»Wollen Sie bitte mitkommen in unseren RTW? Da können wir Sie genauer untersuchen«, biete ich an.

»Natürlich will ich das. Was ist denn das für eine Frage?« Der Mann schlägt sich theatralisch gegen die Stirn. Ich tausche vielsagende Blicke mit den Polizisten aus. Wir sind uns einig. Der nervt.

Der kleinere Polizist steckt Kuli und Notizblock weg. »Bitte schließen Sie jetzt Ihre Tür ab. Wir verabschieden uns dann. Wenn doch etwas fehlen sollte, melden Sie sich einfach.« Damit sind die Polizisten aus dem Spiel.

Nicole und ich begleiten den Mann zum RTW. Drinnen checken wir wie üblich die Sättigung, den Puls, den Blutdruck und seinen Blutzucker. Auch unser Messgerät zeigt »high« an. Bis auf seinen aufgekratzten Gesamteindruck wirkt der Mann aber völlig gesund.

Trotzdem stimmt irgendetwas nicht mit ihm. Verwirrt ist er eigentlich nicht, aber vielleicht leicht angetrunken. Das würde zu seinem Verhalten und zur Uhrzeit passen. Allerdings kann er sich noch klar ausdrücken.

»Haben Sie Alkohol getrunken?«, frage ich.

»Wirke ich betrunken auf Sie? Wie so ein besoffenes Schwein? Was wollen Sie mir unterstellen? So eine Unverschämtheit!«

Nicole geht dazwischen: »Haben Sie Ihr Insulin immer regelmäßig gespritzt?«

»Natürlich! Denken Sie, ich würde das nicht hinbekommen?« Er versteht alles gleich als einen persönlichen Angriff.

»Okay, Nicole, lass uns losfahren in die Notaufnahme. Allerdings ohne Blaulicht«, sage ich. Ich muss hinten bei dem Patienten sitzen bleiben. Das werden lange Minuten.

»Warum ohne Blaulicht? Bin ich etwa nicht wichtig genug? Außerdem muss ich dringend aufs Klo, also beeilen Sie sich ein bisschen.«

Ich bemühe mich, gelassen zu bleiben. »Ein starker Harndrang passt zu Ihrem Krankheitsbild. Aber wir dürfen nur mit Blaulicht fahren, wenn es wirklich kritisch ist.«

»Ich bin nicht kritisch? Sie haben doch gesehen, wie hoch mein Zucker ist.«

»Ja, das habe ich. Aber da Sie gut atmen und mit mir reden können und auch sonst keine anderen gravierenden Probleme haben, gehören Sie erst mal nicht zu den kritischen Patienten. Deshalb liegen Sie auch nicht auf unserer Trage, sondern sitzen hier. Aber ich kann Sie beruhigen. Auch ohne Blaulicht fährt meine Kollegin sehr zügig.«

Ich lasse mir meinen Ärger nicht anmerken, nur die Situation nicht noch mehr anheizen. Wie immer: stets freundlich im Ton. Laut und deutlich, freundlich, aber bestimmt – auch wenn du innerlich kochst.

Nicole hat den Wagen gestartet, wir brauchen noch maximal zehn Minuten bis zur Klinik.

»Eine Unverschämtheit, wie man hier behandelt wird. Ich muss wirklich dringend pissen.« Der Mann klingt rabiat.

»Es ist nicht mehr weit«, versuche ich ihn zu beschwichtigen wie ein Familienvater sein quengelndes Kind auf dem Rücksitz. Und das ist nicht mal gelogen. Ich sehe aus dem Fenster. Es können jetzt nur noch fünf Minuten Fahrt sein.

»Ich muss jetzt wirklich pissen!« Der Mann wippt in seinem Sitz hin und her.

»Es dauert wirklich nicht mehr lange«, versichere ich, aber es hilft nichts. Der Mann schnallt sich einfach ab und steht auf.

»Bitte bleiben Sie angeschnallt! Was ist denn los?« Was passiert hier?

»Ich muss jetzt pissen!«, ruft der Mann.

Ich blicke wieder aus dem Fenster. Da ist doch schon der große graue Klotz. Das Klinikgebäude. Nur noch einmal um die Ecke, und dann sind wir da. Gott sei Dank.

Dann ist das Affentheater hier vorbei. »Setzen Sie sich wieder hin!« Aber der Mann setzt sich nicht hin.

»Kim, was ist da hinten los? Soll ich anhalten?«, fragt Nicole durch das kleine Schiebefenster.

»Nein, bloß nicht. Auf keinen Fall. Fahr einfach weiter«, sage ich und wende mich dem von einem Bein aufs andere wippenden Patienten zu. »Wir sind doch schon da. Da vorn ist die Klinik.«

Er muss sich festhalten, um in der Kurve nicht das Gleichgewicht zu verlieren. »Ich muss jetzt pissen«, wiederholt er.

»NEIN! Da vorn ist bereits die Auffahrt zur Notaufnahme. Wir sind in wenigen Sekunden da!«

»Ich hol ihn jetzt raus«, sagt der Mann.

Er hat ihn bereits ausgepackt und beginnt zu pissen. In den RTW. Mit kräftigem Strahl.

Ich bin völlig perplex. Alles läuft in Zeitlupe. Wie in diesen übertriebenen Actionfilmen, in denen im Hintergrund alles explodiert, aber Nicolas Cage rettet sich mit einem Hechtsprung aus dem Gebäude und zündet sich dann eine Zigarette an. In Slo-Mo greife ich noch zu dem Fach mit den Brechbeuteln aus Plastik. Rufe lang gezogen »NEEEEIIINNN!«. Versuche, den Beutel wie ein Riesenkondom über den Schwanz des Mannes zu stülpen, ohne selbst von dem Strahl getroffen zu werden. Vergeblich. Boden, Schränke, Trage – der Patient spritzt alles nass. Vor seinen Füßen entsteht ein See, der sich zusehends ausbreitet. Es stinkt.

Nicole bremst und blickt nach hinten. Sie schaut vom Patienten – zu mir – zum Patienten. Erst ungläubig. Dann angewidert. »Das können Sie nicht machen. Das ist ja ekelhaft!«

Auch ich kann mich nicht mehr zurückhalten. »Haben Sie sie noch alle?! Was fällt Ihnen ein?« Ich lasse alles raus. Schimpfe den Patienten regelrecht aus wie ein Kleinkind. Ich bin so sauer!

Der Mann ist fertig. Schüttelt ab, packt ein. Lächelt erleichtert. Keine Spur von Reue, keine Entschuldigung.

Hier gibt es nichts mehr zu sagen. Ich begleite den Patienten schweigend aus dem RTW und übergebe ihn der Nachtschwester.

Wir müssen »verschmutzt« an die Wache fahren. Uns wird kein neuer Notfall zugeteilt. Geht ja auch gar nicht. Der komplette RTW muss erst mal von innen desinfiziert werden. Erst wuchten wir die Trage und alle Geräte raus, dann wischen wir jeden Quadratzentimeter des Rettungswagens mit kleinen Putztüchern. Und danach sind Trage und Geräte dran.

Es ist 2.30 Uhr und kühl draußen. Wir aber schwitzen, während wir unseren undankbaren Housekeeping-Job erledigen.

5.15 Uhr. Nicht mehr lange bis zur Ablöse. Ich liege wieder mit geschlossenen Augen auf dem Sofa. Aber der Schlaf will nicht kommen. Lohnt sich jetzt eh nicht mehr.

Alarm. Einsatzstichwort *Tachykardie*, Herzrasen. Heute bleibt uns aber echt nichts erspart.

Der Summer brummt, Tür auf. An der Wohnungstür im zweiten Stock erwartet uns eine junge Frau, Typ Studentin.

»Danke, dass Sie so schnell gekommen sind. Aber es ist schon wieder vorbei«, begrüßt sie uns. Eine Katze streift um ihre Beine und schnurrt. Sie scheucht das Tier nach drinnen, und wir folgen ihr ins Wohnzimmer. Viel Plüsch und Pink.

»Setzen Sie sich bitte erst einmal hin, und dann erzählen Sie von vorne. Was ist schon wieder vorbei?«, frage ich.

Die Frau setzt sich, aber nur auf die Sesselkante, unentspannt. »Ich hatte eben Herzrasen. Bin davon aufgewacht. Ich hab das manchmal, schon mein ganzes Leben lang. Das heißt WPW-Syndrom. Sagt Ihnen das was?«

Ja, das sagt mir was. Beliebte Unterrichtsfrage. Was erkennen Sie auf diesem EKG? Es fehlt eine kleine Zacke, das weist auf das Syndrom hin. Der Patient hat zusätzliche elektrische Bahnen am Herzen. Wenn die aktiviert werden, bekommt er einen Anfall und Herzrasen. In der Regel endet es so plötzlich, wie es gekommen ist. Wenn nicht, kann es tödlich verlaufen.

»Sonst geht das immer schnell wieder weg. Es gibt ja ein paar Tricks, kaltes Wasser trinken und so. Diesmal hat's aber nicht geholfen. Da hab ich Panik bekommen und den Notruf gewählt. Ja, und in dem Moment, als Sie geklingelt haben, war es weg. Genau in dem Moment. Voll absurd. Es tut mir so leid!«

»Das muss Ihnen gar nicht leidtun«, sagt Nicole. Das WPW-Syndrom ist eine ganz andere Hausnummer als ein Popel. Auch wenn die Patientin jetzt wieder stabil ist, kann es jederzeit umschwenken.

Wir checken sie komplett durch. Besonders das Zwölf-Kanal-EKG interessiert uns. Von ihrem Anfall ist darauf aber keine Spur mehr zu sehen.

Zur Beobachtung mitnehmen müssen wir sie trotzdem. Sicher ist sicher. Sie soll sich nicht anstrengen, deshalb kommt nun der Evac-Chair zum Einsatz, um die

Frau die Treppen runterzubugsieren. Wir haben ein neueres Modell im Wagen. Wir kippen den Stuhl nach hinten, und er gleitet auf zwei Raupenbändern die Stufen hinab. Mühsam ist es trotzdem. Mir rinnt der Schweiß den Rücken runter. Ich rieche mich selbst. Widerwärtig. Die Patientin bleibt im normalen Herzrhythmus. Ein Glück. Den Defibrillator hätte ich heute ungern auch noch aktiviert. Es reicht. Ich betrachte die junge Frau, die auf der Trage im RTW liegt. Wenn die wüsste, dass hier eben noch alles vollgepinkelt war.

Die Ablöse kommt um 6.45 Uhr. Ich bin gerade erst mit der Dokumentation der Einsätze fertig. Ziehe mich um. Alles tut weh. Draußen dämmert es gräulich. Ich schlurfe die Straße entlang, da brummt mein Smartphone. Eine Textnachricht. *Bitte keine Anrufe. Wir haben das doch vereinbart. Funkstille. Marie.*

Ich will gar keinen Kontakt mehr. Zu niemandem.

TAG 1

Benny hat nicht lockergelassen. Hat drauf bestanden.

Ich hole dich ab, und dann fahren wir ans Meer. Von Donnerstag bis Sonntag. Mehrere Nachrichten, immer der gleiche Inhalt. *Das Meer ruft. Donnerstag geht's los. I'm your ride.* In immer kürzeren Abständen. *C'mon, Bruda!* Wahrscheinlich will er nur klären, ob er mich nicht doch noch einweisen sollte. Auch Benny wirkte ganz schön verstört, als er mich über Maries Abwesenheit aufklärte.

Marie. Ich vermisse Marie. Vermisse ihre Ruhe und ihre Lebensfreude. Ich habe ihr nicht genug Zeit gewidmet. Hab sie zu wenig unterstützt, war übertrieben mit mir selbst beschäftigt. Aber reicht das aus, um einfach so zu verschwinden? Mich einsam in der Wohnung zurückzulassen? So fühle ich mich: einsam. Wenn ich fix und fertig nach Hause komme, ist keiner da, der mich zumindest wieder ein bisschen aufbaut. Keiner da, der sagt: Das, was du gerade erlebt hast, kommt nicht mit in diese Wohnung.

Ich habe jetzt nur noch Benny. Und Benny hat einen Plan. Er will weg mit mir, weg von Krankheit und Tod. Zumindest vier Tage lang.

Keine Ahnung, ob das ein guter Plan ist, aber es ist ein Plan. Und so habe ich in die Kollegen-WhatsApp-Gruppe geschrieben, dass ich die nächsten vier Tage dringend frei brauche, aus »familiären Gründen«. Das war der einzige Joker, den ich hatte. Die einzige Möglichkeit, ohne Krankschreibung freizubekommen, obwohl ich fest im Dienstplan stehe. Aus »familiären Gründen«. »Dringend«. Das klingt nach: Papa ist tot. Und genau deshalb hat es funktioniert.

Innerhalb von zwei Stunden war ich meine Schichten los. Die Kollegen erwarten allerdings, dass ich ihnen in den nächsten Wochen auch einmal eine Schicht abnehme. Wie ich das genau hinkriegen soll, darüber will ich jetzt nicht nachdenken. Ich fühle mich gerade etwas schmutzig, weil ich meine Kollegen getäuscht habe. Und gleichzeitig den Tod meines Vaters vorweggenommen habe.

Aber so stehe ich jetzt mit einem ziemlich großen Hartschalenkoffer bei mir im Hausflur. Ich sehe aus, als ob ich für zwei Wochen geschäftlich nach Neuseeland fliege. Aber was soll ich machen? Ich hab sonst nur eine kleine Tasche, in die nicht mal eine dickere Jacke und eine zweite Hose passen. Deshalb habe ich nur zwei Modelle zur Auswahl: Bleibe ich nur eine Nacht, greife ich zur Tasche. Bleibe ich länger, muss der große Koffer ran.

Ob das mit Benny überhaupt funktioniert? Wir sind noch nie zusammen verreist. Wir haben mal beieinander übernachtet, aber nie länger als eine Nacht. Die kleine Tasche hat immer gereicht. Diesmal definitiv nicht. Hab jede Menge warme Sachen dabei. Denn wir fahren wohl nicht ans Mittelmeer. Nordsee, Ostsee, da kann es jetzt schon rau sein. Der Herbst greift um sich. Jeder Tag ein Stückchen kürzer und kälter. Ich hasse die Kälte.

Ping. *Bin da. Komm raus.* Ich stecke mein Smartphone ein und schließe die Wohnungstür ab. Greife den Koffer und blicke nicht zurück. Ich hab nicht mal meine »Arschlochrunde« gemacht. Ein letztes Mal checken, ob alle Fenster zu sind, ob der Herd auch wirklich ausgeschaltet ist. Soll die Bude doch abfackeln. Vielleicht kann ich die Erinnerungen auch so löschen. *Ich kann mir nicht merken, dich zu vergessen.* Seit Tagen geistert das Zitat aus *Memento* in meinem Kopf herum.

Benny sitzt in seinem alten Polo und lacht über mein »Handgepäck«, das ich versuche in den Kofferraum zu schieben.

»Du weißt schon, dass wir nicht drei Monate weg sind? Oder ziehst du um?«

»Sag mir lieber, wo genau wir eigentlich hinfahren«, stöhne ich. Der Koffer passt gerade so, aber Bennys Sporttasche muss jetzt auf die Rückbank.

»Wirst schon sehen, Teampartner, wirst schon sehen. Ich war mir übrigens nicht sicher, ob du wirklich hier auftauchst«, sagt Benny.

»Ich auch nicht.« Ich lasse mich auf den Beifahrersitz plumpsen.

Benny nimmt die A1 Richtung Bremen. Es geht also nicht zur Ostsee.

»Entspann dich, Teampartner. Wir haben Zeit.«

Eines muss man Benny lassen: Er hat sich gut vorbereitet. Auch auf Sprachlosigkeit. Er erwartet nicht, dass wir stundenlang angeregt quatschen. Dafür sind wir nicht die Typen. Im Gegenteil. Also hat er eine zehn Stunden lange Playlist erstellt. Gerade läuft *Californication* von den Red Hot Chili Peppers.

Ich blicke hoch in den grauen Himmel. Nichts sieht hier nach Kalifornien aus. Egal. Ich lasse den Sitz nach hinten rucken und strecke die Beine aus. Selbst auf dieser trostlosen Autobahn, vor uns und hinter uns Sattelschlepper, fühle ich eine Freiheit und Weite, als könnte ich wieder atmen.

Ich stelle die Musik leiser. »Benny, warum machen wir das hier eigentlich?«

»Weil ich das Gefühl habe, dass du das brauchst. Ich brauche es auf jeden Fall.«

Ich drehe den Lautstärkeregler wieder hoch. »Kein Probleeem. Keine Sorge, Mama, ganz normal, so wollt' dein Sohn doch leben«, rappt Apache 207 aus den Boxen. So wollt' dein Sohn doch leben. Fuck. Voll ins Schwarze. Freiheit und Weite ziehen sich zusammen, werden Enge und Angst, Kloß im Hals, H. P. Kinski im Kopf.

Von wegen kein Problem. Du bist das verdammte Problem. DU. Erst hast du deinen gut bezahlten Job aufgegeben. Freiwillig. Ohne Not. Ein Job, bei dem du nach Feierabend nicht völlig zerstört warst. Und dann verlierst du auch noch Marie. Die erste Frau, bei der du es ernst gemeint hast. Kümmerst dich nicht richtig um sie. Lässt sie einfach gehen. Jetzt hast du nichts mehr. Du bist ein Verlierer. Auf ganzer Linie. Du bist ein trauriger, im Selbstmitleid versinkender Pisser. Ein Pisser!

Pisser, denke ich und erzähle Benny in bunten Farben von dem Diabetiker, der vorletzte Nacht unseren Wagen vollgestrullert hat.

»Ich hol ihn jetzt raus!!!«, ruft Benny wieder und wieder, und jedes Mal prusten wir los.

Irgendwann fragt er dann doch. »Kim?«

»Anwesend.«

Benny dreht die Musik leise. »Wie kann es sein, dass du die Trennung mit Marie einfach vergessen hast?«

»Ich hab keine Ahnung.«

»Wie kann es sein, dass du gedacht hast, sie wohnt noch bei dir?«

Ich drehe mich abrupt zu ihm um. »Sie war da! In meinem Kopf war sie da! Ich weiß, es ist megapsycho. Es ist unfassbar verrückt, ich kann es mir nicht erklären. Ich muss es geträumt haben. Ich hab eh so verrückte Träume im Moment. Alles spielt verrückt! Mein ganzes Leben ist komisch geworden. Strange! Einfach strange.«

»Hast du dir mal überlegt ...« Benny zögert. Ich weiß genau, was jetzt kommt. »Meinst du nicht, du solltest ... mit einem Profi darüber sprechen?«

»Mit einem Psychologen? Ach! Warum? Ich weiß es doch jetzt. Ich weiß doch jetzt, dass sie nicht mehr da ist. Jetzt kann ich darüber nachdenken und es verarbeiten. Ich werde schon klarkommen. Ich bin schon immer klargekommen.«

»Hm.« Benny sagt nichts mehr.

Bei Leer, nach drei Stunden Fahrt, machen wir einen ersten Stopp.

»Wir müssen unbedingt noch mal tanken, die Preise in Holland sind pervers«, erklärt Benny. Aha. Holland. »Ich zahl die Hinfahrt, du die Rückfahrt. Okay? Wir machen immer fifty-fifty. Egal, was kommt.«

Egal, was kommt? Was hat der denn noch vor? Ich freue mich aber, dass wir Deutschland verlassen. Anderes Land, andere Sprache. Nichts finde ich im Urlaub schlimmer, als Gesprächen am Nebentisch zuhören zu müssen. All das dumme Zeug, das sich Menschen erzählen.

»Seid ihr Vergewaltiger, oder kann ich euch trauen?« Frauenstimme von hinten. Benny und ich, die Arme voller Knabbertüten aus dem Tankstellenshop, reagieren nicht.

»Keine Antwort ist auch eine Antwort. Könnt ihr mich mitnehmen? Ich bin Luzi«, stellt sich die Stimme vor. Ich drehe mich um. Sie muss so Ende zwanzig, Anfang dreißig sein. Einen Kopf kleiner als ich, lange braune Locken, Kapuzenpulli, vollgepackter Rucksack. Das Auffälligste: ihre Füße. Die sind nämlich nackt.

»Wo fahrt ihr hin?«, fragt Luzi. Benny geht rüber und flüstert ihr ins Ohr. »Nicht dein Ernst? Kein Scheiß? Wie geil, da will ich auch hin. Nehmt ihr mich mit? Ich kann auch nichts bezahlen.«

Benny lacht. Ich weiß nicht so recht.

»Ich muss mich mal kurz mit meinem Kumpel besprechen«, sagt Benny, wirft die Tüten ins Auto und zieht mich ein paar Meter weiter.

»Was meinste? Ich bin dafür, alles passieren zu lassen, was halt passiert.«

»Die erzählt doch nur Scheiß.« Ich lasse den Kopf hängen. »Außerdem dachte ich, dass soll unser Wochenende sein. Wir. Als Team.«

»Das bleibt es. Geht ja nur um die Hinfahrt, und dann sind wir die auch wieder los. Sie scheint ganz witzig zu sein.«

»Jemand, der sich offensichtlich selbst witzig findet, ist nicht witzig.« Ich bin immer noch nicht überzeugt. Luzi wird viel reden und Fragen stellen. Wo auch immer wir hinwollen: Der Weg wird sich doppelt so lang anfühlen. Aber ich will auch kein Spießer sein. »Okay, aber wir hören weiter deine Playlist.«

Benny nickt und winkt Luzi heran.

»Das werdet ihr nicht bereuen! Ich werde euch gut unterhalten«, zwitschert sie. Ich schließe die Augen.

»Ihr seid so richtige Retter? Krasser Scheiß. Das ist ein wichtiger Job! Und wie viele Tote habt ihr schon gesehen?« Luzi, neben Tasche und Tüten auf der Rückbank, lehnt sich nach vorne und streckt den Kopf zwischen unsere Sitze. Das Versprechen mit der Playlist hat Benny nicht lange gehalten. Sie dudelt kaum hörbar im Hintergrund.

Ich stöhne lautlos. Diese typischen Partyfragen: Was war dein heftigster Einsatz? Oh, ich könnte das aber nicht. Mit dem ganzen Blut. Wie kommst du damit klar? Werdet ihr nicht ständig angepöbelt und angegriffen? Sie alle stehen ganz oben in der Frage-einen-Retter-Top-Ten. Hat immer etwas von Fragebogen beantworten oder sich in ein Freundebuch aus der Grundschulzeit eintragen. Die ehrlichen Antworten will eh keiner hören. Dafür hat keiner die Geduld. Die Leute wollen Schlagworte, die sie in ihrer vorgefertigten Meinung bestätigen. Dass manche Einsätze überhaupt nicht blutig sind und trotzdem belasten, kann man für sich behalten.

»Also, wie viele Tote? Führt ihr da Buch drüber?« Luzi ist hartnäckig.

»Nein«, antworte ich.

Benny ist die Freundlichkeit in Person. »Das wär ein ganz schön dickes Buch. Und es gibt einen Spruch im Rettungsdienst: Den ersten Toten vergisst du nie.«

Da liegt er. Ein alter Mann, bäuchlings, auf dem Boden. Vor dem Sofa im Wohnzimmer. Die Leichenstarre hat schon eingesetzt. Er ist übersät mit Leichenflecken. Seine Haut in blau-grauem Karo gemustert, sein rechter Arm ausgestreckt. Offensichtlich hatte er noch versucht, den Notruf zu wählen. Das Telefon liegt neben seiner Hand. Nur ein paar Zentimeter entfernt. Als habe er es greifen wollen, aber sosehr er sich auch streckte, er kam einfach nicht ran. Dann hat der Tod ihn erwischt. Ich berühre den kalten Körper und versuche, den Puls zu tasten. Ist das ein Mensch oder nur noch eine Hülle? Wie die Hülle einer Schlange, die sich gehäutet hat. Ich fürchte mich nicht. Ich fühle nichts. Nur ein leichtes Frösteln. Gänsehaut.

»Arbeitslos? Nee«, empört sich Luzi. Benny grinst. »Ich bin hauptberufliche Aktivistin. Castor, Hambi, Extinction Rebellion ... Ich bin vorne mit dabei. Einheit: ziviler Ungehorsam.«

»Und davon kann man leben?«, fragt Benny.

»Wir haben ein paar Unterstützer, die Geld spenden. Und das teilen wir auf. Als ich mal in den Knast kam, war der Aufschrei groß, und wir haben echt viele Leute dazu bekommen, uns zu supporten. Ich komm aber generell mit wenig klar. Ich habe es nie verstanden, dass die Menschen ihr Leben lang Dingen hinterherrennen, die sie gar nicht brauchen.«

»Du warst im Knast? Krass!« Benny wirkt schockiert und begeistert zugleich.

»Ja, Frauengefängnis. Zwei Monate, weil ich Atommülltransporte der Deutschen Bahn aufgehalten habe. Mein Arm war in so einer kleinen Betonpyramide mit den Bahnschienen verschweißt. Die haben Stunden gebraucht, mich loszuflexen. Ich hätte auch Tagessätze zahlen können, aber das habe ich so gar nicht eingesehen. Also bin ich rein. Und hab im Netz darüber berichtet. Hat echt große Wellen geschlagen.«

Ich sehe Luzi an. Wenn sie die Wahrheit sagt, dann hab ich gerade ein bisschen Respekt bekommen vor dieser kleinen Frau. Natürlich ist sie komplett verrückt, aber dass sich jemand so dem gängigen System verweigert und damit durchkommt, verdient Anerkennung.

»Und was ist das für ein Fetisch mit deinen Füßen?«, frage ich.

»Das ist kein Fetisch, ich brauche keine Schuhe. Ich mag es einfach, den Boden, auf dem ich laufe, zu spüren. Und ja, wenn es richtig kalt ist, trag ich auch Schuhe.«

»Und warum biste jetzt alleine unterwegs?«, will Benny wissen.

»Ich lebe in Bremen in einer großen WG. Musste mal da raus. Ich hab ja nichts, was mich hält. Die nächste geplante Aktion ist noch etwas hin. Vielleicht schreibe ich ein Buch über meine Erlebnisse, aber dafür brauche ich ein bisschen Ruhe«, antwortet Luzi.

Ruhe brauch ich jetzt auch. Zu viel Gequatsche. Ich drehe die Musik wieder lauter. Thees Uhlmann singt über das Laichen und Sterben der Lachse.

Landesgrenze. Benny hupt. Dieser Proll. Ich schäme mich ein bisschen.

Das ist ja die verrückteste Autobahn aller Zeiten. Ein Deich im Nichts. Dreißig Kilometer lang, sagt Benny. Trennt das IJsselmeer von der Nordsee. Links Wasser, rechts Böschung, dahinter Ozean. Haben eben Pause gemacht und unsere Nasen in den salzigen Wind gehalten.

Jetzt fahre ich. Höchstgeschwindigkeit hundertdreißig Kilometer pro Stunde. Wie angenehm. Keiner knallt von hinten heran.

Den Helder. Benny dirigiert mich zum Hafen. Das Verkehrsleitsystem hier ist auf ein Ziel ausgelegt. Man kann kaum anders, als auf dem Parkdeck der Fähre nach Texel zu landen. Texel. Da soll es also hingehen. Den Namen der Insel habe ich schon mal gehört. Benny übernimmt das Ticket für Luzi, sie ist gar nicht so redselig, wie ich erst dachte.

Möwen fliegen um unsere Köpfe. Wir stehen an der Reling. Zerzauste Haare, rote Wangen, unter uns die aufgewühlte Nordsee. Die dicke Jacke ist noch im Koffer, mir ist kalt, aber es ist zu schön, um reinzugehen.

Ein kleiner Junge füttert die Möwen mit Pommes. Hoffentlich scheißt mir keine auf den Kopf.

Wie grün diese Insel ist. Üppig und weit. Der Himmel riesig, ein Wolkenchaos. Immer wieder blitzt die Sonne durch, lässt die Farben leuchten. Erstaunlich, wie viele Töne es gibt zwischen Hellgrün und Dunkelbraun.

Benny fährt uns durch Dünen, Felder und kleine Dörfer. Ich sehe Horden von Schafen, windschiefe Büsche und Bäume. Den Kopf frei pusten lassen. Wenn, dann hier.

»Wo schlaft ihr eigentlich?«, fragt Luzi.

»Wo schläfst du eigentlich?«, murre ich.

Benny ignoriert mich. »Wir sind fast da. Da vorne, in den Dünen in einem kleinen Bungalowpark. Wenn man der Website glauben kann, gucken wir direkt aufs Meer.« Das letzte Geheimnis ist gelüftet.

»Wisst ihr was, lasst mich mal hier raus«, sagt Luzi plötzlich. Am Straßenrand das Schild eines Campingplatzes. Hinter einer Schranke sehen wir Zelte und Wohnwagen.

»Wie toll, dass wir uns getroffen haben. Vielen Dank. Das war ein feiner Trip.« Luzi lächelt. Dann schnappt sie sich ihren Rucksack und winkt. Der Wind wirbelt ihre Locken wild durcheinander.

»Kannst dich ja mal blicken lassen!«, ruft Benny ihr hinterher.

»Aah! Sie sind der Brandwehrmann, der für drei Nächte gebucht hat!«

»Äh, ja, also, eigentlich sind wir vor allem Notfallsanitäter, also, Rettungsdienstler.« Benny scheint etwas überrumpelt zu sein.

Das Gesicht des älteren Herrn an der Rezeption hellt sich auf: »Ambulanzdoktor? Das ist schön! Das kann man immer gut gebrauchen. Herzlich willkommen auf Texel und im kleinen Hütthotel! Ich bin der Johan.«

Er spricht Deutsch mit niederländischem Akzent, das hört sich lieb und lustig an. Unschuldig. Selbst ein Todesurteil würde so irgendwie schön klingen. Johan ist braun gebrannt. Schulterlange schwarzgraue Haare, an den Spitzen gebleicht von Sonne und Meer. Ein Blitzen in den freundlichen Augen. Gleichzeitig alt und jung geblieben. Garantiert ein Surfer.

Woher weiß er das mit der Feuerwehr? Wahrscheinlich hat Benny seine dienstliche Mailadresse angegeben. Feuerwehr Hamburg. Kommt immer gut.

Die Sonne geht unter. Ihr rotgoldenes Licht flutet den Bungalow. Die Hütte ist extrem spartanisch eingerichtet und klein. Zwei Betten mit Holzrahmen, ein Holzregal, eine Duschecke direkt neben der Toilette, eine Nachtspeicherheizung, an der man nicht drehen kann. Sie ist an, aber mir ist jetzt schon zu kalt.

Der Ausblick aufs Meer ist dafür umwerfend. Über unsere Terrasse und eine große Düne hinweg kann man es sehen. Ich ahne die peitschenden Wellen. Naturgewalt. Selbst vom Klo aus kann ich das Panorama genießen. Sehr originell.

»Ey, machste mal die Tür zu?«, raunzt Benny mich an. »WG-Regel Nummer eins!«

Wir drücken die große Glasschiebetür zur Terrasse beiseite und dann schnell wieder zu. Es ist zu windig. Ich setze mich auf die Heizung.

Aus einem kleinen Seitenfenster kann ich ein paar der anderen Hütten sehen. In einigen brennt Licht. Ganz hinten, beim Parkplatz, steht das Haus mit Rezeption und Frühstücksraum plus Bar wie eingekuschelt in die Dünen.

Mein Koffer liegt auf dem Bett. Ich weiß nicht, wohin damit. Das Ding steht überall im Weg. Ich stelle ihn neben das Klo in die Dusche.

Benny kommt und legt den Arm um meine Schulter. »Warum schiebst du ihn nicht unters Bett?«

Es klopft. Benny und ich schauen uns an. Sind gerade vom Essen und Strand zurück und haben es uns in Trainingshosen und dicken Socken bequem gemacht.

Hoffentlich nicht Luzi. Benny springt auf. Offenbar hat er auch an Luzi gedacht, seinem enttäuschten Gesichtsausdruck nach zu urteilen, als er die Tür öffnet. Ein Mann steht im Dunkeln vor unserer Hütte, unser Alter, aufgeregt.

»Sind Sie der Notarzt?«, fragt er. Ein Deutscher.

»Äh, nein. Also, ja. Notfallsanitäter. Mein Freund hier auch.«

»Ich brauche Ihre Hilfe. Können Sie mitkommen? Es geht um meine Frau«, sagt der Mann.

Benny und ich sind sofort im Alarmmodus. Jetzt verfolgt uns der Job schon bis in den Urlaub.

Wir streifen Sneakers und Jacken über und folgen dem Mann in die Nachbarhütte. Auf dem Doppelbett liegt eine Frau, hochschwanger. Neben ihr, auf dem Laken, ist ein großer nasser Fleck.

»Meine Fruchtblase ist geplatzt«, sagt sie entschuldigend. Die Frau stellt sich als Elif vor. Ihr Mann heißt Jakob. Die beiden wollten sich noch einen kurzen Urlaub gönnen, einen »Babymoon« – was für ein Kackwort –, bevor das zweite Kind kommt. Das erste ist bei Oma und Opa. Ein letztes Mal Erholung, ein letztes Durchatmen vor dem großen Ereignis. Sie sind schon seit ein paar Tagen da und wollten Anfang nächster Woche zurück. Dann hätten sie noch drei Wochen bis zum errechneten Geburtstermin gehabt. Die Rechnung ist nicht aufgegangen.

»Verdammt, Liebling, ich habe doch gesagt, dass das Risiko viel zu groß ist«, jammert Elif.

»Haben Sie Wehen?«, frage ich.

»Ja.«

»In welchem Abstand?«, fragt Benny.

»Etwa alle zehn Minuten oder so«, antwortet Elif. »Wir haben das eben gestoppt.«

Ruhig bleiben. Wir haben alle Zeit der Welt. Geburten dauern Stunden. »Haben Sie den Rettungsdienst gerufen?«

»Natürlich. Deshalb war ich ja an der Rezeption«, sagt Jakob. »Aber die haben hier auf der Insel nicht so viele Wagen. Alle sind unterwegs. Zwei sogar auf der Fähre Richtung Den Helder. Da ist das nächste Krankenhaus. Es gibt wohl noch eine Hebamme, aber auch die ist im Einsatz. Der Helikopter vom Festland kann bei dem Wind nicht fliegen, deshalb hat der Typ mich zu euch geschickt.«

Elif stöhnt auf und konzentriert sich, ruhig zu atmen. Krampfhaft. Panisch.

Ich schaue auf die Uhr. Entscheidend ist jetzt der Abstand zwischen den Wehen. Ich hatte noch nie einen Geburtseinsatz, Benny auch nicht. Besonders wäre es schon. Ich hab die Kollegen im Ohr, noch Tage später völlig euphorisiert: das winzige Wesen, das Glück in den Gesichtern der Eltern. Doch das holländische Rettungsteam trifft sicherlich gleich ein. Und dann geht es in die Klinik aufs Festland. Und wir sind raus.

Jakob hat sich zu seiner Frau aufs Bett gesetzt, streicht ihr eine feuchte Strähne aus dem Gesicht. Abrupt dreht er sich zu uns um: »Wenn es jetzt hart auf hart kommt, können Sie uns doch helfen, oder?« Ein Flehen in der Stimme. Was soll ich darauf antworten? Theoretisch ja?

»Machen Sie sich keine Sorgen. Es wird nicht so weit kommen«, sagt Benny.

Elif stöhnt wieder auf. Erneut eine Wehe. Blick auf die Uhr. Okay. Wir haben doch nicht alle Zeit der Welt. So eine verfickte Scheiße.

»Sechs Minuten«, sage ich laut. Jetzt ist auch Benny klar, dass wir uns auf den Ernstfall vorbereiten müssen.

»Wir brauchen saubere Handtücher. So viele wie möglich!«, ruft er.

Jakob verschwindet hinter der Badtür und kommt mit drei kleinen Tüchern zurück.

»Das reicht nicht. Frag schnell bei der Rezeption!«

Benny stopft Elif Kissen in den Rücken, damit sie sich etwas aufrichten kann. Sie atmet schwer. Jakob kommt zurück. Wir breiten einige der Handtücher auf dem Bett aus. Jakob hilft Elif aus der Unterhose. Sie schiebt ihr langes Schlafhemd über den riesigen Bauch und stellt ihre Knie aufrecht. Offenbar vertraut sie uns.

»Wir brauchen noch eine Schere zum Abnabeln. Und vielleicht ein bisschen Schnur zum Abbinden«, sagt Benny.

Jakob eilt wieder los. Elif stöhnt heftig auf. Ich blicke wieder auf die Uhr. Fünf Minuten. Fucking hell. Warum bin ich jetzt hier? Warum musste Benny ausgerechnet hier ein Zimmer buchen? Bin überfordert. Wir haben all das, was wir im Notfall brauchen, nicht bei uns. Keinen venösen Zugang plus Infusionslösung für die Mutter. Keinen Beatmungsbeutel für das Kind. Keine Absauge. Keinen Sauerstoff. So kann man doch nicht arbeiten!

Benny funktioniert. Er ist am Waschbecken, seift seine Hände ein, spült die Klingen der Schere ab, legt die anderen Handtücher parat. Dann geht er neben Elif in die Hocke und redet ruhig auf sie ein. Es gelingt ihr jetzt etwas besser, die Wehen »wegzuatmen«.

Jakob hat sich zu Elif aufs Bett gesetzt und massiert ihre Schultern. Sie lehnt ihren Kopf gegen seinen Arm. Ich taste nach der Heizung hinter mir. Lauwarm.

Es klopft. Der Surfer von der Rezeption steckt den Kopf herein und fragt, ob wir noch etwas brauchen.

»Ja, einen Rettungswagen«, sage ich.

»Ich habe gerade mit denen gesprochen. In fünfundzwanzig Minuten sind sie da.«

Das wird knapp. Verdammt knapp. Wenn die Wehen im Abstand von unter zwei Minuten kommen, wird das Kind hier geboren, in dieser Hütte. Egal, ob der Rettungswagen da ist oder nicht.

»Wir brauchen es auf jeden Fall wärmer«, sage ich. »Könnten Sie die Heizung aufdrehen? Oder haben Sie vielleicht eine mobile Heizung?«

»Kann ich besorgen«, sagt Johan. Im Gehen dreht er sich noch einmal um: »Wissen Sie, wenn das Baby hier geboren wird, dann ist es ein echter Texelaner. Deshalb rufen viele auf der Insel den Rettungswagen zu spät oder gar nicht, weil sie genau das wollen. Ein Texel-Kind. Das ist was ganz Besonderes hier.« Jakob und Elif lächeln pflichtschuldig. Die haben gerade andere Sorgen.

»Gab es in der Schwangerschaft Komplikationen?«, fragt Benny.

»Nein«, antwortet Elif matt.

»Liegt das Kind in Schädellage?«

»Ja«, stöhnt sie. Die nächste Wehe kommt. Drei Minuten Abstand.

Johan poltert mit einer tragbaren Elektroheizung herein. Auch die Nachtspeicherheizung wird heißer. Ich ziehe meine Jacke aus, lege sie zu Bennys auf einen Stuhl und wasche mir ebenfalls die Hände. Passiert das grade, oder träume ich? Wird das jetzt unsere erste Geburt? Werde ich gleich funktionieren? Bin so langsam und Benny so cool.

»Erinnerst du dich noch? Gleich kannst du die Wehen nicht mehr wegatmen«, erklärt er Elif. »Gleich setzen die Presswehen ein. Dann drück mit. Und sei dabei so laut du willst.«

»Darauf kannst du dich gefasst machen.«

Plötzlich kommt die erste Presswehe. Elif schreit. Krass laut. Was müssen das für unglaubliche Schmerzen sein. Ich schlüpfe aus den Schuhen und knie mich vor ihr aufs Bett. Mache, was ich in der Theorie gelernt habe: einen Dammschutz. Drücke meine gespreizte Hand zwischen ihre Scheide und den Anus, versuche zu verhindern, dass Elifs Damm einreißt. Noch eine Wehe. Elif schreit wie am Spieß. Gott, ich sehe das Köpfchen. Sehe einzelne dunkle Haare auf dem Kopf des Säuglings.

»Noch ein bisschen. Gleich ist der Kopf draußen«, ruft Benny. Die nächste Wehe. Ich drücke gegen den Damm. Dann kommt der Kopf, Gesicht nach unten. Er gleitet in meine Hand, ich halte ihn ganz vorsichtig, damit er nicht abknickt. Keine Nabelschnur um den Hals.

»Gut. Sehr gut, Elif.« Ich unterstütze die leichte Drehung, die der Kopf jetzt macht. Nun müssen die Schultern raus. »Nur noch eine Wehe, Elif, nur noch eine.« Jetzt. Ich sehe erst die obere Schulter, dann die untere. Mit einem Schwall Blut und Fruchtwasser kommt mir das ganze Kind entgegen. Ich fange es auf und drehe es zu mir, und Benny schiebt weiche Handtücher unter.

Die Haut ist bläulich. Ist das normal oder schon akuter Sauerstoffmangel?

»Atme, Kind«, murmele ich.

Ich halte die Luft an. Der kleine Brustkorb hebt und senkt sich, regelmäßig und schnell. Ich atme aus. Wir reiben den Winzling trocken, wickeln ihn ein und legen ihn Elif auf den Bauch. Sie drückt das Kind an sich und betrachtet sein Gesicht.

»Hallo«, haucht sie. Tränen laufen ihr über die Wangen. Auch Jakob weint. Das Glück in den Gesichtern der Eltern, da ist es. Alles fällt von ihnen ab. Sie strahlen. Sie lieben.

Jakob lockert seinen Griff um Elifs Schultern, lehnt sich zu dem Baby, streicht über das winzige Näschen und legt seinen Zeigefinger in die Hand des Kindes. Es greift zu, es schmatzt. Bewegt zaghaft die Arme. Die Zeit steht still.

Dann blickt Jakob hoch: »Was ist es denn?«

Benny und ich schauen uns fragend an.

Elif hebt das Handtuch am Bauch des Kleinen. »Ein Mädchen!«, gluckst sie.

An der Fontanelle kontrolliert Benny den Pulsschlag. Zählt konzentriert für fünfzehn Sekunden. »Auf jeden Fall über hundert«, sagt er zufrieden. Er lächelt mich an. »Na, Teampartner?«

Es fühlt sich gut an. Nach Happy End.

»Wir können jetzt das Abnabeln versuchen«, schlägt Benny vor. Ich höre Stimmen draußen, es klopft, dann geht die Tür auf.

»Goedenavond!«, grüßt ein Sanitäter, und ein zweiter folgt ihm in die Hütte. Der Rettungsdienst ist da. Plus Notärztin.

»Na, dann lassen wir die Schere mal stecken!«, lache ich.

Um kurz nach zwei Uhr klopft es wieder an unserer Tür.

»Ich habe bei euch noch Licht gesehen«, sagt Jakob. »Ich wollte noch mal sagen, wie dankbar wir euch sind.«

»Alles gut«, meint Benny. »Ist ja unser Job.«

»Wir müssen nicht ins Krankenhaus und bleiben jetzt noch die restlichen Tage hier. Meine Mutter kommt mit unserem Sohn nach. Eine Hebamme wird uns versorgen«, erklärt Jakob und richtet sich auf. »Ein echtes Texelaner Mädchen. Ich hab gehört, das ist was ganz Besonderes«, zwinkert er.

Benny lacht.

»Wie heißt sie?«, frage ich.

»Marie«, antwortet Jakob, »Marie-Leona.«

TAG 2

Es ist viel zu früh. Liege im Dämmerlicht und lausche dem Konzert in meinem Ohr. Endloses metallisches Piepen. Lauter als sonst. Die Euphorie, die uns gestern noch lange wach gehalten hat, ist fort.

Ich schlüpfe unter der Decke hervor und schleiche ins Bad. Betrachte mein Gesicht im Spiegel. Bilde ich mir das ein oder bin ich runder geworden? Sehe ein bisschen so aus, als hätte man mir die Weisheitszähne gezogen. Die Folge von fünf Tagen hoch dosiertem Cortison. Geholfen hat das Scheißzeug nicht. Bin austherapiert. Unheilbar, ein hoffnungsloser Fall. Tinnitus mit Dauerkarte für den Liegestuhl am Pool.

»Konzentrieren Sie sich nicht allzu stark auf das Geräusch. Entspannen Sie sich lieber«, hat mir der HNO-Arzt geraten. Was bleibt mir anderes übrig? Entspannen Sie sich. Wie hilflos ist das denn?

Ich steige wieder ins Holzbett. Entspannen. Entspannen heißt atmen. Auf den Atem konzentrieren. Schon beim dritten Atemzug kommt mir Marie dazwischen.

»Ey Teampartner, du hast ja ’nen gesunden Schlaf!«

Ich hebe den Kopf und blinzele. Es ist taghell in unserer Hütte. Die Luft ist kühl und duftet nach Ozean.

»Ist dir eigentlich klar, dass wir jetzt zum ersten Mal wirklich Teampartner waren?« Benny scheint schon länger wach zu sein. Er ist frisch geduscht und angezogen. »Allein dafür hat sich der Trip doch schon gelohnt, oder?«

Ich drehe mich auf die Seite und kuschele den Kopf auf meinen Unterarm. »Und dann auch noch eine Geburt«, sage ich leise. Wir grinsen uns an. Ich gähne. »Bin echt fertig. Lass uns bitte heute kein wildes Programm machen.«

»Yep. Heute wird gechillt«, verkündet Benny. »Wenn du willst, kannst du Schafe kraulen. Viel mehr kann man hier eh nicht machen.« Er schiebt die Terrassentür ein Stückchen weiter auf und tritt nach draußen. Ein neuer Schwall Kälte kommt herein. Aus der Ferne höre ich das Rauschen der Wellen, sanft legt es sich über das Fiepen und verscheucht es vom Liegestuhl. Befreiend. Perfekt zum Einschlafen, wenn da nicht die Kälte wäre.

Es ist schon früher Nachmittag. Unter der Dusche drehe ich das Wasser so heiß wie möglich. Beim Abtrocknen fällt es mir auf. Es rumort in meinem Magen. Schmerzt regelrecht. Wahrscheinlich beginnt mein Körper gerade, sich selbst zu verdauen.

Bisher ist der Tag perfekt. Johan hat uns mit einem üppigen späten Frühstück überrascht – als Dank für unseren Einsatz gestern. Danach haben wir uns im Supermarkt des nächsten Orts mit Bier und Zwiebelbrot eingedeckt und uns in dicken Jacken an den Strand gelegt. Wenig geredet. Waren einfach da. Im Moment. Kein Psychoscheiß. Es ist jetzt eine unausgesprochene Regel. Benny darf mich nicht nach Marie fragen, und ich frage Benny nicht nach seiner Mutter. Nicht, dass das wirklich verboten ist, aber es ist unser Wochenende. Vier Tage frei sein von allem.

Zurück in der Hütte. Nicht mehr lang, bis die Sonne hinter der Düne im Meer versinkt.

Es klopft. Ich öffne die Tür und schaue in Luzis Lächeln. Sie trägt dieselben Sachen wie gestern. Und auch nicht. Ihre Füße sind immer noch nackt.

»Wir machen bei uns gleich ein kleines Feuer, und ich wollte fragen, ob ihr vorbeikommen wollt«, sagt sie.

Benny gesellt sich zu uns. »Na, wen haben wir denn da?«, freut er sich. Und blickt mich auffordernd an: »Wollen wir?«

»Ist das jetzt eine Frage oder ein Befehl?«, entgegne ich trocken. Schon wieder stört einer. Es geht doch um Benny und mich. Keiner hat was von einer Dreierkonstellation gesagt. Aber Luzi abzuwimmeln ist auch unangenehm. Benny wäre sicherlich enttäuscht, außerdem ist sie wirklich ganz witzig. »Aber nur, wenn es nicht so anstrengend wird wie die letzte Nacht!«, gebe ich mich geschlagen. Benny lacht.

»Warum? Was war denn letzte Nacht?«, fragt Luzi verwundert.

»Das heben wir uns fürs Lagerfeuer auf«, sagt Benny.

Wir spazieren rüber zum Campingplatz. Auch er liegt mitten in den Dünen. Geschützter als unsere Hütten, es ist nahezu windstill hier. Luzi führt uns zwischen Zelten und Wohnwagen bis an den Rand des Geländes. Dort sitzen zwei Männer an einem Lagerfeuer vor einem großen Camper. Sie scheinen mir etwas älter als ich, schulterlanges Haar, sportlich. Beide stehen von ihren Klappstühlen auf, als wir uns nähern.

»Das sind Andi und Chris«, erklärt Luzi. »Die beiden kommen aus Berlin und sind hier zum Kitesurfen. Sie haben mich aufgenommen. Ich darf in ihrem Zelt pennen.« Wir schütteln uns die Hände.

»Eigentlich ist das ja unser Versorgungszelt«, sagt Andi. »Aber da Luzi so nett gefragt hat, haben wir's freigeräumt.«

»Und so viel zum Versorgen haben wir eh nicht mehr«, sagt Chris. Die beiden sind erstaunlich groß. Sie überragen selbst Benny.

»Luzi kam uns gerade recht«, fährt Chris fort. »Wir sind schon ein paar Wochen hier, da ist ein bisschen Abwechslung mit interessanten Leuten doch ganz schön.«

»Habt ihr so lange Urlaub?«, fragt Benny.

»Ich will es mal so sagen: Wir sind für eine Weile ausgestiegen. Mal ein bisschen runterkommen. Down to earth, Mutter Natur spüren. Waren echt busy vorher, aber jetzt arbeitet unser Geld für uns.« Er grinst. »Nächste Woche wollen wir nach Portugal.«

O nein. An welche Möchtegern-High-Society-Hippies sind wir denn hier geraten? Aufschneider, Labertaschen, schwer erträgliche Draufgänger. Ich verfluche Luzi, würde mich am liebsten umdrehen und gehen. Meinetwegen auch alleine. Stattdessen mache ich es mir auf dem freien Plastikstuhl am Feuer bequem, Benny und Luzi haben sich daneben auf eine Decke gesetzt.

»Wollt ihr was rauchen?« Andi hält uns einen Joint hin, und Luzi greift zu. Benny zieht nach ihr. Echt jetzt?

Chris kommt mit Gläsern aus dem Wohnmobil. »Moscow Mule. Wer möchte?«

Ich winke ab. Habe seit dem Nachmittag drei Biere getrunken. Das reicht. Mehr – und ich werde redselig. Noch mehr – und es wird unangenehm, für mich und meine Umwelt. Kontrollverlust. Manchmal gut, heute nicht. Will keine Gläser zertrümmern und die Scherben als Andenken in den Dünen zurücklassen.

»Und wir haben auch noch das im Angebot.« Chris holt ein kleines Metallkästchen hervor und öffnet es. Darin liegen bunte Papierquadrate. LSD-Pappen, bedruckt mit den rosa Elefanten aus *Dumbo*. Inzwischen habe ich den Film sogar ganz gesehen. Dumbo fällt in einen Wasserbottich voll Champagner und bekommt den Trip seines Lebens. Sieht lauter tanzende Elefanten.

Das ist ja noch mal eine ganz andere Art von Kontrollverlust. Keiner greift zu.

»Na, ihr könnt es euch ja noch überlegen«, lacht Chris. Er schließt die Box und legt sie auf das Tischchen zwischen uns.

»Und, wie viele Kinder und Frauen warten zu Hause auf euch?« Andi lehnt sich nach vorn, die Ellenbogen auf den Unterschenkeln.

Benny sieht mich an. »Keine«, antwortet er.

Meine Laune sinkt weiter. Hab keinen Bock auf das hier. Will weg. Sehne mich nach Marie. Sehe ihr Gesicht vor mir. Verschwommen. Traurig.

»Und was macht ihr so, wenn ihr nicht gerade auf dieser Insel gestrandet seid?«, bohrt Andi weiter.

»Rettungsdienst«, sagt Benny knapp. Er will genauso wenig drüber reden wie ich.

»Das ist ja krass! Und was war euer heftigster Einsatz bisher?«

Ich schließe die Augen. Nicht auch noch das.

Tu es!, zischt H.P. Kinski. Soll ich? Ja.

»Darf ich?« Ich warte die Antwort nicht ab und greife nach dem Metallkästchen. Lege einen rosa Elefanten auf meine Zunge. Das Plättchen löst sich auf. Auf Dumbo!

Ich rieche das Feuer, das Salz in der Luft, die Alkoholfahnen von Chris und Andi. Das Holz knackt in der Glut. Die Flammen winden und schlängeln sich in die Höhe. Tanzende Elefanten sehe ich nicht. Das Löschpapier hat gelogen. Da sitzen noch immer vier Menschen um mich herum. Links von mir Benny und Luzi. Rechts von mir Chris, gegenüber Andi. Ihre Haut ist gelb. Gelb vom Feuerschein. Gelb wie die Simpsons. Oder ein Emoji. Sie scheinen eine gute Zeit zu haben. Sie kichern und brabbeln. In welcher Sprache denn?

Ihre Gesichter leuchten. Dahinter ist Schwarz. Nichts ist zu sehen von den Dünen, vom Wohnmobil. Die Dunkelheit verschluckt alles. Kriecht überallhin. Breitet sich auch in mir aus. Ich bin ihr ausgeliefert, völlig wehrlos. Melancholie wird Verzweiflung. Mir kommen die Tränen. Endlich kann ich weinen. Weine leise. Lautlos. Die Tränen rinnen meine Wangen und den Hals hinab. Es macht mir nichts aus. Es fühlt sich gut an. Es fließt aus mir heraus, ich zerfließe. Löse mich auf, lasse mich gehen. Heule und schluchze. Ist doch egal, was die anderen denken. Will mich nicht mehr verstecken. Ich lasse es geschehen. Glücklich. Und tieftraurig.

TAG 3

Eine Möwe kreischt. Eine andere meckert mit. Sie sind laut. Zu laut. Zu unmittelbar. Wo bin ich? Ich öffne meine Augen einen Spaltbreit. Eine grüne Plane. Es riecht feucht. Was mache ich hier? Was ist passiert? Mein Kopf tut weh. Der rosa Elefant, ach ja.

Meine Hände sind kalt, ich ziehe sie zurück unter den Schlafsack. Hab in Klamotten gepennt. Am Rücken ist mir schön warm, wohlige Wärme. Körperwärme.

Ich drehe mich vorsichtig um. Braune Locken. Eindeutig Luzi. Warum liegt sie hier mit mir?

Sie öffnet die Augen.

»Hi«, sagt sie. »Du warst so traurig, da habe ich dich einfach in den Arm genommen und nicht mehr losgelassen.« Sie rückt ein Stück zurück. »Soll ich jetzt aufhören damit?«

Ja. Nein. Du warst so traurig, da habe ich dich einfach in den Arm genommen. Das ist das Schönste, was mir jemand gesagt hat. Seit Langem. Erneut steigt die Traurigkeit hoch. Ich schlucke. Aber weinen kann ich nicht mehr. Bin ausgetrocknet.

»Nein, bitte mach weiter. Wenn du willst«, antworte ich und drehe mich zurück. Luzi greift wieder zu. Das tut gut. Wie toll sie ist. Das ist mir bisher gar nicht aufgefallen. Luzi ist das exakte Gegenteil von mir. Sorglos, optimistisch, offen und voller Energie. Ohne Ballast. Warum ist sie so nett zu mir? Ist sie so zu jedem? Nicht darüber nachdenken. Es soll nicht aufhören. Nie mehr.

Es kommt mir vor, als lägen wir schon seit Stunden einfach nur so da. Ohne uns zu rühren oder zu sprechen. Das Einzige, was ich wahrnehme, sind ihre Wärme und ihr Atem.

Plötzlich, in die Stille hinein, sagt Luzi: »Ich mag dich.«

Die drei Worte lösen in mir einen kleinen Wirbelsturm aus.

»Warum? Ich war nicht sonderlich freundlich zu dir.«

»Ja«, lacht sie. »Aber du bist irgendwie anders. Du bist wie ein verwundetes Tier. Das kann auch beißen.«

»Liegst du aus Mitleid hier?«

»Nein. Ich will einfach für dich da sein«, antwortet sie.

»Du kennst mich nicht. Ich kenn mich nicht mal selbst.«

»Wer einen Job macht wie du, kann jedenfalls kein schlechter Mensch sein.«

Mir gefällt, was sie sagt. Wie sie es sagt. Luzi strahlt Wärme aus. Menschliche Wärme. Genau das brauche ich.

»Kann ich dich jetzt loslassen? Mein Arm ist eingeschlafen!«

»Nein. Auf keinen Fall.« Wir lachen beide. Und Luzi hält mich weiter fest.

Ein Schatten an der Zeltwand.

»Kim, alles okay bei dir?« Das ist Bennys Stimme.

Luzi löst ihren Griff, ich strecke den Arm aus und ziehe den Reißverschluss nach oben.

Benny linst herein. »Ich wollte nur mal nach dir sehen. Du warst ja völlig verändert gestern.«

»Das passt schon«, antworte ich.

»Guten Morgen«, sagt Luzi.

Benny meidet ihren Blick. »Es ist weit nach Mittag«, raunzt er, fängt sich aber sofort wieder. »Andi und Chris sind raus aufs Wasser. Ich würde jetzt gerne mal zum Leuchtturm fahren, da soll es ganz schön sein. Wollt ihr mit?«

Ich schaue zu Luzi, in ihre freundlichen Augen. Sie nickt. Blicke hoch zu Benny. »Find ich gut. Lass uns vorher aber noch beim Bäcker halten, ich verhungere schon wieder.«

Es ist die vertraute Konstellation der Hinfahrt. Benny hinterm Steuer, ich auf dem Beifahrersitz. Luzi hat sich hinten breitgemacht. Aber die Stimmung ist anders, der vergangene Abend hat etwas verändert. Es ist nichts kaputtgegangen. Auch das Band zwischen Benny und mir ist unversehrt, aber es ist eine kräftige Verbindung hinzugekommen. Luzi und ich, wir teilen jetzt etwas. Das ist neu, und damit muss Benny erst mal umgehen. Er ist nicht mehr so locker. Und flüchtet sich in die Stille.

Der Leuchtturm ist von Weitem zu sehen. Über ihm ziehen dicke graue Wolken dahin, fast kann er sie mit seiner weißen Kuppel am Bauch kratzen. Der Turm ist rot gestrichen. Elegant, wie er in den Himmel ragt, gesäumt von kleinen Häuschen und Dünen, umrahmt vom breitesten Strand der Insel und dem schäumenden Meer. Nordseeklischee.

Benny quetscht den Polo zwischen zwei SUV. Wochenendbesucher haben die Insel erobert. Wir lösen uns aus dem Touristenstrom, biegen ab Richtung Dünen und suchen einen Platz, der einigermaßen windgeschützt ist. Zu dritt schießen wir ein Selfie, der Leuchtturm hinter uns ist drauf, wir nur so halb. Egal. Vor uns die Weite des Strandes, in sicherer Entfernung brausen die Wellen.

Kaum haben wir es uns bequem gemacht, springt Luzi auf: »Wisst ihr, was das Tollste ist am Meer, wenn's stürmt?«

»Sag es uns«, lächelt Benny müde.

Sie läuft ein paar Schritte rückwärts, Wind erfasst ihr Haar, sie beugt sich vor und brüllt: »Dass man so laut schreien kann, wie man will! Und keiner hört's!«

Wir lachen.

Luzi hüpft weiter zurück. Ihr Gebrüll kommt nur noch in Fetzen bei uns an: »Und dass man rennen kann! Einfach rennen!« Sie reißt die Arme hoch, kreischt und rennt los. Ohne Ziel. Ohne Sinn. Sie joggt nicht, sie rennt. Die ist verrückt. Und schnell. Sie hat Kraft, sie leuchtet vor Energie. So ein Gegensatz zu all dem Kranken und Kaputten, das mich und Benny umgibt.

Außer Puste lässt sie sich neben uns in den Sand fallen.

»Durst«, keucht sie. Ich reiche ihr meine Flasche, und sie zieht die Hälfte des Wassers weg, ohne abzusetzen. »Rück mal die Rosinenbrötchen raus!«

Luzi greift in die Tüte, nimmt zwei und gibt mir eins davon. Sie beißt ab und kaut genüsslich. Ihr Atem wird ruhiger. Sie fährt runter, spürt unsere Stimmung und passt sich an.

Benny holt seine Box aus dem Rucksack. Wir sitzen einfach da und hören zu. Thees Uhlmann singt. »Du sagtest: Da ist zu viel Krebs in deiner Familie, da ist zu viel Angst in meiner Welt.« Wenn man von Melancholie ein Foto machen will, sind wir das perfekte Motiv. Drei Freunde blicken aufs Meer und schweigen. Lauschen einem anderen, der den Text für sie übernimmt. Was gibt es auch zu reden? Wir sind angeschossene Tiere. Verwundet. Zumindest zwei von uns.

Der Song ist zu Ende, und ich atme tief durch. »Eines weiß ich: Ich bin scheißfroh, dass ich gerade nicht alleine bin. Ich wüsste nicht, wie ich das jetzt aushalten sollte.« Ein Kompliment. An beide. Für ihre Freundschaft. Dass sie mich aushalten, dass sie mich ertragen, auch wenn sie mich nicht so kennen wie ich mich selbst. Sie sind jedenfalls nicht gegangen.

Im Strandpavillon am Fuß des Leuchtturms wärmen wir uns an einem heißen Kakao und essen Pommes mit Ketchup und rohen Zwiebeln. Luzi und Benny sitzen mir gegenüber auf der Bank. Ich schmelze abgepultes Wachs in der Kerzenflamme.

Luzi reißt uns aus den Gedanken: »Was ist euch das Wichtigste im Leben?«

Mit einem Mal ist mein Kopf leer, als hätte jemand den Stöpsel gezogen.

»Gesundheit«, sagt Benny. Er schaut zu mir.

»Ich … ich weiß nicht. Vielleicht, dass alles einen Sinn ergibt«, stammele ich. Was für ein Unsinn. Was antwortet man denn auf so eine Frage? Liebe, Gesundheit, Glück? Klingt nach Geburtstagsgrüßen. Was würde ich mir denn selbst zum Geburtstag wünschen? Ruhe, Gelassenheit, Klarheit?

»Ich will mit mir selbst im Reinen sein«, sagt Luzi. »Und keine faulen Kompromisse eingehen, die ich selbst nicht tragen kann. Ich muss immer meinem Herzen folgen. Da ist so eine innere Stimme, die sagt Ja oder Nein. Und wenn ich nicht auf sie höre, werde ich unglücklich. Und warum sollte ich mich selbst unglücklich machen?«

In mir bricht etwas, sackt ab, löst sich. Und dieser eine Satz füllt meinen Kopf. »Ich …«, beginne ich leise. Ich möchte ihn sagen, ich darf ihn sagen. Meine Freunde lehnen sich vor, ihre Gesichter golden im Kerzenlicht. »Ich wäre gern wieder der, der ich mal war.«

Die beiden lehnen sich zurück. Luzi schaut mich an. Schaut mich einfach nur an.

Die Pommesschälchen sind leer. Fett und Salz von den Fingern gelutscht. Die Kakaoreste kalt.

Luzi zieht Benny zu sich und flüstert. Er schaut ihr tief in die Augen und nickt.

»Was ist los?«, frage ich.

Luzi steht auf und nimmt meine Hand: »Komm mal kurz mit.«

Wir gehen ins Freie, hinunter zum Strand. Über uns kreist der Lichtkegel des Leuchtturms. Mit Schwung kommt er von hinten heran, zerschneidet den Abend, erleuchtet die Wolken, gleitet über den Sand und weiter aufs Wasser. Es ist dunkel, bis die nächste Runde beginnt.

Luzi lässt meine Hand nicht los. »Kim, ich möchte dich etwas fragen.«

»Ja?«

»Ich weiß nicht, was das hier zwischen uns ist. Aber ich weiß, dass es mir gefällt. Und ich nicht will, dass es morgen wieder endet. Ich glaube, dieser Ort hier tut uns gut. Deshalb wollte ich dich fragen, ob du nicht einfach hierbleiben willst. Mit mir.«

Ich erstarre. Damit habe ich nicht gerechnet.

»Wie stellst du dir das vor? Ich muss doch zurück. Mein Job geht weiter. Am Montag hab ich meine nächste Schicht.«

Schweigen.

Ich spreche weiter: »Aber ich fühle das Gleiche wie du. Der Ort tut mir gut. Du tust mir gut.«

»Dann lass uns einfach hierbleiben. Wir könnten doch noch ein paar Wochen in der Hütte wohnen. Und für deinen Job findest du doch eine Lösung. Eine Auszeit. Krankschreiben. Was auch immer. In deiner Verfassung solltest du diesen Job eh nicht ausüben«, sagt Luzi.

»Warum? Was ist mit meiner Verfassung? Ich bin ja nicht benebelt. Nur fertig. Und diese Tage hier werden bestimmt helfen.«

»Kim, sei ehrlich. Gibt es irgendwas, das dich zu Hause hält?«

Eine große Frage. Gibt es etwas, das mich hält? Nein. Da ist nichts, was mich hält. Ich muss nicht wirklich zurück. Ist das hier die Chance? Der Ausweg? Ich weiß genau, warum ich Notfallsanitäter geworden bin. Aber irgendetwas funktioniert nicht mehr. Das hier ist die Gelegenheit, wieder rauszukommen. Nicht alleine, sondern mit vereinten Kräften. Mit Luzi. Sie wird mich unterstützen. Sie wird mich nicht so schnell loslassen. Das fühle ich. Das hat sie schon bewiesen. Das ist die einmalige Möglichkeit, Abstand von allem zu gewinnen, zu mir zurückzufinden. Und dann? Mal sehen.

Luzi greift auch nach der anderen Hand. »Ich habe das bereits mit Benny besprochen, er weiß von meiner Idee. Es ist okay für ihn. Er würde morgen ohne dich zurückfahren.«

Sie sieht mich an. So freundlich, so warm, so eine reine Seele. Habe ich das verdient?

»Also, was sagst du?«

TAG 4

»Tu, was du willst«, hat Benny gesagt. »Egal was, Partner, ich gönne es dir von Herzen.«

Am Morgen weiß ich die Antwort. Lasse Benny schlafend zurück und bin der Erste am Frühstückstisch.

»Schau mal«, sagt Johan und öffnet die Terrassentür. Mit beiden Händen nimmt er einen Eimer und schüttelt ihn rhythmisch. Tschack-tschack-tschack. Klingt wie eine Rassel. Wie auf Kommando kommen Vögel geflogen, nicht nur Möwen, auch Spatzen und andere kleine Hüpfer. Johan greift in den Eimer und wirft Körner aus. Die kleinen Vögel sind schnell, picken auf, was sie können, bis ein großer kommt und sie vor seinem bedrohlichen Flügelschlag auseinanderstieben.

Da sitzt sie. Mit geschlossenen Augen. Den Rücken an eine Düne gelehnt. Die Morgensonne im Gesicht. Als ob sie Sonnenstrahlen sammelt, wie Frederik, die Maus.

Als ich vor ihr stehe, öffnet sie die Augen.

»Ich hab auf dich gewartet«, sagt sie und beobachtet mich.

Ich setze mich neben sie, bekomme kein Wort heraus. Wünschte, es wäre schon vorbei.

»Es ist in Ordnung, Kim.« Sie hakt sich unter und zieht mich zu sich heran. Unsere Finger verschränken sich.

Es ist in Ordnung. Der Knoten in meinem Bauch lockert sich. Es ist die richtige Entscheidung. Das könnte ich mir nie verzeihen, einfach den Schwanz einziehen und mich verdrücken. Das ist nicht die Geschichte, die über mich erzählt werden wird. Ich habe so viel investiert. Das gebe ich nicht auf. Ich bin zäh. Ich halte durch. Auch wenn ich noch so freundlich angelächelt werde. Vierundzwanzig Stunden mit Luzi bringen mich nicht dazu, alles über den Haufen zu schmeißen. Wie verrückt wäre das denn? Auch, wenn nicht alles perfekt läuft. Wenn fast nichts perfekt läuft im Moment. Diese Phase werde ich überstehen. Wieder werden, wer ich war.

Und Luzi kommt damit klar, da bin ich mir sicher. Morgen wird sie ein neues Abenteuer erleben, und dann bin ich bereits vergessen.

Sie löst ihre Hand. »Wollen wir ein bisschen gehen?«

Wir spazieren Richtung Strand. Auf halbem Weg ziehe ich Sneakers und Socken aus und nehme sie in die Hand. Bei jedem Schritt reibt Sand an meinen Fußsohlen.

Ich spüre sie neben mir, diese zierliche Frau, die so selbstsicher die Welt durchschreitet. Lasse ich sie einfach gehen? Ja, verdammt. Wie sollte ich diese Frau auch halten? Sie ist mir um Meilen voraus.

Betonplatten führen hoch auf die letzte Düne vorm Wasser. Oben drückt uns der Wind die Luft weg. Links und rechts endloser Strand, vor uns das Meer. Dunkel, laut, gewaltig. Ein paar Familien haben schon Strandmuscheln aufgebaut.

Luzi breitet die Arme aus und rennt los. Ich spurte hinterher, sehe, wie sie im Laufen erst die Jacke von sich wirft, dann Pulli und T-Shirt auszieht. Unten am Wasser schlüpft sie aus der Hose. In BH und Slip steht sie vor mir und ruft: »Na komm schon!«

»Aber nur eine Minute! Länger gehe ich nicht rein!« Ich ziehe mich aus bis auf die Boxershorts, lege die Klamotten samt Luzis Hose in sicherer Entfernung vom Wasser auf einen Haufen. Der Wind ist kaum auszuhalten. Hab am ganzen Körper Gänsehaut. Luzi auch. Wir blicken uns an, dann brüllen wir beide los und stürzen uns in die Wellen.

Das Wasser versetzt mir einen Schock. Es ist gnadenlos kalt, eine tosende Eishölle. Die Wellen interessiert nicht, ob ich da bin, sie drücken mich einfach nieder. Luzi fällt auf mich, Arme, Beine, keine Ahnung, ich pruste, rappele mich auf, ziehe sie mit hoch. Die nächste Welle rollt heran, bäumt sich vor uns auf. Mich kriegst du nicht! Mit einem Hechtsprung tauche ich in sie ein. Stille. Salzwasser dringt mir in Nase und Mund. Nordsee. Ich reiße meinen Kopf aus dem Wasser. Augen auf. Es röhrt und schäumt um mich herum. Jaaaaaa! Ich bin da! Ich bin wach! Keine Müdigkeit, kein Kopfschmerz, keine Taubheit. Wie neugeboren. Wie Marie-Leona. Hallo Welt! Du Scheißwelt! Luzi taucht um mich herum, gleitet an mir hoch, nimmt mich in den Arm. Sie fühlt sich an wie ein Seehund, nass und glitschig. Wir lassen uns nach hinten fallen. Das Wasser ist nicht mehr kalt.

Wir baden zehn Minuten im Meer, aber es kommt mir vor wie eine Stunde. Dann rennen wir zu unseren Klamotten, Luzi muss ihre Stück für Stück einsammeln. Schlüpfen ohne Unterwäsche in die Jeans. Einfach so. Punkrock.

Den letzten Programmpunkt unternehmen wir zu dritt. Wir besuchen Marie-Leona und ihre Eltern. Jakob öffnet uns, in Unterhemd und Schlabberhose, die Frisur zerzaust. Elif liegt im Bett und stillt.

»Das ist Luzi, eine Freundin«, erklärt Benny. »Wir haben euch auch was mitgebracht.« Er reicht Jakob eine dünne Plastiktüte.

»Das wär doch nicht nötig gewesen.«

»Doch«, sagt Luzi.

Die Verkäuferin hat das Geschenk großzügig mit Schleifen versehen. Jakob reißt das Papier auf und zieht ein Kuschelschaf heraus.

»Echte Texel-Lammwolle«, grinst Benny.

»Hey, Kim«, sagt Elif. »Willst du sie mal halten?«

»Ich?«

»Brauchst keine Angst zu haben.«

Ich setze mich zögerlich auf die Bettkante, und sie reicht mir das kleine Bündel Mensch. Dreitausendsiebenhundert Gramm, sagt Jakob. Herzfrequenz bei hundertvierzig Schlägen pro Minute. Atemfrequenz bei fünfundvierzig Zügen pro Minute. Marie-Leonas kleines Gesicht ist ganz rosa. Ich muss nicht absaugen, sie braucht keinen Sauerstoff, keinen Zugang, kein EKG. Sie ist gesund und offenbar ganz zufrieden auf meinem Arm. Es ist merkwürdig, dieses Wesen zu halten. Federleicht. Winzig. Schwach. Wie sich das wohl anfühlt, Vater zu sein?

»Wir sind euch so dankbar«, sagt Elif. »Ich weiß nicht, ob ich das ohne euch geschafft hätte.«

»Bestimmt«, lächelt Benny.

Benny und ich reden noch weniger als auf der Hinfahrt. Erstens ist Luzi nicht mehr dabei, und zweitens gibt es nichts mehr zu bereden. Es ist alles gesagt. Besser: Es ist alles erlebt. Das waren sehr besondere vier Tage. Das spüren wir wohl beide. Es hat unser Band gestärkt.

»Kim, kann ich dich noch mal was fragen?« Okay, es ist fast alles gesagt. »Warum hast du Luzi jetzt abblitzen lassen?«

»Meine innere Stimme, weißt du?« Wir grinsen. »Nee, mal ernsthaft. Ich war echt versucht, aber: Wie bekloppt wäre das? Ich kann doch nicht einfach auf Texel bleiben. Auf einer Insel, deren Sprache ich nicht spreche. Wo ich keinen kenne. Mit einer Frau, die ich im Grunde auch nicht kenne.«

»Also, ’tschuldigung, es ging ja wohl nur um ein paar Wochen.«

»Ja gut, und was ist mit der Arbeit? Hey Leute! Ich bin mal kurz raus für ein paar Wochen, ich meld mich dann, wenn ich wieder da bin. Aber ansonsten könnt ihr euch echt auf mich verlassen!«

Benny blickt in den Seitenspiegel. »Ja, stimmt. Komplett unrealistisch.« Er blinkt und zieht rüber auf die Überholspur. Benny will nach Hause.

Diese Luzi. Aus ihrem Mund klingt alles möglich. In ihrem Leben ist alles möglich. Werde ich sie wiedersehen? Sie weiß, wo ich wohne, aber sie würde nicht in mein Leben zu Hause passen. Sie würde sich niemals wohlfühlen. Sie gehört nicht in meinen Käfig. Sie muss fliegen. Ich werde sie nicht anrufen, ist besser so.

Und wenn sie sich bei mir meldet, ist das ihre Entscheidung. Vielleicht laufen wir uns ja auch noch mal zufällig über den Weg. Irgendwann als Siebzigjährige. Stehen uns plötzlich gegenüber, füttern gemeinsam Tauben im Park. Dann umarmen wir uns, und jeder geht seines Weges.

Unser Moment ist vorbei, die Zeit zieht weiter. Auf mich wartet die nächste Zwölf-Stunden-Schicht.

METALHEAD

Ich stapfe durch den Garten. Der Nachbar kommt mir entgegen: »Hier hinten geht es rein, die Terrassentür ist auf.«

Wieso bin ich allein? Wo ist mein Kollege? Warum kommt der nicht hinterher? Ich ärgere mich. Man bleibt zusammen. Immer. Ein Team.

Es riecht abgestanden. Nee, es stinkt fürchterlich beißend. Ich stehe in der Halle einer Schlachtfabrik, Männer schneiden mit langen Messern hängende Schweinekörper kopfabwärts auf. Die Gedärme plumpsen heraus.

Eine Frau sitzt auf einem Sofa. Tattoos auf den Armen, Haare zerzaust. Sie lallt. Eindeutig angetrunken. Vielleicht noch mehr. Irgendwas liegt auf dem Beistelltisch, bedeckt von einem fleckigen Taschentuch.

Die Frau liest laut aus einem dicken Buch vor: »Der HÄÄÄRR ist mein HIIRRRTTTE.« Ansonsten nur Wortfetzen. Sie klappt es auf und zu und auf und zu.

Ich kenne dieses Haus und diese Scheißfliegen.

Die Frau weint laut, schluchzt.

Ich möchte nach oben. Ich muss nach oben. In den ersten Stock führt eine hölzerne Wendeltreppe. Den Weg dahin bedecken zahlreiche braune Häufchen. Ist das Scheiße?

Von oben ist nichts zu hören. Ich trete auf die erste Stufe, sie knarzt unter meinen stahlverstärkten Schuhen. Mich über-

kommt ein ungutes Gefühl. Das gefällt mir hier gar nicht. Ich sollte nicht alleine hochgehen. Trotzdem nehme ich die nächsten Stufen.

Vor mir eine Fratze. Der Nachbar. Entstellt. Sein Gesicht hat keine Haut mehr. Sehe nur blutiges Muskelfleisch. Ein Dämon! Ich schreie. Auch die Fratze reißt das Maul auf, aber es kommt kein Laut. Ein stummer Schrei aus der Unterwelt.

Das Kopfkissen ist durchgeschwitzt, das Laken auch. Ich hasse diesen Albtraum. Er ist so intensiv. Die Drogenbude, diese schreckliche Frau, der schreckliche Nachbar, Scheißhaufen. Gestank. Und diese Treppe macht mir Angst. Da oben wartet nichts Gutes. Warum bin ich mir da so sicher? Es ist doch nur ein Traum. Vielleicht sollte ich beim nächsten Mal versuchen, es bis zum Ende der Treppe zu schaffen, mich der Angst zu stellen. So Wachtraum-Style.

Ich rolle mich zusammen. Fühle mich, als wäre ich eben in einen Abgrund gestürzt und hätte mir alle Knochen gebrochen. Eigentlich müsste ich noch mal versuchen einzuschlafen. Mir meine Texel-Erholung erhalten. Darf ich aber nicht. Es geht wieder los: 4.43 Uhr. In zwei Minuten schreit mein Wecker. Ich schwinge mich aus dem Bett, schiebe die Vorhänge beiseite und schaue in völlige Dunkelheit.

Viel zu viele Leute hier, sie stehen im Weg, verstopfen den Flur und den Aufenthaltsraum. Es ist Übergabe, sowohl die alte als auch die neue Schicht ist da.

Ich schlängele mich quer durch die Wache in die Küche und fange an, die Geschirrspülmaschine auszuräumen. Wenn ich mich nützlich mache, kann mich wenigstens keiner auffordern, mich nützlich zu machen.

Ich wäre gern allein mit mir und meinen Gedanken an Texel, mit dieser Ruhe, die noch in mir nachklingt. Ein Schatz, der zwischen den Fingern verrinnt, zermalmt von dieser Horde Menschen hier.

Immerhin, nur wenige Einsätze heute, ein Verdacht auf Gehirnerschütterung und ein Blinddarm. Wir haben Zeit zu kochen, aber klar, kaum steht die Reispfanne auf dem Tisch, gehen die Melder.

Der Anruf kam aus einer Sportsbar. Schlaganfall. Durchs Fenster sehe ich Flatscreens, auf denen Fußballspiele laufen. Warmer Zigarettendunst schlägt uns entgegen, wir drängen durch den Pulk zum Patienten. Um uns herum stehen ungefähr dreißig Leute und reden wild auf uns ein.

Ein Mann stellt sich als Sohn des Patienten vor: »Was machen Sie jetzt mit meinem Vater? Sie müssen mir alles erklären, sonst bekommen Sie meine Erlaubnis nicht.«

»Wenn Sie nicht wollen, dass Ihr Vater morgen nur noch sein Totenhemd verwetten kann, lassen Sie uns einfach mal arbeiten«, raunzt Dennis.

Wir können allerdings nichts machen, weil zu viele Leute zu dicht am Patienten stehen. Wir können nicht mal unseren Rucksack, den C3 und die Sauerstoffflasche abstellen, so eng ist es. Das ist das Letzte, was ich heute brauche.

Dennis bleibt äußerlich ruhig. Laut und deutlich ruft er: »Sie müssen jetzt alle mindestens drei Schritte nach hinten gehen. Sonst können wir den Patienten nicht versorgen.«

Sie rücken einen kleinen Schritt zurück.

»Bitte mehr Abstand! Sie schaden sonst dem Patienten.« Wieder ein Stückchen mehr Platz. Jetzt können wir wenigstens die Geräte abstellen. Wir beginnen mit der Versorgung. Ich lege dem Mann eine Sauerstoffmaske an, Dennis versucht, einen Zugang zu stechen.

»Ist das wirklich nötig?«, fragt der Sohn.

Dennis setzt zur Antwort an, da rempelt ihn einer von hinten an. Er verfehlt die Vene. Blut quillt aus dem Handrücken des Patienten.

»Was machen Sie denn da? Wissen Sie überhaupt, was Sie tun? Wie lange arbeiten Sie denn schon in dem Job?«, ruft der Sohn.

Ich beobachte Dennis, innerlich explodiert der gerade, lässt sich aber nichts anmerken. Ich bewundere ihn dafür.

»Gehen Sie alle sofort einen Schritt zurück! Sonst muss ich die Polizei rufen«, sagt Dennis laut, aber völlig unaufgeregt.

Wieder treten sie einen kleinen Schritt nach hinten. Da stürzt ein junger Mann durch die Tür. Er arbeitet sich durch die Menschenmenge und kommt auf uns zu. Lederjacke, Muskeln, teure Uhr, Gel in den Haaren, die Seiten kahl rasiert.

»He! Sie!«, schimpft er. »Sie haben mich zugeparkt. Ich muss jetzt los. Fahren Sie Ihren Krankenwagen weg.«

Dennis ringt um Fassung: »Es geht hier gerade um Leben und Tod! Wir können den Rettungswagen nicht wegfahren.«

»Sie fahren jetzt sofort weg. Ich habe einen Termin. Ich muss los. Ich sage das nicht noch einmal!«, droht der Mann.

Jetzt schalten sich die Gaffer in die Diskussion ein. Die Situation scheint komplett zu entgleiten.

Dennis beugt sich zu mir. »Ruf die Polizei«, flüstert er.

Ich zwänge mich durch die Menge zurück Richtung Tür und funke die Leitstelle an: »Wir brauchen dringend polizeiliche Unterstützung. Wir werden bedroht«, sage ich ins Funkgerät, leider etwas zu laut. Der junge Mann mit Gelfrisur ist mir gefolgt und baut sich vor mir auf.

»Wer wird bedroht? Ich bedrohe keinen. Und Sie rufen nicht die Polizei. Die Angelegenheit können wir so regeln.« Er schüttelt den Kopf. »Wie ein feiges Mädchen. Einfach die Bullen rufen.«

Ich rieche den Kaugummiatem des Mannes, so nah kommt er mir, kann aber nichts sagen. Habe Angst, dass jedes Wort die Situation weiter eskalieren lässt. Außerdem bin ich wütend. Richtig wütend. Ich habe hier einen Patienten, und den kann ich nicht versorgen. Warum ist dieser Typ so ein verdammter Egoist? Warum begreift er nicht, worum es hier gerade geht? Scheiß doch auf den Termin.

Ich höre Dennis, wie er die Leute in der Bar ein weiteres Mal auffordert zurückzutreten. Jetzt klingt er ungeduldig und zornig. Das geht hier alles gar nicht. Ich drehe mich wortlos um und schlüpfe zurück zu dem Patienten. Wir müssen jetzt zusammenbleiben. Die Minimalversorgung des Patienten aufrechterhalten. Es geht aber auch um Eigenschutz. Ich sehe mich schon in Notwehr das Sauerstoffgerät schwingen.

Auf einmal herrscht Unruhe um uns herum. Die Menge löst sich auf wundersame Weise auf. Auch von dem Geltypen ist nichts mehr zu sehen. Die Polizei ist da.

Endlich können Dennis und ich den Patienten angemessen versorgen. Wir haben sehr viel Zeit verloren.

Vor der Notaufnahme gönnen Dennis und ich uns eine Verschnaufpause. Er sieht aus, wie ich mich fühle: vollkommen erschöpft. Wir teilen uns einen Müsliriegel.

Plötzlich stupst er mich an. Jemand eilt auf uns zu, eine Notärztin. Ich kenne sie, aber mir fällt der Name nicht ein.

»Kim«, spricht sie mich an. »Erinnerst du dich? Wir haben kürzlich bei einem Verkehrsunfall zusammengearbeitet. Diese Reanimation auf der Straße.«

Natürlich, der Metalhead. An den hab ich gar nicht mehr gedacht. Wahrscheinlich haben wir ihm sein Lieblings-Metallica-Shirt zerschnitten. Viel zu jung für einen Herzinfarkt.

»Kim, Herr Liebold liegt hier immer noch auf Intensiv, aber ihm geht es wieder besser. Er kann kommunizieren und möchte dich sehen«, erklärt die Notärztin.

Er kann kommunizieren. Er möchte mich sehen. Mir wird heiß.

»Er … er möchte mich sehen?«, stammele ich.

»Ja, das hat er seinem Pfleger mitgeteilt. Und der hat mir gesagt, dass der Patient diejenigen sehen möchte, die ihn gerettet haben. Ich war gestern schon kurz oben, und jetzt hab ich dich gerade gesehen und dachte, ich sag's dir mal.«

»Ja, aber …«

»Fahr ruhig mal hoch und frag nach. Versuch dein Glück.«

Nie, wirklich noch nie, wollte mich ein Patient nach einem dramatischen Notfall persönlich kennenlernen. Einmal haben Kollegen einen Dankesbrief erhalten von einem, den sie Wochen vorher nach einer Verbrennung versorgt hatten. Aber sonst? Nichts. Dankbarkeit wird selten offen ausgesprochen. In der Regel ist ein Einsatz gut gelaufen, wenn es im Nachhinein keine Beschwerden gibt und der Wachleiter mich nicht zu sich zitieren muss.

Das ist ja auch in Ordnung. Ich will für meine Arbeit

nicht abgefeiert werden. Mir ist es wichtig, dass ich dazu beitrage, dass der Patient überlebt. Das zählt. Wenn ich vom Krankenhaus eine Rückmeldung bekomme, spüre ich so etwas wie ein unsichtbares Schulterklopfen. Und eine tiefe Befriedigung. Hält leider nie lange an.

Warum also will mich der Metalhead jetzt sehen? Will er wirklich Danke sagen? Oder nachfragen, ob Fehler passiert sind? Vielleicht kann er sich auch an nichts mehr erinnern und möchte, dass ich ihm noch einmal den kompletten Ablauf des Geschehens erzähle.

Der RTW steht noch auf Status 8. Das bedeutet: nicht einsatzbereit am Zielort. Eigentlich müssen wir das Material auffüllen und den Wagen desinfizieren. Das verschafft mir tatsächlich Zeit, kurz zu verschwinden.

»Mir egal. Ich krieg die Zeit schon rum«, brummt Dennis. Ich atme tief durch und mache mich auf den Weg. Die Fahrstuhltüren schließen sich, mir wird mulmig. Bei Einsätzen weiß ich zwar auch nie, was mich erwartet, aber da habe ich Geräte und Algorithmen, die für Ordnung und Struktur sorgen. Über ein Patientengespräch im Nachhinein haben wir in der Ausbildung nicht gesprochen. Darf ich ihm überhaupt etwas vom Einsatz berichten? Besteht da nicht die Gefahr, dass ich mich oder die Kollegen unnötigerweise juristisch belaste?

Die Fahrstuhltüren öffnen sich. Na gut, meine Neugier siegt. Ich klingele.

»Ja, bitte?«, scheppert es durch die Sprechanlage.

»Kim vom Rettungsdienst hier. Ich wollte Herrn Liebold besuchen, der hat nach mir gefragt«, sage ich deutlich in den Lautsprecher. Es surrt, die Tür klappt automatisch auf. Keiner kommt. Und jetzt?

»Hallo?«, rufe ich den langen weißen Gang hinunter.

Links und rechts stehen die Türen halb offen. In den Zimmern liegen Patienten. Über etliche Schläuche und Kabel sind sie an die Gerätetürme um sie herum angeschlossen. Es piept und brummt, es zischt und blubbert. Sonst rührt sich nichts. Mithilfe von Spritzenpumpen bekommen sie viele Medikamente gleichzeitig verabreicht.

Nichts ist hier klar, kein Überleben gesichert. Das ist der Übergang, aber es gibt einen Weg zurück. Einen beschwerlichen. Viele Patienten auf dieser Station leiden unter einer schweren Sepsis, einer fehlgesteuerten Immunreaktion. Haben Entzündungsprozesse im ganzen Körper. Die Endstufe des Leidens. Äußerst schwer zu therapieren. Angehörige sitzen teilweise stundenlang schweigend am Bett und weinen. Hoffnung verzweifelt gesucht. Jedes Mikrogramm Noradrenalin weniger für den Patienten ist ein erfreulicher Fortschritt. Doch die Ärzte lassen sich nie festlegen. Nirgends bekommt man eine eindeutige Aussage über den Gesundheitszustand, weil eben nichts eindeutig ist. Es kann jederzeit kippen.

Diese Momente sind besonders hart. Wenn der Zustand des Patienten sich plötzlich verändert, verschlechtert, und Hoffnung in Verzweiflung abgleitet.

Wie bei diesem Mann während meiner Ausbildung. Er hatte morgens noch mit mir gescherzt, war erst vor wenigen Tagen operiert worden, Bauspeicheldrüsenkrebs. Die Ärzte hatten den Kopf der Drüse, den Zwölffingerdarm, die Gallenblase, Teile der Gallenwege und des Magens entfernt. In nur einer OP. Ein Wunder, dass man trotz dieser unfreiwilligen Organspende überhaupt weiterleben kann. Völlig verrückt. Bauch auf. Alles raus. Bauch zu. Mensch lebt weiter. »Whipple«-OP nennt man diese OP offiziell. Whipple. Das klingt nach einem neuen Tanzstil.

Eben noch Macarena und Zahnseide, beim nächsten Song bittet der Mallorca-DJ alle Whipple-Styler auf die Tanzfläche.

Mein Whipple-Patient war ein älterer Mann mit weißen Augenbrauen, deren einzelne Härchen weit in den Himmel wuchsen und wie dünne Tentakel aussahen. Ein lustiger, liebevoller Kerl, der mit mir gerne mal über die hübschen Pflegerinnen schnackte.

»Die Hannah. Ist die noch zu haben? Meinst du, ich hätte eine Chance bei ihr?«, fragte er mich an dem besagten Morgen.

»Große Chancen«, stieg ich ein. »Soll ich beim schicksten Italiener der Stadt schon mal einen Tisch reservieren?« Wir mussten beide lachen.

Nachmittags hieß es, der Mann leide unter Verstopfung. Ich solle darauf achten, dass er seinen schwarzen Tee trinkt.

»Junge, der schmeckt scheußlich. Willst du nicht mittrinken?«

»Ich würd so gerne, ich muss aber leider los. Schichtwechsel. Bitte trinken Sie alles aus. Wir sehen uns morgen.«

Ich habe ihn gesehen, ja, aber wir sprachen nie wieder miteinander. Denn als ich am nächsten Morgen kam, war er auf dem Weg in den OP. Er wurde noch einmal aufgeschnitten, weil seine Verstopfung nicht besser geworden ist. Die Ärzte wollten überprüfen, ob alles in Ordnung ist. Was sie sahen, überraschte selbst die Ausgebufftesten unter ihnen. Der Verdauungstrakt des Patienten war komplett schwarz. Ein schwarzer Dünndarm. Ein schwarzer Dickdarm. Alles abgestorben. Nichts war mehr durchblutet. Eine Folge der OP. Sein Todesurteil. Der Mann hatte nur noch Stunden zu leben. Höchstens ein, zwei Tage.

Ich habe lange darüber nachgedacht, ob man ihn nach der Untersuchungs-OP nicht wieder hätte aufwecken sollen. Dann hätte man ihm die Todesnachricht ins Gesicht sagen müssen. Dass er nur noch wenige Stunden zu leben habe. Wäre das menschlicher gewesen? Oder einfach nur grausam? Er hätte noch einmal seine ganze Familie versammeln können, hätte sie alle ein letztes Mal umarmen können, ein letztes Mal mit Hannah flirten können. So schlief er einfach weiter. In seinen Tod hinein. Dabei hätte man ihn wenigstens kurz zurückholen können. Medizinisch wäre das möglich gewesen.

Jetzt war es zu spät. Der Kollege vom hausinternen Transport kam, und wir brachten den Whipple-Patienten zusammen in die Leichenhalle des Krankenhauses. Ein düsterer Raum. Viel enger als in Krimis. Der Kollege und ich und der leblose Körper auf der Metalltrage – für mehr war in dieser Kammer kein Platz. Dann öffnete der Kollege eine Klappe und schob den Leichnam in das dahinterliegende Fach. Ich zitterte. Nicht vor Aufregung. Es war einfach saukalt dort.

Schritte reißen mich aus den Gedanken. Ein Pfleger kommt den langen weißen Gang der Intensivstation herunter auf mich zu.

»Du bist Kim? Du warst auch bei der Reanimation dabei? Herr Liebold ist gerade wach. Hier geht es lang.« Er führt mich ein paar Türen weiter, bleibt stehen, deutet in ein Zimmer.

Ich mache einen Schritt hinein. Wie in den anderen Räumen auch stehen Geräte und Spritzenpumpen neben dem Patientenbett. Im Bett der Metalhead, Herr Liebold. Er sitzt aufrecht, im weiß-blau gemusterten Krankenhaushemd. Das Gesicht bärtig, seine langen Haare nach hinten gekämmt, die Augen geschlossen. Permanent piept es, er wird beatmet.

»Herr Liebold kann noch nicht schlucken oder suffizient atmen«, sagt der Pfleger leise. »Aber er kann seine Hände bewegen und schreiben. So hat er mit mir kommuniziert. Auf einem Zettel stand: *Ich möchte sehen, wer mich gerettet hat.* Deshalb bist du da.«

Herr Liebold schlägt die Augen auf. Der Pfleger geht ganz nah zu ihm ans Bett und spricht laut: »Herr Liebold, da ist jemand für Sie. Der war bei Ihrer Reanimation auf der Straße dabei.«

Die Augen des Metalhead weiten sich, er zieht die Brauen hoch. Der Pfleger winkt mich heran.

»Ich lass euch jetzt mal kurz alleine.« Er nickt mir zu, verlässt den Raum und schließt die Tür.

Zögerlich gehe ich auf das Bett zu. Spüre, dass er mich beobachtet, mich mit seinen Augen fixiert. Schließlich erwidere ich den Blick.

Es haut mich um. Einfach so. Der intensivste Moment meines Lebens. Da ist er. Wir sehen uns an. Selbst wenn er könnte – der Metalhead muss gar nichts sagen. Sein Blick sagt alles: tiefe Dankbarkeit. Unendliche Dankbarkeit. Ich schaudere. Ein Schwall aus Ehrfurcht und Stolz, aus Ungläubigkeit und Glück geht auf mich nieder. Ich bekomme kein Wort heraus. Herr Liebold hebt den linken Arm, er zittert. Ich verstehe nicht ganz. Wage mich noch einen Schritt näher. Er berührt meinen Arm, ganz sacht, dann ergreift er meine Hand. Hält sie fest. Ich erstarre. Das hier werde ich nie mehr vergessen, es wird sich in mein Großhirn einbrennen. Bin vollkommen überwältigt von der Wucht dieser Begegnung. Sekunden verstreichen. Wir sehen uns einfach an und halten uns an den Händen.

Schließlich kriege ich doch ein paar Worte über meine trockenen Lippen: »Ist schon okay. Ich habe nur meinen Job gemacht.«

Der Metalhead will noch nicht loslassen. Ich auch nicht. Dafür habe ich vier Jahre durchgehalten. Genau dafür. Etwas unverhofft Echtes. Etwas Großes. Etwas Bedeutsames. Alles hat plötzlich einen Sinn. Vier Jahre Lebenszeit, um ein paar Sekunden so etwas erleben zu dürfen. Ich würde es alles genau so wieder machen. Das hier gibt es für kein Geld der Welt zu kaufen. Jetzt kann der Gangster kommen und mich auf offener Straße erschießen. Ich habe mein Werk vollbracht. Ich bin keine leere Hülle mehr.

Ich kann noch nicht ins Bett gehen. Es ist zwar schon spät, aber mein Körper ist noch immer voll auf Adrenalin. Voller Euphorie!

Das Wetter draußen ist Mist. Egal. Ich ziehe meinen Regenparka über, die Kapuze tief in der Stirn, trete ich vor die Haustür. Leuchtreklamen spiegeln sich auf dem nassen Asphalt. Aus den Bars dringt Musik. Ich biege ab, weg von dem Krach, hin zum Park. Mitten auf der großen Wiese bleibe ich stehen, hebe die Arme in die Luft. Der Regen kitzelt meine Finger. Ich strecke mich, die Kapuze rutscht, ich lege den Kopf in den Nacken und schaue geradewegs in den dunklen Himmel. Tropfen trommeln mir kalt aufs Gesicht. Ich hole tief Luft und schreie. Schreie wie Luzi in den Wind. Wie in meinem letzten Traum. Brülle gegen den Dämon an. Scheißegal, wer mich jetzt sieht. Ich bin laut. Ich bin stark. Ich bin frei.

AM RAND

Stehe am Spind und ziehe den Reißverschluss meiner Zipperjacke hoch. Schultern zurück, Brust raus. Bin bereit für die Nachtschicht. Fühle mich endlich wieder fit und gut. Ein Nachhall des Metalhead-Treffens gestern. Vielleicht bin ich ja geheilt? Schlechte Laune weg, Sinnkrise weg. Ausgeschlafen. Das sagen meine Eltern doch auch immer. Schlaf dich mal so richtig aus, dann sieht das Leben schon wieder anders aus. Vielleicht ist die Lösung so einfach: Ausschlafen gegen Taubheit. Selbst den Tinnitus höre ich nur leise. Eben noch Kreisliga, jetzt schon Champions League.

Manche erklären alles mit Fußballmetaphern. Daniel zum Beispiel, mein Einsatzpartner heute. Er ist wirklich ein feiner Kerl. Einer der älteren Kollegen, die nicht zynisch oder verbittert geworden sind. Ein echt cooler Typ. Mitte fünfzig, aber Sprüche wie ein Zwanzigjähriger, leichter Bauchansatz, Pferdeschwanz, zwei Köpfe größer als ich. Besonders auffällig sind seine Brillen. Heute trägt er eine runde mit Goldrand. Ein Typ zum Pferdestehlen. Ich wäre gern wie er. So erfahren, so lustig, so ruhig, selbst in den schlimmsten Notfällen. So offen anderen gegenüber. Ich wünschte, ich könnte immer mit Daniel fahren. Wenn es mit Feuerwehrmann Benny schon nicht geht.

Daniel erzählt gerade von seinem letzten Konzertbesuch, einem Absolute-Beginner-Auftritt, als der Melder geht. Sturz im Pflegeheim. Patientin atmet und ist ansprechbar.

»Jetzt dürfen wir wieder fehlende Pfleger ersetzen«, grinst Daniel, als er sich hinters Steuer schwingt.

»Du möchtest auch keine Hundertvierzig-Kilo-Patientin alleine zurück ins Bett wuchten. Stell dir mal vor, du wärst Altenpfleger. Die sind noch ärmer dran als wir. Weniger Kohle, aber 'n Arsch voll Arbeit, weil noch mehr Leute fehlen.«

Daniel nickt. »Manchmal kommste da nachts an, und ein einsamer armer Mensch ist für zwei Stockwerke alleine zuständig. Überleg mal. Das sind ungefähr sechzig Patienten, viele bettlägerig. Der eine braucht Medikamente, der andere ist dement und schreit, der nächste randaliert, und noch einer klingelt und will einfach nur Liebe. Und drei müssen kacken, und keiner kommt und hilft.«

In meiner Ausbildung war ich Zeuge, dass Patienten die ganze Nacht über in ihrem Kot lagen. Erniedrigend. Entwürdigend. Aber ich kann den Pflegern und Pflegerinnen keine Vorwürfe machen. Ich habe viele kennengelernt, die sich bis zur Selbstaufgabe aufopfern.

»Weißt du, was das Problem ist in unserem Gesundheitssystem?«, frage ich.

»Ich würde sagen, es gibt viele Probleme.«

»Ja, aber ein Hauptproblem ist, dass sich alles rechnen muss. Warum müssen Pflegeheime Gewinn machen? Warum Krankenhäuser? Ökonomie hat im Gesundheitswesen meiner Meinung nach nichts verloren. So eine Scheiße. Warum können verantwortungsvolle Aufgaben nicht angemessen bezahlt werden? Das ist es doch, was sich die meisten wünschen. Eine angemessene Bezahlung.«

»Und weniger Überstunden«, wirft Daniel ein.

»Weniger Arbeitszeit allgemein, damit man noch leben kann, das Leben genießen kann und nicht nur unentwegt malochen muss. Wenn man das ändert, kommt man auch gegen den Personalmangel an. Und die ewige Unzufriedenheit. Bei uns, in der Pflege, in den Kliniken, überall. Bieg mal hier ab, das geht schneller«, sage ich.

»Typ, vertrau mir, ich weiß, was ich tue.« Daniel schaut mich schief von der Seite an. »Und, was machste jetzt mit der Erkenntnis?«

»Wie, was mach ich damit?«

»Na ja, du bist ja nicht doof. Du kannst dich ja dafür einsetzen, dass sich was ändert.«

»Im Betriebsrat? Ich weiß nicht.«

»Nein. Da muss man schon am größeren Rad drehen. Da musste in der Oberliga spielen und in die Politik gehen.«

»Ich? In die Politik?«

»Warum nicht? Ich würde dich wählen!«

Ich lache. Nun, im Wahlkampagnenentwerfen wäre ich als ehemaliger Werbetexter sicher ein Naturtalent. »Hast du Gutes im Sinn, mach dein Kreuz bei Kim!« – »Ihr Mann für alle (Not-)Fälle.« – »Bei mir können Sie sich sicher sein: Sie STÜTZE ich – das System STÜRZE ich.«

»Ach, es ist ja nicht nur das Gesundheitssystem. Die ganze Gesellschaft ist seltsam. Allein das Prinzip von Pflegeheimen. Sie sorgen dafür, dass die Kranken, die Schwachen, die Kaputten aus dem Blickfeld der normal arbeitenden Bevölkerung geraten. Die Menschen werden quasi weggesperrt. Als störten sie die Normalität. Sie erinnern die anderen an deren eigenen Verfall. An den Rand mit denen, die nicht mehr funktionieren. Die werden nicht mehr gebraucht.«

Ich will niemals in einem Pflegeheim enden. Ich sehe mich als alten Mann mit einer Waffe in den Wald gehen. Und nie mehr wiederkommen. Haben es so nicht auch die Ureinwohner Amerikas gemacht? Oder waren das die Samurai mit ihrem Schwert? Egal, sie konnten jedenfalls selbst über ihr Schicksal bestimmen. Nicht Teil einer endlosen Kette im Pflegesystem werden. Erst noch mobil im Pflegeheim. Dann nur noch bettlägerig. Und schließlich auf der Intensivstation. Ist das mit der Würde des Menschen vereinbar? Ein würdevoller, selbstbestimmter Tod ist das auf jeden Fall nicht.

Die Kranken verschwinden aber nicht nur im Pflegeheim. Viele vegetieren in ihren Wohnungen vor sich hin. Völlig vereinsamt und verwahrlost. In der U-Bahn sieht man beispielsweise nie Menschen mit COPD. Eine entzündliche Lungenkrankheit, die erstaunlich viele Leute bekommen, die über Jahrzehnte geraucht haben. Diese Krankheit lässt sich nicht aufhalten. Nach und nach arbeitet die Lunge schlechter, die Luftnot wird größer. Bis man schließlich nonstop Sauerstoff braucht, um überhaupt noch atmen zu können. Einmal in der Woche kommt der Krankenwagen, der sie zum Arzt transportiert. Selbst aktive Raucher ahnen wenig von dem Schicksal, das ihnen mal bevorstehen könnte. Ich verwette meinen Arsch darauf, dass die meisten, die einen COPD-Patienten kennenlernen, sofort ihre Zigarette ausdrücken. Für immer.

Ich schaue rüber zu Daniel. Der raucht nicht. Dafür wirft er vor jedem Dienst eine Ibuprofen ein, um durchzuhalten, hat er mir mal im Vertrauen erzählt. Er ist bestimmt nicht der Einzige.

»Ich kenne das Heim«, sagt er. »Du auch?«

»Ja.«

»Dann wird das ja ein Heimspiel!« Wir lachen.

»Hat nicht den allerbesten Ruf«, erinnere ich mich.

»Ich bin immer froh, wenn ich aus solchen Läden wieder draußen bin. Hab echt Angst, mir irgendeinen Keim einzufangen. Man kommt an und weiß nicht, wen man vor sich haben wird.« Daniel schüttelt sich, während er die Handbremse zieht. Dann drückt er die 4 der Funke. Angekommen.

Ich schultere den Notfallrucksack, nehme den C3 und das Beatmungsgerät. So bepackt stehen wir vor der Eingangstür. Sie lässt sich öffnen, jemand hat für uns aufgeschlossen.

Da schlägt er uns entgegen. Der typische Geruch. Streng und beißend: Harnwegsinfekt. Danach riecht praktisch jedes Pflegeheim, meistens schon in der Lobby. Das setzt sich in den Klamotten fest und hängt einem in der Nase, auch wenn man schon längst zurück auf der Wache ist. Manchmal begleitet mich der Geruch bis in den Feierabend.

»Kim, wo müssen wir eigentlich hin? Gott, ist das hier ausgestorben!« Daniel und ich stehen verloren in der Lobby. »Hallo? Ist da jemand?«, ruft er in einen leeren Flur hinein.

»Auf der Depesche steht nichts Genaues. Normalerweise wird man hier von jemandem empfangen«, wundere ich mich.

»Das ist ja wie bei *Shining*. Gleich kommen diese kleinen

Mädchen auf dem Dreirad.« Daniel unternimmt noch einen Versuch: »Der REEEEEETTTUUUNNNNGGGSSSS-DIIIENST ist DAAAAAA!«

Das müsste man jetzt selbst im ersten Stock gehört haben. Wahrscheinlich auch in den angrenzenden Gebäuden. Pling! Hinter uns öffnet sich eine Fahrstuhltür.

»Ah, ja, gut, dass ihr da seid. Frau Kapp ist aus ihrem Bett gefallen. Erster Stock«, winkt uns eine junge Pflegerin heran. Wir stellen uns zu ihr in den Fahrstuhl.

Daniel runzelt die Stirn. »Sind Sie neu? Ich kenne ja so einige hier, aber Sie habe ich noch nie gesehen.«

»Ich heiße Yvonne. Ja, ich bin neu hier. Zweite Woche. Und heute Abend gab es zwei Ausfälle bei uns, deshalb bin ich alleine«, sagt die Pflegerin.

Daniel und ich tauschen einen vielsagenden Blick aus. Das ist ein großes Pflegeheim. Mit extrem vielen bettlägerigen Patienten.

»Ich kann euch leider nichts über die Patientin sagen, eigentlich ist das gar nicht mein Stockwerk. Und die Unterlagen hab ich jetzt auf die Schnelle auch nicht gefunden.«

Das ist verantwortungslos und grob fahrlässig. Allerdings nicht von Yvonne.

»Ich musste eigentlich zu einer anderen Patientin, da hab ich ein lautes Stöhnen gehört und mal nachgesehen. Frau Kapp lag schon auf dem Boden. Sie hat mir gar nicht richtig antworten können, deshalb habe ich sofort euch gerufen.«

Der Fahrstuhl hält. Yvonne geleitet uns den Gang herunter.

Daniel spricht aus, was ich denke: »Auf der Einsatzdepesche hieß es, die Patientin sei ansprechbar.«

»Ja?« Sie zuckt mit den Schultern. »Jedenfalls hat dann der Alarm geklingelt, und ich bin zu einem anderen Bewohner. Und jetzt seid ihr ja auch schon hier.«

Die Tür des Zimmers ist angelehnt. Yvonne stößt sie auf. Frau Kapp liegt neben dem Bett und gibt keinen Laut von sich. »Wahrscheinlich ist sie vor Erschöpfung eingeschlafen«, mutmaßt Yvonne.

Ich knie mich hin und überprüfe Mundraum und Atmung. »Scheiße, Daniel. Die atmet nicht mehr.« Taste den zentralen Puls an der Halsschlagader. »Die hat auch keinen Puls mehr. Fuck.« Ich reiße ihr Nachthemd auf und drücke mittig auf das Brustbein. Es knackt.

»O nein, hab ich was falsch gemacht?«, fragt Yvonne erschrocken.

»Nein«, sagt Daniel.

Ja. Sie hätte die Patientin nicht verlassen dürfen, dann hätte sie schon früher mit der Herzdruckmassage beginnen können. Darauf kommt es an. Jede Sekunde Nichtdrückens birgt die Gefahr, dass mehr und mehr Hirnzellen absterben. Den größten Fehler, den man dabei begehen kann, ist, nichts zu tun.

»Kim, lass uns die Patientin weiter in die Mitte ziehen. Die liegt so nah am Bett, ich komm da gar nicht ran.« Daniel nimmt die Frau an ihren Beinen, ich lasse kurz ab, er zieht sie vom Bett weg. Rutsche hinterher und drücke weiter. Daniel klebt die Patches des C3. Kurzanalyse.

»Kammerflimmern«, stelle ich fest.

Daniel lädt den Defibrillator des C3 hoch und ruft: »Alle weg von der Patientin!« Schock. Zweihundert Joule durchfahren den Körper von Frau Kapp. Ihr Oberkörper zuckt, ich drücke weiter.

»Bitte ruf noch einen Notarzt. Ruf noch mal die 112

an und sag: laufende Reanimation«, fordert Daniel von Yvonne, während er den Beatmungsbeutel auspackt und ihn an das Sauerstoffgerät anschließt. Als ich dreißigmal gedrückt habe, beatmet Daniel die Patientin zweimal. Dann bin ich wieder dran. So geht es bis zur nächsten Analyse.

»Noch immer Kammerflimmern«, sage ich. Daniel lädt, wir wechseln die Plätze, und jetzt rufe ich: »Alle weg von der Patientin!« In diesem Augenblick realisieren wir, dass Yvonne, das Telefon in der Hand, gefährlich nah an den Füßen von Frau Kapp steht.

»Yvonne, weg da!«, schreit Daniel. Yvonne springt zur Seite. Hätten wir den Schock schon ausgelöst und hätte Yvonne die Füße berührt, es hätte auch sie erwischt. Dann müssten wir jetzt zwei Frauen reanimieren.

Ich schocke. Und sehe auf dem EKG, dass sich das Bild verändert. Frau Kapps Puls scheint zurückgekehrt. Einen Zyklus lang drückt Daniel noch weiter, während ich mit dem Beutel beatme. Dann machen wir eine weitere Analyse. Frau Kapp hat einen regelmäßigen Herzschlag. Fünfzig Schläge pro Minute.

»Ich fühle einen Puls«, sagt Daniel.

ROSC – return of spontaneous circulation. Sie ist wieder da. Allerdings atmet sie nicht selbstständig. Ich hole den Larynxtubus aus dem Rucksack und schiebe ihn tief in ihren Rachen. Dann schließe ich ihn an das Beatmungsgerät an.

Daniel sucht nach einer Vene für den Zugang. »Das ist alles so hauchdünn. Ich weiß nicht, ob ich hier was finde.« Sein erster Versuch auf dem Handrücken schlägt fehl. Dabei trifft Daniel eigentlich immer beim ersten Versuch. Er probiert es in der Ellenbeuge. Die Vene platzt.

»Ich glaub, wir müssen bohren«, sage ich und krame wieder im Rucksack. Wenn ein venöser Zugang nicht möglich ist, um Flüssigkeit und Medikamente zu verabreichen, dann braucht es einen intraossären Zugang. Dafür muss man in den Knochen bohren.

»Welchen nehmen wir?«, fragt Daniel.

»Vielleicht hat sie sich beim Sturz den Oberschenkelhals gebrochen. Ich würd sagen: Humeruskopf.«

Daniel desinfiziert das obere Ende des linken Oberarms. Ich lasse das Mittel kurz wirken, dann setze ich den Bohrer auf die Haut. Er sieht aus wie ein Miniakkuschrauber. Der Bohrstift dringt in den Arm ein, und ich drücke vorsichtig, bis ich einen Widerstand spüre. Jetzt schalte ich den Bohrer an, und die Spitze fräst sich von selbst weiter in den Knochen. Irgendwie martialisch. Ich löse die Bohrmaschine ab und ziehe dann den Bohrstift heraus. Zurück bleibt ein dünnes Metallröhrchen, die Spitze im Knochenmark von Frau Kapp. Auf dem anderen Ende steckt die Kanüle. Ich setze eine Spritze an, zehn Milliliter Kochsalzlösung, und injiziere die Flüssigkeit. Es klappt. Ein gutes Zeichen, dass der Zugang sitzt. Ich schließe eine Druckinfusion an, denn im Knochen herrschen ganz andere Druckverhältnisse als in einer Vene.

Die Tür geht auf. Der Notarzt und seine Kollegin, eine Notfallsanitäterin der Feuerwehr, treten ein.

»Na, Jungs, berichtet mal«, sagt er.

Daniel macht die Übergabe. Der Notarzt scheint mit unserer Arbeit zufrieden zu sein.

»Gut gemacht«, lobt er. »Und es ist nicht klar, wie lange die Patientin hier ohne Herzdruckmassage gelegen hat? Welche Vorerkrankungen bestehen? Ob es eine Patientenverfügung gibt? Unglaublich.«

Wir heben die federleichte Frau Kapp auf die Trage und schieben sie Richtung Aufzug.

»Halte durch, Yvonne, und mach dir keinen allzu großen Kopf!«, ruft Daniel noch.

Ich habe andere Sorgen. »Leute, im Tubus ist Blut.« Langsam steigt es aus dem Hals von Frau Kapp den Schlauch hoch.

»Oh. Das ist nicht gut«, sagt der Notarzt. »Wir müssen uns beeilen. Ich kümmere mich im Wagen darum.«

Die Fahrt im Aufzug scheint endlos. Am RTW angekommen, schlägt der C3 Alarm. Die Sättigung fällt. Frau Kapp hat keinen Puls mehr, Asystolie, Nulllinie. Ich stöhne.

»Scheiße!« Ich presse die Trage in den Rettungswagen. Dann legen wir vier los. Werfen kurze Befehle hin und her. Und drücken, versuchen zu beatmen, entfernen den Larynxtubus. Probieren es mit der endotrachealen Intubation. Verabreichen viele Male Adrenalin. Drücken weiter. Daniel, ich und die Kollegin vom NEF wechseln uns ab. Es wird heiß hier drin. Meine Klamotten sind schweißdurchtränkt.

Plötzlich erhöht sich der CO_2-Wert der Ausatmung von Frau Kapp. Die Analyse zeigt: Sie hat wieder einen Herzschlag. Ein erneuter ROSC.

»Wir fahren jetzt schnell zur Notaufnahme«, sagt der Arzt.

Ich schaue Daniel an und halte meine Hand auf. Er gibt mir den Schlüssel, ich setze mich ans Steuer und fahre los. Blaulicht. Natürlich rase ich nicht. Hinten stehen Daniel und der Notarzt in meinem Wagen. Es geht ja auch nicht anders, die beiden müssen Frau Kapp versorgen. Jetzt nur nicht scharf bremsen, sonst fliegen die beiden einmal quer durchs Auto. Zweimal Schädel-Hirn-Trauma, bitte. Ich konzentriere mich ganz auf die Straße.

Nach knapp acht Minuten Fahrt ruft der Notarzt von hinten: »Stopp. Anhalten!«

Warum? Wir sind auf halber Strecke. Warum soll ich jetzt anhalten? Ich fahr rechts ran, gehe um den Wagen herum nach hinten.

»Es hat keinen Sinn mehr. Wir brechen ab«, sagt der Notarzt.

»Aber sie hatte doch einen ROSC, als wir losgefahren sind!«, protestiere ich.

»Aber nur kurz. Sie ist wieder in die Asystolie gegangen. Daniel musste schon wieder drücken. Und das bei all dem Adrenalin, das ich schon verabreicht hab. Es bringt nichts mehr. Das hier ist nicht mehr zu vertreten. Wäre vielleicht anders gewesen, wenn es eine Ersthelfer-Reanimation gegeben hätte.«

Ich sehe zu Boden. Wie unbefriedigend. Bei mir wird nicht gestorben. Gestorben wird in der Klinik, aber nicht in meinem Auto. Was für eine Nacht. Dabei war sie so gut losgegangen.

Ich schaue wieder hoch. Daniel hat die Brille abgenommen und reibt sich die Augen. Er kann auch nicht mehr. Der Notarzt steigt aus und telefoniert mit der Polizei. Scheiße, scheiße, scheiße. Das wird jetzt so richtig dauern. Nun haben wir eine Leiche im Auto und müssen sie auch noch abtransportieren.

Ich versuche, Frau Kapp nicht anzusehen. Obwohl ich sie eben die ganze Zeit bearbeitet und wild auf ihr herumgedrückt habe. Jetzt habe ich das Gefühl, dass man sie nicht stören darf. Der Moment gehört ganz ihr. Die Augen sind noch offen und starren ins Licht an der weißen

Wagendecke. Ich entfalte ein frisches Laken und ziehe es ihr über den Kopf.

Fünfzehn Minuten später klopft es an die RTW-Tür. Zwei Polizistinnen kommen herein und befragen uns und den Notarzt. Notieren sich den Zeitpunkt des Todes. Todesort: Rettungswagen, der 72-Berta. Nur Formalitäten. Gefühle sind fehl am Platz. Bedrückend. Wir haben alles gegeben. Umsonst. Game over.

»Wir verabschieden uns«, höre ich die Polizistinnen sagen.

»Ich bin jetzt auch weg. Vielen Dank, Jungs.« Damit verschwindet der Notarzt in sein Einsatzfahrzeug, das NEF, mit dem seine Notfallsanitäterin hinter dem RTW hergefahren ist. Jetzt sind wir nur noch zu dritt. Daniel. Ich. Und Frau Kapp.

»Fahren wir drei jetzt ans Meer?«, fragt Daniel.

»Nee, da war ich gerade.«

»Okay, dann lass uns einen anderen, ähnlich positiv besetzten Ort wählen. Ich hab's: die Leichenhalle der Rechtsmedizin. Bist du dabei?«

Ich lache. »Gerne. Sehr, sehr gerne.«

Kurz vor Mitternacht halten Daniel und ich bei einer Fast-Food-Kette. Burger und Pommes. Ich schaufele alles in mich hinein. Habe einen Mordshunger. Wer rettet, fettet. Dabei haben wir heute gar nicht gerettet. Ganz im Gegenteil. Neben uns unterhalten sich zwei junge Männer. Sie sprechen über das neue iPhone. Banaler Scheiß. Wenn die wüssten, was wir gerade hinter uns gebracht haben. Irgendwann werden sie den Schuss auch hören. Irgendwann werden auch diese beiden merken, wie leer ihr Leben ist. Irgendwann.

WEISSER ORDNER

Benny gewinnt. Schon wieder. Wut. Ich fege die kleinen bunten Plastikhütchen vom Brett. Fang den Hut. König Benny fängt das goldene Hütchen auf. Es ist groß und schwer und diamantenbesetzt. Er setzt sich die Krone auf den Kopf und wird zu einer Frau. Die kenne ich doch. Sitzt völlig übertrieben geschminkt auf einem Sofa. Wie ein Clown. Feuerroter Mund, feuerrote Backen, dunkle Augen. Die Schminke ist verschmiert. Hat sie geweint? Sie summt.

Der Boden ist übersäht mit stinkenden toten Ratten. Ich darf sie nicht berühren, das ist klar. Sonst sterbe auch ich.

»Oben sind keine Ratten«, haucht der Nachbar mir ins Ohr.

Ein verzweifelter Schrei. Es ist Saskia. Sie ist oben. Wir haben einen Einsatz. Ich erschaudere. Was ist passiert? Hat jemand sie verletzt? Ich eile zur Treppe und verharre. Saskia schluchzt. Das Schluchzen ist laut. Es geht mir durch Mark und Bein. Vielleicht ist Saskia wirklich in Gefahr. Vielleicht hat der Nachbar sie angegriffen. Vielleicht ist das in Wahrheit gar nicht der Nachbar? Angst nagt an mir, nackte Angst. Die Treppe ist lang, die Stufen sind riesig. Egal. Ich muss. Ich gehe einen Schritt zurück und lande mit einem großen Satz auf der ersten Treppenstufe. Nutze den Schwung und springe weiter, noch eine Stufe und noch eine. Als ich die letzte Stufe nehmen will, passiert es. Mein rechter Fuß, mit dem ich abspringen will, glitscht weg, auf einem Haufen schmierigem Kot. Ich verliere den Halt, knalle auf die Treppe. Höre ein Knacken, als ich mit dem Unterkiefer ungebremst auf dem Treppenabsatz aufschlage. Blut im Mund. Dann wird alles schwarz.

Nichts ist gut. Nichts ist besser. Es fiept. Dauerrückkopplung. Heilung my ass. Ich stöhne und öffne die Augen. Dieser Traum verfolgt mich. Lässt mich nicht los. Kommt immer wieder. Vielleicht sollte ich doch mal mit einem Therapeuten darüber reden. Vielleicht mache ich das wirklich.

Im Bad klatsche ich mir kaltes Wasser ins Gesicht. Das Handtuch müffelt. Dunkel geränderte Augen blicken aus dem Spiegel zurück. Das ist doch keine Erholung. Warum kann ich nicht wenigstens im Schlaf mal abschalten? Warum ist der Schlaf genauso stressig wie eine Zwölf-Stunden-Schicht?

Ich schlurfe in die Küche, die Sprudelflasche zischt nicht beim Öffnen, fülle Früchtemüsli in eine Schüssel. Keine Milch da. Fange an, die trockenen Rosinen aus der Schüssel zu picken. Ein Glas labbriges Wasser und Rosinen, was für ein Festmahl.

Das kann doch nicht ewig so weitergehen. Wie soll ich das aushalten? Texel und der Metalhead haben mir doch gutgetan. Das habe ich gefühlt. Ja, wirklich. Ich habe etwas gefühlt. Das war doch ein Fortschritt, und jetzt zeigt es trotzdem keine Wirkung.

Ein böser Traum. O nein, Mami, bitte hilf mir.

Mami, wo bist du? Darf ich zu dir ins Bett? Ich hatte einen Albtraum.

Dir auch einen schönen guten Morgen, H.P. Kinski. Nee, ist ja schon früher Nachmittag.

Kim, werd erwachsen. Bist immer noch ein weinerliches kleines Dreckschwein. Zieh doch zurück zu deiner Mami. Darfst auch am Daumen nuckeln, du Hosenscheißer. Hat der kleine Kimmi etwa Angst?

Wieso Angst? Angst ist doch der Grund für das alles hier. Ich wollte mich mit der Ausbildung meinen Ängsten stellen und habe es getan. Oder etwa nicht? Ich habe Mut gezeigt, ich habe gekämpft, ich war im OP-Saal Krankenhausstunden sammeln. Um Notfallsanitäter zu werden und meine Angst zu besiegen.

Ich schiebe den Stuhl nach hinten und gehe rüber ins Arbeitszimmer. Auf dem Regal verstaubt ein dicker weißer Ordner. Das Rückenschild ist mit einem Blaulicht bemalt. Das war Marie. Darin sind die Kopien meiner Dokumentationshefte. Die Hefte selbst musste ich abgeben, um zur Prüfung zugelassen zu werden. Ich hatte so eine Panik, dass irgendwas davon verloren geht und ich alles noch einmal neu schreiben muss. Deshalb hab ich alles kopiert.

Ich hole den Ordner herunter und nehme ihn mit in die Küche. Zerbeiße Bananenchips und blättere. Meine ersten Krankentransporte sind noch minutiös dokumentiert. Schon ein paar Seiten weiter wird die Schrift krakeliger, die Beschreibungen sind knapper. Ich lese die Berichte über den ersten Krankenhausblock. Station im Zentral-OP. Ich musste frisch operierte Patienten im Aufwachraum betreuen und natürlich bei Eingriffen zuschauen und den Anästhesisten zuarbeiten.

Wie ich beim ersten Mal dastand. Es war kühl im OP-Saal, aber ich hab trotzdem geschwitzt. Der Brustkorb eines Mannes mit Lungenkrebs sollte geöffnet werden. Die Oberärztin ließ sich von ihrem Assistenten eine große

Schere geben. Sie setzte an, und als sie die erste Rippe vom Brustbein des Patienten trennte, knackte es. Ich sah meine Mutter, wie sie feierlich die Auflaufform mit der dampfenden Martinsgans auf den Tisch stellt, die Geflügelschere nimmt und den Braten in der Mitte zerteilt.

Ein wohliges Gefühl breitete sich in mir aus. Erleichterung. Was sich damals im OP vor mir abspielte, war eigentlich eine eklige Angelegenheit. Aber ich spürte keinen Ekel. Ich saugte alles auf, was ich zu sehen bekam. Alles, was ich hörte. Alle Handgriffe. Das war pures Handwerk. Die Ärztin reparierte jemanden. Unter dem Tuch und mit seinen zugeklebten Augen hatte der Patient einen Teil seines menschlichen Antlitzes verloren. Und das war gut so. Nur so konnten wir die Situation ertragen. Bei diesem Ding war etwas kaputt. Aber nun nahm sich die Klempnerin des Problems an.

Ich war einfach nur erleichtert. Davor habe ich mir monatelang Sorgen gemacht? Vor dieser Situation? Ich hatte befürchtet, dass meine Ausbildung am Krankenhaus scheitern könnte. Dass meine OP-Angst alles zu Fall bringen würde. Meinen Masterplan. Und plötzlich stand ich dort und verspürte nicht den Hauch von Angst. Ich dachte nur, ich werde es schaffen. Ich bin stark. Mein Plan wird aufgehen. Alles wird gut werden. Alles muss gut werden.

Die Oberärztin griff in den Brustkorb des Patienten. Suchte nach dem Herzmuskel. »Man kann das Herz jetzt einfach umfassen«, erklärte sie mir.

Faszinierend. Ich war total baff. Was die Menschheit alles kann. Einen lebendigen Menschen aufschneiden, sein Herz in der Hand halten, und er lebt weiter.

Die Lunge des Patienten war unheilbar vom Krebs zerfressen.

»Tja, Raucher eben«, kommentierte die Oberärztin.

Ich fröstelte, damals wie heute am Küchentisch. Gieße mein Wasserglas in der Schüssel aus, um die Haferflocken aufzuweichen.

Es war die Kälte in der Aussage der Ärztin. Das hatte etwas von »selber schuld«. Sollten sich Ärzte nicht neutraler verhalten? Im Lauf der Ausbildung habe ich mitbekommen, dass solche Kommentare recht üblich sind. Langjährige Raucher und sehr dicke Menschen stoßen weder beim Pflegepersonal noch bei den Ärzten auf sonderlich viel Verständnis oder Mitleid. Sie werden natürlich trotzdem medizinisch versorgt, wie jeder andere Patient auch. Aber ich hab da immer einen kleinen Vorwurf gespürt. Nach dem Motto: Hätten Sie nicht so viel geraucht oder gegessen, müssten Sie jetzt nicht hier sein. Und ich hätte nicht die Arbeit. Natürlich müssen Pfleger und Ärzte auf eine gewisse Distanz zu ihren Patienten gehen, wir dürfen all das Leid nicht zu sehr an uns heranlassen. Aus Selbstschutz. Aber zu diesen speziellen Patienten, die mit einer vermeidbaren Krankheit, ist die Distanz häufig extragroß.

Ich fand das zuerst befremdlich, aber im Lauf der Monate habe ich Verständnis für die Ärzte und vor allem für das Pflegepersonal entwickelt. Die Arbeit ist hart. Die Schichten sind lang, und es herrscht eine extrem enge Taktung. Es bleibt generell nur ganz wenig Zeit für einen zwischenmenschlichen Austausch. Der Zeitdruck ist groß. Sie stehen am Fließband. Patientenfließband. Da brennt man schnell aus. Und verliert den Glauben an die Schönheit des Lebens. Wenn dann noch obendrauf Patienten kommen, die eigentlich ihre Krankheit nicht haben müssten, frustriert das. Irgendwann beginnt man zu denken: Warum haben diese Leute nicht einen Hauch Selbstdisziplin gezeigt? Sie wussten doch, dass ihr Verhalten nicht gesund ist. So aufgeklärt sind sie doch. Aber sie haben eben gehofft, dass es sie nicht trifft.

Auch wenn ich es zuerst nicht wollte, ich hab auch angefangen, so zu denken, wurde kritischer den Patienten gegenüber. Nicht nur in der Klinik, auch bei meinen Rettungseinsätzen. Wenn ein Raucher über Luftnot klagt, behandele ich ihn natürlich ganz gewissenhaft wie vorgesehen. Aber ich ärgere mich darüber, dass ich seinetwegen in der Nachtschicht aufstehen musste, mich hochquälen musste. Seine Krankheit ist vermeidbar. Er hat es selbst in der Hand. Gerät man unverschuldet in einen Unfall, ist das eine ganz andere Nummer. Dann ist man dem Schicksal ausgeliefert.

Trotzdem verkneife ich mir Kommentare.

Das Wassermüsli schmeckt grausig. Ich schiebe die Schüssel von mir, drehe den Ofen an. Dann eben Tiefkühlpizza.

Es gab auch Momente in der Klinik, in denen ich eine gewisse Macht verspürte. Nach einiger Zeit durfte ich die Narkosemedikamente verabreichen. Propofol in die Vene spritzen, das Zeug, das Michael Jackson gekillt hat. Ein milchiges Narkotikum, ein Schlafmittel, das rauschartige Zustände erzeugen kann. Sexuelle Erregung hervorruft. Aber wie bei allem: Auf die Dosierung kommt es an. Propofol hat nämlich einen kleinen Nachteil. Die Atmung setzt bei einer bestimmten Menge aus. Für die Narkose ist das kein Problem. Für den Hausgebrauch schon.

»Haben Sie sich schon einen Traum ausgesucht?«, lächelte ich die Patienten an. Nur noch wenige Sekunden. Dann würde ich den Kolben der Spritze herunterdrücken.

Die meisten von ihnen wollen ans Meer. Da dürfte es

bereits ziemlich voll sein. Massen-Narkose-Tourismus. Bett an Bett am Sandstrand. Blick aufs Wasser. Mit einem Propofol-Cocktail in der Hand.

»Ich wünsche Ihnen eine gute Reise«, sagte ich dann. Der gesamte Inhalt der Spritze verschwand in der Vene. Sekunden später hatten die Patienten das Bewusstsein verloren.

Ich musste wirklich aufpassen, dass mir diese Macht nicht zu sehr gefiel.

Es ging nie um die Bewältigung deiner Angst. Du hast doch nur Bestätigung gesucht. Willst wohl 'n tougher Kerl sein. Der toughe Typ vom Rettungsdienst. So selbstlos und heldenhaft. Dabei bist du 'n minderwertiges Arschloch. Noch immer.

Schäle die Pizza aus ihrer Plastikhülle. Als ich sie in den Ofen lege, komme ich mit dem Daumen gegen den glühend heißen Rost. Fuck.

Rote Pizzasoße schmiert an den Verband. Vielleicht hätte ich doch Messer und Gabel nehmen sollen. Egal. Endlich essen.

Mit der anderen Hand blättere ich durch meinen Ordner. Lande bei den Krankentransporten. Krankenwagen, Rettungswagen. Die meisten Leute sehen in den beiden Bezeichnungen keinen Unterschied. Dabei ist der gewaltig. Ein Krankenwagenfahrer muss fast nie therapeutisch eingreifen. Der muss hauptsächlich schleppen. Kranke Menschen, die es nicht mehr selber schaffen, zum Haus- oder Facharzt zu kommen. Und dann fährt er sie wieder zurück. Treppauf, treppab. Taxifahrer und Umzugsunternehmer in einem.

Ich musste in meiner Zeit als Krankenwagenfahrer in

der ersten Hälfte meines ersten Ausbildungsjahres nie medizinisch eingreifen. Nicht einmal. Trotzdem hab ich Situationen erlebt, die ich nur schwer wieder aus dem Kopf bekommen hab. Transporte schwerkranker Menschen ins Hospiz. Ihre allerletzte Reise. Der letzte Road-Trip. Begegnungen mit todgeweihten Patienten, denen nur noch zwei Wochen zu leben bleiben. Worüber spricht man hinten im Wagen mit dem Menschen? Meistens hab ich geschwiegen und gewartet, dass sie den ersten Schritt machen, wollte keinen zuquatschen.

Ich blättere um und erkenne den Fall sofort wieder. Wir sollten einen älteren Herrn von zu Hause abholen. Er musste umziehen, ins Pflegeheim. Er litt unter Demenz und kam nicht mehr ohne Hilfe zurecht. Seine Kinder konnten die Pflege auch nicht länger ermöglichen. Zu anstrengend. Sie hatten ja auch noch ihr eigenes Leben zu bewältigen.

Opa sollte ins Heim, und mein Kollege und ich waren die Vollstrecker. Als wir die Wohnung betraten, war die ganze Familie anwesend. Seine drei Kinder. Auch seine Nachbarn. Sie alle füllten die Wohnung. Im Flur an der Wand standen zwei Koffer.

Der alte Herr war verwirrt: »Was sollen die hier?«, fragte er seine Kinder und zeigte auf uns.

»Papa, die begleiten dich jetzt in dein neues Zuhause. Das hatten wir doch besprochen«, erklärte ihm eine seiner Töchter. Sie hielt ihn am Arm. Seine Beine zitterten.

»Ich will nicht weg. Ich will hierbleiben. Zu Hause«, sagte der Alte. Die Worte trafen mich mitten ins Herz. So verwirrt er auch sein mochte, gerade hatte er einen klaren Moment. Das spürte ich. Er war wach. Er wollte wirklich nicht weg.

»Jetzt zieh dich mal an, Papa. Hier ist deine Jacke. Hier dein Hut«, sagte der Sohn. Die beiden Töchter brachten ihren Vater Richtung Tür, drückten ihn vorwärts.

»Bitte helfen Sie mir!«, rief der Mann uns zu. Ich konnte nichts sagen. Konnte mich nicht bewegen. War erschüttert. Mein Kollege schnappte sich die Koffer und ging voraus. Ich wartete, bis alle an mir vorbei waren, und ging als Letzter. Ich hoffte inständig, dass der Mann sich nicht wehren würde. Dass er sich nicht einfach fallen ließ. Auf keinen Fall wollte ich Zwang anwenden müssen. Ich sollte dafür sorgen, dass es dem Patienten gut geht. Aber das konnte ich in dem Moment nicht. Nichts konnte ich ausrichten, damit es diesem Herrn wieder gut geht. Nichts.

Unten angekommen, flüsterte ich meinem Kollegen zu: »Am liebsten würde ich einfach davonfahren.«

»Nein, da müssen wir jetzt durch«, flüsterte er zurück.

»Ich werde ihn aber jetzt nicht in den Krankenwagen zwingen.«

»Das übernimmt die Familie«, antwortete mein Kollege.

Und so war es dann auch. Die Kinder schoben ihren Vater regelrecht in den Wagen. Ich musste nichts tun.

Schließlich saß ich hinten alleine neben ihm.

»Wo fahren Sie mich hin? Ich will nicht weg von zu Hause«, wiederholte er mehrmals. Er wurde dabei nicht laut oder ausfallend. Er klang traurig.

»In ein Heim«, erklärte ich. »Zu Hause kommen Sie leider nicht mehr alleine zurecht.« Ich wollte ehrlich sein, nichts beschönigen. Mit einem erwachsenen Mann keine Kinderspiele veranstalten. Dieser Herr hatte die Wahrheit verdient.

Er fing an zu weinen.

Ich war überfordert. Schwieg.

Als der Krankenwagen das Pflegeheim erreichte, warteten die Kinder bereits auf ihren Vater. Mein Kollege und ich mussten nichts weiter tun, als seine Koffer zu schleppen. Ein ganzes Leben in zwei Koffern. Die Kinder hakten ihren Vater unter und betraten vor uns das Heim. Er wehrte sich nicht. Sagte auch nichts mehr. Er hatte aufgegeben. Was für eine bedrückende Szene.

Du kannst nix. Noch nicht einmal Krankenwagen fahren. Gib endlich auf.

Auf keinen Fall. Mit Schwung knalle ich den weißen Ordner zu und schiebe ihn weg.

ESKALATION

Während ich mir die Handschuhe überstreife, Schal und Mütze zurechtzupfe, streift mein Blick durch die Wohnung. Scheiße, wie sieht es hier eigentlich aus? Der Flur ein Parcours aus Klamottenhaufen. Auf dem Küchentisch ein Müllberg aus halb gelesenen Zeitschriften und Rechnungen. Ganz unten lugt der weiße Dokumentationsordner mit dem Blaulicht hervor. Wie lange liegt der da schon? Seit Wochen. Maries Pflanze auf der Fensterbank welk. Herbst draußen – Herbst drinnen. In mir drinnen.

Am Wochenende wurden die Uhren umgestellt, aber hell ist es draußen noch lange nicht. Drinnen grelles Neonlicht. Der Bus röhrt, schnauft und schwankt. Die Luft ist muffig und feucht. Jeder meidet den Blick des anderen. Keiner möchte hier sein. Keiner sagt etwas.

Ich wünschte, ich wäre auf dem Weg zum Flughafen. Mit kleinem Gepäck in die Sonne, in den Süden. Ich wünschte, mein Job wäre ein anderer. Die Frau gegenüber sieht aus wie eine Finanzbeamtin. Können wir tauschen? Ich wünschte, ich wäre auf dem Rückweg. Die Arbeit getan, das Bett vor Augen.

Stattdessen liegt der nächste Dienst vor mir, wälzt sich

in meinen Eingeweiden, greift nach meinem Magen und drückt zu. Es rumort, es wird eng, es krampft.

Quatsche pflichtschuldig mit ein paar Kollegen. Lache an der falschen Stelle über ihre Sprüche. Alle gucken mich komisch an. Verkrieche mich aufs Sofa, Ohrstöpsel rein, Foo Fighters an, Welt aus. »What if I say I will never surrender?« Niemals aufgeben.

Wenn das Warten nicht wäre. Dieses ewige Warten. Wann kommt der nächste Einsatz? Wann schlägt der Melder Alarm? Habe neuerdings Panik vor dem Melder. Panik, dass er vibriert und schrillt. Da hängt er, in einem Ledertäschchen an meinem Gürtel. Eine kleine schwarze Minibombe, die jede Sekunde hochgehen kann. Jetzt. Oder jetzt.

Wäre nur die Ungewissheit nicht. Es ist nicht nur unklar, wann der nächste Einsatz kommt, sondern auch, was dabei auf mich wartet. Was das kleine Display auf dem Melder ankündigen wird. Früher mochte ich das, der Melder war mein Überraschungsei. Es wurde nie langweilig. Jetzt komme ich nicht mehr damit klar. Nicht zu wissen, ob ich den Einsatz gut bewältige und wie sehr er mich mitnimmt. Bin ich überhaupt noch einsatzfähig? Ist das hier alles noch zu verantworten? Kann ich noch für meine Patienten da sein? Noch funktionieren?

Der Melder bleibt stumm. Am liebsten wäre es mir, er bliebe lange stumm. Zwölf Stunden lang. Er soll mich gefälligst in Ruhe lassen. Aber das hieße, hier zwölf Stunden angespannt auszuharren. Die Zeit dehnt sich zu einer Ewigkeit. Die Uhr läuft rückwärts.

Scheiße. Das ist gerade überhaupt nicht gut für mich.

Ich lasse den Song noch mal laufen. »You're the pretender!« Was mache ich eigentlich noch hier?

Irgendwann geht der Melder doch. Mir bricht der Schweiß aus. Zustand nach KV, Körperverletzung. Die Polizei wird schon vor Ort sein. Ein Einsatz in einem Bus.

Saskia fährt. Gott sei Dank Saskia. Sie hat ein gutes Gespür für ihre Kollegen. Sie weiß, dass sie mich zurzeit besser in Ruhe lässt, mich nicht volllabert. Ich ertrage das nicht. Mir ist heiß, würde gerne das Fenster aufmachen, aber das Martinshorn würde uns die Ohren wegblasen.

»Kim, du siehst echt nicht gut aus«, sagt Saskia dann doch, vorsichtig.

»Bin ein bisschen überarbeitet«, murmele ich.

Berufsverkehr. Es ist schwierig, sich durch die Blechlawine zu kämpfen, Autofahrer reagieren völlig unterschiedlich auf Blaulicht plus Horn. Manche viel zu spät, andere lenken ihren Wagen aufgeschreckt wie ein Reh mitten auf den Bürgersteig und gefährden Fußgänger und Radfahrer.

»Die können nicht mehr rational denken«, kommentiert Saskia das Durcheinander vor ihr. Sie muss permanent auf der Hut sein. Hat immer den Fuß über der Bremse. Jederzeit kann es zu einer völlig verrückten Reaktion kommen. Glücklicherweise haben die meisten aber schon von dem Wort »Rettungsgasse« gehört.

Wir erreichen die Bushaltestelle gegen 13.20 Uhr. Eine Notärztin und ein Kollege von der Feuerwehr treffen unmittelbar nach uns ein. Eine Polizistin führt uns zu dem leeren Bus. Darin liegt ein Junge auf dem Boden. Ein Teenager.

»Es gab eine Messerstecherei. Die Täter sind flüchtig«, erklärt die Beamtin.

»Das waren Jungs aus einer Klasse über mir«, stöhnt der Junge. »Die wollten mich abziehen, ich habe mich gewehrt und dann … hat … einer zugestochen.« Seine Stimme stockt. Er drückt die Hände auf den Bauch. Die Daunenjacke ist offen, darunter trägt er einen grünen Kapuzenpulli. Auf Bauchhöhe ist ein großer dunkler Fleck. Blut. Gar nicht gut. Überhaupt nicht gut.

»Wie heißt du denn?«, fragt die Notärztin.

»M-max«, stößt er hervor.

Ich hole die Kleiderschere aus dem Rucksack und schneide den Pullover von unten nach oben auf. Dann auch noch das weiße T-Shirt, das ebenfalls blutdurchtränkt ist. Max hat fünf Verletzungen im Ober- und Unterbauch. Sie sind nicht groß, scheinen aber tief zu sein. Da hat jemand fest zugestochen. Kranke Scheißwelt.

Es geht jetzt schnell. Viele Hände fangen an zu fliegen. Saskia und ich übernehmen die Basismaßnahmen. Geben Sauerstoff, checken Puls, Blutdruck und EKG, legen einen venösen Zugang im linken Unterarm, überprüfen den Pupillenstatus und suchen nach weiteren Verletzungen.

Der Feuerwehrkollege deckt die Bauchwunden mit sterilen Kompressen ab. Sie bluten nicht doll, es sickert eher, aber die Notärztin ist besorgt wegen der Tiefe der Stiche.

»Das könnten drei bis fünf Zentimeter tiefe Wunden sein«, sagt sie. Vielleicht sind lebenswichtige Bauchorgane verletzt. Vielleicht hat der Junge innere Blutungen.

Die Ärztin hat ihm bereits Schmerzmittel gespritzt: Ketanest und Dormicum. Gute Schockmedikamente, wegen ihres Nebeneffekts. Sie sorgen dafür, dass Blutdruck und Herzfrequenz nicht weiter abfallen.

»Max kann jederzeit in einen hämorrhagischen Schockzustand abrutschen«, warnt sie. Also ein Schock aufgrund hohen Blutverlusts. Dabei geht man von drei Phasen aus. Solange der Blutdruck einigermaßen stabil ist, befindet man sich in der kompensierten Phase. In der zweiten Phase sackt der Druck gefährlich ab. In der letzten Phase drei kommt es zu einem Multiorganversagen, das im Herz-Kreislauf-Stillstand mündet.

Der Junge befindet sich noch in Phase eins. Noch. Er ist ansprechbar und kann sich äußern. Über den Zugang führe ich ihm Kochsalzlösung zu. Aber nicht zu viel. Zu hoch darf der Blutdruck auch nicht steigen. Eine größere innere Einblutung wäre die Folge. Viel mehr können wir hier nicht für ihn tun. Er muss in den OP, und zwar sofort. Mit der Schaufeltrage heben wir ihn auf die richtige Trage, rein in den Rettungswagen, die Ärztin und ich hinterher, Türen zu, los.

Bin erleichtert, dass mir bisher kein Fehler unterlaufen ist. Das wär total peinlich. Vor der Notärztin. Vor dem Feuerwehrkollegen. Vor der Polizistin.

»Es tut immer noch so weh«, sagt Max, das Gesicht verzerrt. Trotz des Schmerzmittels. Die Ärztin gibt noch einmal die doppelte Menge. Max starrt mich an, greift meinen Arm, wie ein Ertrinkender: »Muss ich jetzt sterben?«

Was er sagt, trifft mich mit Wucht. Ich weiß es nicht. Ein ganz junger Mensch steht hier auf der Schwelle zwischen Leben und Tod. Alles ist möglich. Und jetzt will er die Wahrheit erfahren. Ich habe mir geschworen, nie etwas zu beschönigen, immer aufrichtig zu meinen Patienten zu sein. Wie die älteren Kollegen. Ein »Nein, bestimmt nicht, alles wird gut« würde den Jungen vielleicht beruhigen, aber es wäre eine Lüge. Eine dreckige Lüge. Und wenn er nach der OP nicht mehr aufwacht, ist es das Letzte, was er aus dieser Welt mitnimmt: dass ich ein Dreckslügner bin.

Die Notärztin kommt mir zuvor: »Das können wir nicht sagen, Max, aber wir geben unser Bestes.« Das ist eine gute Antwort. Und ich bin aus dem Spiel. Was für ein Glück. Ich bin unfähig, mit der Frage umzugehen und eine Antwort zu formulieren.

Gut, dass ich eine simple Aufgabe habe. Mein Job ist es, den Patienten zu beobachten und seine Vitalwerte zu protokollieren.

Max fixiert mich wieder. »Ich will nicht sterben«, sagt er weinerlich.

Mir wird heiß und kalt gleichzeitig. Ich kann damit jetzt nicht umgehen.

Natürlich kannst du damit nicht umgehen. Du kannst ja gar nichts.

Nein, jetzt nicht. Bitte nicht auch noch du.

Du bist einfach nicht gemacht für den Job. Sieh es endlich ein. Du bist gestört. Du bist kaputt.

Ich sehe Max an. Hat er was gesagt? Muss ich ihm eine Frage beantworten?

Siehst du, du wirst langsam tattrig. Vielleicht Alzheimer. In deinem Alter kann das schon anfangen.

Max sieht so aus, als würde er auf eine Antwort warten.

Du bist Abfall. Gehörst auf den Schrott. Begreif es endlich. Gib auf.

»Nein, ich gebe nicht auf«, sage ich laut. Wie unangenehm. Die Notärztin blickt zu mir rüber. Der Junge versucht sich an einem Lächeln. Ihm scheint die Antwort zu gefallen.

Ich beeile mich, heute will ich Erster sein, aber als ich in die Bar komme, sehe ich Benny in der Ecke. Verdammt.

Mein bester Freund sitzt vor einer halb leeren Flasche Bier. Gegenüber steht eine volle. Für mich.

»Hey, Teampartner«, sage ich.

»Hey, Teampartner«, sagt Benny. Es klingt blutleer. Kraftlos. Was ist los? Oder bilde ich mir das nur ein?

»Ich muss dir was sagen.« Benny kommt gleich zur Sache. »Meiner Mutter geht's schlechter. Sie hat massive Bauchkrämpfe bekommen. Die Chemo musste abgebrochen werden«, sagt er mit erstickter Stimme. »Und jetzt sind auch noch Metastasen entdeckt worden. Hörst du, Kim? Der verdammte Krebs streut. Der ist in ihrem ganzen Körper.«

Was hat das Leben mit mir vor? Ist das eine Prüfung, ob ich hart genug bin, die heftigsten Treffer einzustecken? Bin ich nicht längst zu Boden gegangen? Und liege da, noch leicht zuckend, ohne jeden Lebenswillen? Ergeht es anderen eigentlich auch so? Oder prügelt das Leben nur auf mich und meine engsten Vertrauten ein?

»Fuck«, bekomme ich heraus.

»Kim, das ist doch nicht fair. Sie war ihr Leben lang fit. Nicht geraucht, nicht getrunken. Immer in Action, immer für andere da. Und jetzt, wo sie endlich das Leben genießen könnte, kurz vor ihrem Ruhestand, wird sie ausgelöscht. Wegradiert. Einfach so.« Bennys Augen werden feucht.

»Ey, Benny, das heißt doch nicht, dass sie schon weg ist.« Ich greife über den Tisch nach seiner Hand. »Vielleicht bleibt ihr ja noch mehr Zeit, als du jetzt denkst.«

»Der Arzt sagt, noch ungefähr ein halbes Jahr, vielleicht auch ein ganzes. Aber das ist doch kein Leben mehr mit diesem Krebs. Mit diesen scheiß Chemotherapien, die den ganzen Körper fertigmachen. Sie hat übelst Schmerzen die ganze Zeit. Und das soll jetzt ein halbes Jahr so weitergehen? Das ist pure Quälerei.«

So verzweifelt habe ich Benny noch nie erlebt. Er ist

immer der Stärkere von uns gewesen. Allein wegen seines Körperbaus und seiner ruhigen Art. Er ist der, der seinen Patienten nur die große Hand auf die Schulter legen muss, um sie zu beruhigen. Benny ist der Fels, der Praktiker. Ich bin im Gegensatz dazu der Theoretiker, derjenige, der mehr weiß und fleißiger ist. Im Einsatz zählt aber das Handeln. Und da ist mir Benny voraus. Er verbreitet Optimismus und ist nicht so von Gedanken zerfressen.

Ich löse meine Hand und nehme einen Schluck aus der Flasche. Benny greift auch zu und leert seine in einem Zug.

»Und jetzt? Wie geht es weiter?« Irgendwas muss ich ja sagen.

»Ich werde reduzieren, auf eine halbe Stelle. Obwohl ich mir das kohlemäßig überhaupt nicht erlauben kann. Aber es geht nicht anders. Ich muss jetzt bei ihr sein. Bin ja der Einzige, den sie hier hat.« Der Rest von Bennys Familie lebt in Süddeutschland. Er hebt den Arm.

»Ich nehm noch eins«, ruft er dem Kellner zu.

»Und seit wann weißt du das alles?«, frage ich.

»Seit zwei Wochen. Aber ich wollte dich nicht stören. Du bist ja immer voll im Stress«, antwortet Benny.

Ein weiterer Fausthieb, direkt in die Magengrube. Seit zwei Wochen, und er hat mir nichts gesagt, um mich nicht noch mehr zu stressen? Ich bin so ein schlechter Freund. Selbst um den letzten Menschen, der mir wirklich etwas bedeutet, kümmere ich mich nicht richtig. Ich bin nur noch für mich selbst da. Und sogar diese Beziehung ist zerrüttet.

»Kim, du musst nichts für mich tun. Das kannst du auch gar nicht. Ich wollte dich nur endlich einweihen«, erklärt Benny. »Schließlich sind wir doch Teampartner.«

Vor gar nicht allzu langer Zeit hat dieses Team noch geholfen, ein Leben auf die Welt zu holen. Jetzt gilt es, füreinander da zu sein, wenn ein Leben genommen wird. Es ist komisch. Ich will für Benny da sein. Will ihn irgendwie wieder aufbauen. Aber wie kann ich ihm Kraft geben? Ich hab ja selber keine.

Habe nie lange mit Bennys Mutter geredet. Wir hatten nur kurze Begegnungen. Sie ist ein freundlicher, offener Mensch. Hat ein Lachen, das einen mitreißt. Ich sehe sie vor mir, mit Perücke und Bauchkrämpfen. In diesem Gesicht gibt es kein Lachen mehr.

Ich stehe auf und gehe zu Benny um den Tisch.

»Benny, komm mal hoch.« Als Benny auch aufsteht, umarme ich ihn. Ganz fest.

»So eine verfickte Scheiße. Das tut mir so leid«, sage ich in seinen Pulli.

Zwei Männer, die sich im Arm halten. Es muss für die übrigen Gäste eine wunderliche Szene sein. Ich kann nichts anderes tun. Die Umarmung bekomme ich noch hin, so viel Kraft habe ich noch. Wir halten uns, klammern uns aneinander fest, als würden wir zusammen in ein tiefes, schwarzes Loch fallen. Schneller und schneller werden wir hinabgezogen. Wie weit geht es hinunter, wann prallen wir auf? Wir wissen beide, es wird nicht gut ausgehen. Es ist niemand da, um uns aufzufangen. Außer uns gibt es niemanden mehr. Zumindest nicht bei mir.

KÖLN

»Ich bin die Abrissbirne für die d-d-d-deutsche Szene!« Peter Fox rappt in meinem Kopfhörer und lässt alles glänzen, so schön neu. Ich lehne meinen Kopf ans Polster und schaue aus dem Fenster. Abgeerntete Felder und gelbgrüne Wälder ziehen vorbei. Zwei Tage frei. Habe das noch halbwegs frische letzte T-Shirt aus dem Schrank gezogen und meine kleine Tasche gepackt. Habe die verrottende Wohnung hinter mir gelassen, bin zu Fuß zum Hauptbahnhof gegangen und in den nächsten Zug nach Köln gestiegen.

Letzter Ausweg Heimat. Eltern. Wieder klein, wieder Kind, wieder umsorgt sein. Notbremse? Rückwärtsgang? Vielleicht einfach nur ein Ortswechsel. Warum nicht? Texel tat auch gut.

Köln. Wie lange war ich nicht mehr da? Vorletztes Weihnachten. Ich hatte Heiligabend bei meinen Eltern verbracht. Sonst kommen sie immer zu mir, um mir den Weg zu ersparen. An Weihnachten und zu ein, höchstens zwei weiteren Gelegenheiten im Jahr. Telefonieren tun wir auch selten.

Denke an Benny und seine todkranke Mutter. Was würden die beiden wohl für noch ein bisschen mehr Zeit miteinander geben? Und ich? Lasse die Zeit mit meinen

Eltern verrinnen. Aber sie scheinen auch ganz gut ohne mich klarzukommen.

Unsere Begegnungen sind meistens wie ein Klassentreffen: In kürzester Zeit wird geklärt, was passiert ist. Die High- und Lowlights des Lebens, serviert in mundgerechten Stücken. Keine Fragezeichen, keine Unsicherheiten, keine Zweifel, keine Schwäche. Keine Ausbrüche.

Mit der Ausbildung ist das Verhältnis abgekühlt. Sie haben nicht verstanden, dass ich meine Karriere aufgegeben habe für einen Job, der ihrer Meinung nach nicht meinem intellektuellen Niveau entspricht. Sie haben ihren Sohn, ihr einziges Kind, bereits als CEO gesehen, als Boss. Das, was sie nie erreicht haben, sollte ich schaffen. Sie haben gebuckelt, ihr Leben lang, als Sekretärin und Malermeister. Sie waren sich sicher, ich würde es nach oben schaffen, und dann verkünde ich ihnen, dass ich hinschmeiße, dass ich nicht mehr glücklich bin. Dass ich eine Veränderung brauche und aufs Geld scheiße. »Mach doch ein Ehrenamt«, haben sie mir vorgeschlagen, »so als Hobby.« Aber das kam für mich nicht infrage. Ich wollte nicht nur nebenbei helfen. Ich wollte es hauptberuflich machen. Richtig machen. Und dazu gehörte, dass ich mich mit aller Zeit und Hingabe der neuen Aufgabe widme.

Ich habe jegliche Kontakte zu meinem alten Job abgebrochen. Radikal. Meldete mich von heute auf morgen nicht mehr bei meinen Kollegen. Wollte nichts mehr hören, nichts mehr wissen. Wollte verhindern, dass ich doch wieder in Versuchung geführt werde. Dass der alte Job seine Tentakel nach mir ausstreckt und mich zurückholt.

Der Bruch musste absolut sein. Irreparabel. Dabei brach auch etwas zwischen mir und meinen Eltern. Ihnen ist das Einkommen wichtig. Ihr eigenes, vor allem aber meins.

Der Junge soll versorgt sein, gut versorgt, für immer versorgt. Nur dann verstehen sie ihre Erziehung als erfolgreich. Zuneigung und Gefühle gibt es nur verdeckt. Wichtiger ist der Status, der das Überleben sichert.

Ich mag meine Eltern, aber es hat mich zutiefst gekränkt, dass sie mich im wichtigsten Moment meines Lebens nicht verstanden haben. Dass sie nicht stolz auf mich waren, dass sie mich nicht unterstützten. Im Gegenteil, ich musste es ihnen langwierig erklären. Das hat viel Kraft gekostet. Und mich am Anfang der Ausbildung stark runtergezogen. Sie haben es mir schwer gemacht, dabei war die Umstellung an sich schon schwer genug.

Ich hab das alles verdaut mittlerweile. Und selbst meine Eltern haben eingesehen, dass es nichts bringt, über eine vollzogene Entscheidung wieder und wieder zu diskutieren. Sie schluckten also ihre Sorgen, Bedenken und ihren Ärger herunter. Für mich. Und versuchen seither, nicht mehr darüber zu reden. Das Thema wird zwischen uns einfach ausgeklammert. Ist besser so.

Besonders jetzt, wo alles noch komplizierter geworden ist. Meine Zweifel, meine Verzweiflung – wie sollte ich sie ihnen erklären? Es würde mehr Schaden anrichten als helfen. Für sie würde ein weiteres Mal alles zusammenbrechen. Ihr Sohn – ein zweites Mal gescheitert? Das werde ich ihnen nicht antun. Das muss ich auch nicht.

Herr Fox singt: »Es wird für mich wohl das Beste sein, ich geh nach Hause und schlaf mich aus. Und während ich durch die Straßen lauf, wird langsam Schwarz zu Blau.« Nach Hause und ausschlafen. Darum geht es. Halt suchen. Gehalten werden.

Der Zug gleitet über die Hohenzollernbrücke Richtung Hauptbahnhof. Der Rhein glitzert golden. Willkommen, Sohn, sagt die Stadt.

Laufe durch die Straßen. Heimat. Alles ist befremdlich vertraut. Es kommt mir vor, als hätte sich hier in all den Jahren nichts verändert. Die gleichen Läden, die gleichen Bars, das gleiche Chaos, der Lärm. Alles ist laut, Autos, Straßenbahnen – und Menschen. Immer ein bisschen drüber. Viel Beton, wenig ist hier wirklich schön. Wenig hat sich getan. Während die ganze Welt sich weiterdreht, steht diese Stadt und wartet auf die eine Woche Karneval im Jahr, diese eine Woche Durchdrehen, alles Rauslassen, Anarchie. Danach geht alles seinen gewohnten Gang. Es ist seltsam. Nichts hat sich verändert, nur ich, ich bin ein anderer.

Endhaltestelle. Wie oft bin ich von hier aus auf der Suche nach Abenteuer in die Innenstadt gefahren? Auf der Suche nach dem Kick. Wie oft habe ich aufgeregt auf die Bahn gewartet. Alles war möglich. Glück, Liebe. Dann auf dem Rückweg das Gegenteil. Enttäuschung, Frust. Dann eben beim nächsten Trip. Dann aber bestimmt. Ich war ja noch jung und hatte alle Zeit der Welt.

Ich überquere den Platz und biege ab in meine alte Straße. Hier wurde einiges gemacht. Abriss und Neubau, gedämmte Fassaden. Nur das kleine Haus meiner Eltern steht da wie früher. Mein Vater hat es noch mal streichen lassen. Ansonsten wirkt es vertraut.

Ich bleibe auf dem Gehweg stehen und blicke zu den Fenstern im ersten Stock. Am Anfang habe ich mit meinen Eltern da oben gewohnt, unten im Erdgeschoss lebte meine Großtante. Sie hat sich immer gefreut, wenn ich ihr die Steintreppe runter in den Garten entgegengehüpft bin. Steckte mir einmal die Woche einen Zehner zu, drückte mich fest an sich, bot mir Zuflucht, wenn ich mich mit meinen Eltern gestritten hatte. Ohne Fragen zu stellen. Bedingungslose Herzlichkeit in einer Parfümwolke aus 4711. Und dann lag die Tante im Krankenhaus. Ihr aufgedunsenes Gesicht. Am Leben gehalten von Maschinen. Ausgeliefert. Nach ihrem Tod hatten wir erst mal Mieter in der Wohnung, dann durfte ich nach unten ziehen. Da war ich sechzehn Jahre alt und hatte eine ganze Wohnung für mich, für die ich nichts bezahlen musste. Ich war überwältigt von dem Gefühl von Freiheit und Unabhängigkeit. Meine Eltern mussten jetzt klingeln, wenn sie zu mir wollten. Seit ich ausgezogen bin, ist das Erdgeschoss wieder vermietet.

Ich steige die Stufen zum ersten Stock hoch, durch das schmale Fenster in der Tür sehe ich, dass im Flur Licht brennt. Sie sind zu Hause, sitzen vielleicht in der Küche oder im Wohnzimmer. Noch drei Schritte und klopfen. Was werden sie staunen. »Nä!«, wird meine Mutter ungläubig rufen und mich dann hereinwinken, umarmen und in der Küche verschwinden. Der Jung braucht was zu essen nach so einer langen Reise. Mein Vater wird sich mir gegenüber an den Küchentisch setzen und fragen: »So, ming Jung, erzähl doch mal. Wie kommt es zu diesem Überraschungsbesuch?« Vielleicht hat Mama noch etwas Schokopudding übrig. Noch drei Schritte. Mir wird warm ums Herz. Diese Eltern. Aller Groll ist weg. Einfach weg. Ich fühle nur noch Verbundenheit. Ich verstehe sie, verstehe, dass sie sich Sorgen um mich gemacht haben. Weil sie mich lieben. Das ist es. Sie lieben mich. Noch drei Schritte. Ich schließe die Augen. Es ist alles gut. Es gibt nichts zu klären. Mein Gefährte, der Fiepton, singt mir leise ins Ohr. Atme zweimal tief durch. Mache drei Schritte und klopfe.

Meine Mutter mag es, wenn man klopft. Es ist sanfter. Sie sagt, die schrille Klingel fahre ihr durch Mark und Bein. Ich höre Schritte, ein Schatten nähert sich. Die Tür geht auf.

»Kim! Du bisset! Ich hab mich schon gewundert, wer da klopft. Was machst du denn hier? Hab dich ja ewig nicht gesehen!«

Das ist nicht meine Mutter, das ist die Anita, die Nachbarin von schräg gegenüber, eine Freundin meiner Mutter. Ich kenne sie schon immer.

»H-hallo, Anita«, stottere ich. »Sind meine Eltern nicht da?«

»Nee … weißt du das nicht, Jung? Die sind doch im Urlaub, Südfrankreich. Haben sie dir das nicht gesagt? Ich schau nach der Post und mach die Blumen.«

Nein. Nein. Das darf doch jetzt nicht wahr sein.

»Doch, doch – das wusste ich, irgendwie. Also, nicht genau … wann. Aber ich war eh in der Stadt und dachte spontan, ich schau mal vorbei.«

»Das ist ja schade! Was machen wir denn jetzt mit dir?«

Ich winke ab. »Es ist alles gut. Hatte eh nur wenig Zeit.« Ich wende mich zum Gehen. »Ich würd dann … – Tschüss, Anita.«

»Tschö, ming Jung.«

Die Hand am Geländer, die Knie weich, steige ich die Treppe runter und spüre ihren Blick in meinem Rücken.

Sechs Stationen sind es mit der Straßenbahn. Zweihundert Meter laufen. Es dämmert, Blau wird zu Schwarz, ganz langsam. Ich trete durch die große Pforte und sehe die ersten Grabsteine. Nach einer Weile biege ich vom Hauptweg ab und verliere die Orientierung. Dieser Friedhof ist riesig. Als Kind kannte ich mich gut aus. Wir waren oft hier. Beerdigungen und Besuche, Pflichtbesuche. Dieser ist unverhofft, aber freiwillig. Die Abbiegung kommt mir vertraut vor. Ich erkenne die Grabsteine. Meine Vorfahren liegen alle nebeneinander. Und hier ruht sie, meine Großtante. Gemeinsam mit ihrem Mann und neben ihrem Sohn, der im Krieg gefallen ist. Sie hat beide Männer um Jahrzehnte überlebt. Als sie beigesetzt wurde, war die Aufregung groß. Der Steinmetz hatte sich bei ihrem Mädchennamen vertan, hatte »Klopffleisch« statt »Kloppfleisch« geschrieben. Einen neuen Grabstein wollte keiner zahlen, zumal ihr Name ja einfach dem ihres Mannes hinzugefügt worden war. Und so steht er da bis heute, falsch. Sie hätte sich darüber kaputtgelacht. Sie war besonders. Trotz oder gerade wegen der Schicksalsschläge. Sie hatte nichts zu verlieren.

Und hier stehe ich und suche Trost bei einer Toten. Kim, hör auf, Trübsal zu blasen, höre ich sie sagen. Du hast zwei Arme und zwei Beine und ein helles Köpfchen. Das ist schon mehr, als andere von sich behaupten können.

Ich blicke mich verstohlen um. Außer mir ist keiner da. Ich flüstere: »Für mich warst du etwas Besonderes, Tante. Ich konnte sein, wie ich bin. Du hast mich nie kritisiert. Niemals. Danke.«

Einmal hat die Tante mir und meiner Cousine ihr Beautygeheimnis verraten. »Kinder, wenn ihr im Alter schöne, glatte Haut haben wollt«, verkündete sie in ihrem rheinischen Singsang, »müsst ihr es machen wie ich. Ihr müsst jeden Morgen euer Gesicht mit Urin einreiben.

Nicht viel, ein bisschen reicht. Es muss der Morgenurin sein. Der Mittelstrahl vom Morgenurin. Den fangt ihr in einem Becher auf. Damit bleibt ihr für immer schön. Keine tiefen Falten, keine Pickel. Ich bin der lebende Beweis!« Sie schmunzelte, und ihre Lachfalten kamen zu voller Geltung. Wir Kinder haben uns vor der Geschichte gegruselt. Ich finde die Vorstellung nach wie vor extrem eklig, wie sich die Tante morgens mit ihrem Urin einreibt und sich anschließend in 4711 hüllt. Aber ihre Verrücktheit hat mich schon damals fasziniert, ihr schallendes Lachen. Sie war anders.

Ich zünde die kleine rote Grableuchte an, die in einem Messingkästchen steht. »Tschüss, Tante«, raune ich.

Am Hauptbahnhof spurte ich zur letzten Verbindung nach Hamburg. Zwei Arme, zwei Beine, bloß der Kopf gehüllt in Dunkelheit.

HALT SIE FEST

Carsten hat heute seinen freien Tag. Wenigstens eine Erleichterung. Die Bahnhofshalle ist um eine laute Stimme leiser. Ich denke an Benny. Fühle mich machtlos. Nur eine Umarmung, mehr hatte ich nicht zu bieten. Kein erneuter Road-Trip? Keine Perspektive? Nein. Der Krebs nimmt alle Perspektiven. Der produziert nur ständige Unsicherheit und Todesangst. Es ist die Hölle, so etwas aushalten zu müssen. Für den, den es getroffen hat, und für seine Angehörigen. Ständig sitzt einem der Kapuzenmann auf der Schulter und flüstert: »Nicht mehr lang. Bald bist du fällig.« Da wird man doch verrückt. Kein Wunder, dass viele den Tod als Erlösung annehmen. Als etwas, das sicher ist.

Alarm. Mein Magen krampft. Druck im Bauch, Druck auf der Brust. Schneller, flacher Atem. Schleppe mich in den Rettungswagen.

Dennis sitzt schon hinterm Steuer und hat den Motor gestartet. »Boah, Kim, du bist aber wieder schnell heute!« Ich sage nichts.

Krampfanfall steht auf der Depesche. Wir fahren in ein Neubaugebiet. Weiße Fassaden und Klinker von beige bis anthrazit. Wir klingeln an einer Doppelhaushälfte. Eine Frau öffnet.

»Na endlich. Meine Tochter, sie braucht Hilfe«, begrüßt

sie uns. Im Hintergrund steht ein Mann. Wahrscheinlich der Vater. »Kommen Sie bitte hier ins Wohnzimmer«, sagt sie und geht voran.

Auf der Ledercouch liegt eine Frau. Ihr ganzer Körper zuckt. Nicht permanent, aber immer wieder. Alle fünf Sekunden. Wie ein Schluckauf.

»Hallo, hier ist der Rettungsdienst, können Sie mich verstehen?«, fragt Dennis. Keine Reaktion.

»Sie hat das in letzter Zeit immer wieder. Aber dieses Mal hat es gar nicht mehr aufgehört«, erklärt die Mutter.

»Wie lange liegt sie hier schon so und zuckt?«, frage ich.

»Ungefähr fünfzehn Minuten«, meldet sich der Vater zu Wort.

»Hat sie Epilepsie? Ist sie damit in Behandlung?«, will Dennis wissen.

Die Mutter schüttelt den Kopf: »Nein. Sie hat das erst seit ein paar Monaten. Aber es war nie so schlimm. Nach jedem Anfall war sie wieder völlig normal.«

Ich nähere mich der Patientin, spreche sie an. Wieder keine Reaktion. Sie guckt mich nicht mal an. Ich versuche, ihre Atmung zu erfassen. Sie atmet schnell und verdreht die Augen.

»Wir müssen aufpassen, dass sie nicht runterfällt«, warne ich und stelle mich sicherheitshalber ganz nah ans Sofa. Seltsam, das ist durchaus eine Art Krampf. Aber kein richtiger. Dafür kommt das Zucken viel zu verzögert. Außerdem ist ihre Atmung noch einigermaßen okay und das Gesicht nicht blau angelaufen.

»Und die Krampfanfälle waren immer genau so?«, frage ich. Das ist doch extrem merkwürdig.

»Ja«, bestätigt der Vater.

»Check mal die Sättigung«, sagt Dennis. Ich krame den

Clip hervor und versuche, das Pulsoxymeter auf einen Finger der Patientin zu stecken. Plötzlich greift sie mit der anderen Hand herüber, reißt den Clip ab und schmeißt ihn weg. Wow. Mit so einer koordinierten Reaktion habe ich nicht gerechnet. Anscheinend ist die junge Frau wacher und zurechnungsfähiger, als ich angenommen habe.

»Wie alt ist Ihre Tochter?«, frage ich.

»Sie ist gerade neunzehn geworden. Vielleicht hat sie sich eine Krankheit in Singapur eingefangen«, sagt die Mutter. »Sie ist vor vier Monaten von einem Auslandsaufenthalt zurückgekommen. Da war sie ein Jahr. Vielleicht hat sie irgendeine exotische Krankheit.«

»Und vorher hatte sie dieses Zucken noch nicht?«, vergewissert sich Dennis.

»Niemals.«

Ich habe noch nie gehört, dass man sich in Südostasien chronische Krampfanfälle einfangen kann. Aber möglich ist natürlich alles. Vielleicht hat sie ja einfach hohes Fieber?

Als ich mit meiner rechten Hand ihre Stirn berühre, fängt sie an zu schreien.

»Fassen Sie mich nicht an! Hauen Sie ab!«, kreischt sie.

Springe völlig überrascht ein Stück zur Seite. Die ist ja wirklich komplett wach!

Die Mutter beugt sich herunter: »Jill, was ist denn mit dir? Warum hörst du denn gar nicht mehr auf, so komisch zu sein? Geht es dir gut?«

»Lasst mich in Ruhe!«, brüllt Jill und zuckt weiter.

Ist das real oder wieder einer meiner finsteren Träume? Hab ich eine Inszenierung der Theatertruppe Altona vor mir – oder eine Szene aus einer dieser beschissenen Vorabend-Reality-Rettungsserien? Werde ich verarscht?

Dennis zückt sein Smartphone. »Ich ruf jetzt den Notarzt dazu. Das alles kommt mir ein bisschen komisch vor.«

Ich unternehme einen weiteren Kommunikationsversuch: »Wir sind vom Rettungsdienst. Ihre Eltern machen sich Sorgen. Dürfen wir Sie ganz kurz untersuchen, nur um zu überprüfen, ob alles in Ordnung ist?«

»Sie sollen endlich abhauen, hab ich gesagt! Und fassen Sie mich nicht an!«, schreit Jill. Ihre Verzweiflung ist nicht gespielt. Jill hat definitiv ein Problem, will sich aber nicht helfen lassen. Deshalb ist der Notarzt keine so schlechte Idee. Einfach wegzufahren wäre nicht zu verantworten.

Ich bleibe in Jills Nähe und beobachte, ob sich ihr Zustand verändert. Lasse nicht locker und frage die Eltern: »Und das hat einfach so angefangen?« Fühle mich ein bisschen wie Sherlock Holmes. Band 235: *Sherlock Holmes und die zuckende Frau.* Was ist passiert? Deute ich alle Indizien richtig? Habe ich etwas übersehen?

»Einfach so. Ohne Grund«, antwortet die Mutter.

»Und Sie können sich das gar nicht erklären?«

»Nein«, antworten die Eltern bedrückt. Sie klingen glaubwürdig. Was macht Watson aka Dennis? Rumstehen. Warum muss ich hier die ganze Investigativarbeit machen? Das Fragen und Nachdenken strengt mich an, die ganze Situation strengt mich an. Die Tatsache, dass ich nicht zu Hause rumhängen kann, in meinem Bett.

Es klingelt. Der Notarzt ist groß, hat graues Haar und weiße Schläfen. Kurz vor der Pensionierung, aber topfit. Ich stöhne innerlich auf. Ich kenne den Typen aus dem Krankenhaus. Der war mir schon immer suspekt. Arrogant und unfreundlich, der Mann.

»So. Was ist denn hier los?«, fragt er. Hinter ihm erscheint sein Notfallsanitäter. Typisch Feuerwehr: wieder mal einen Kopf größer als ich.

Ich erkläre die Lage. Der Notarzt schaut mich nicht an, nur zur Patientin. Während ich noch spreche, nähert er sich ihr und will offenbar ihren Puls fühlen.

»Fassen Sie mich ja nicht an!«, schreit Jill. Was genau hat der Mann nicht verstanden, als ich gerade sagte, dass sich die Patientin nicht berühren ließe?

Der Arzt beobachtet das Zucken. »Das könnte ein psychogener Krampfanfall sein. Ihre Psyche hat diesen Krampfanfall ausgelöst. Ich will sie auf jeden Fall in die Notaufnahme mitnehmen.«

Darauf wäre ich nie gekommen. Diese Art Krampfanfall wird in der Schule gar nicht behandelt, und auch im Einsatz ist mir das noch nie untergekommen.

»Auf keinen Fall!«, ruft Jill verzweifelt. »Mama, Papa, bitte sagt, dass die weggehen sollen! Ich will nur meine Ruhe. Die sollen abhauen.«

»Aber die Herren wollen dir doch nur helfen, Liebes«, sagt die Mutter sanft.

Der Notarzt geht dazwischen: »Ist eine psychische Erkrankung bekannt? Hat sie vielleicht Drogen oder Alkohol eingenommen?«

»Nein, nein, nein. Überhaupt nicht«, antwortet die Mutter.

Es ist eine schwierige Situation. Jill ist volljährig. Sie ist bei klarem Verstand. Einigermaßen jedenfalls. Sie darf entscheiden.

Aber der Arzt lässt nicht locker: »Kommen Sie jetzt mit? Es ist zu Ihrem Besten.« Er berührt Jill leicht an der Schulter. Sie schlägt wild um sich. Er weicht zurück. Sie springt auf und läuft nach nebenan. Eine Tür knallt.

»Das ist mir jetzt zu blöd. Ich ruf die Polizei. Sollen die das Mädchen mitnehmen«, sagt der Notarzt zu Dennis und mir.

»Auf welcher Grundlage willst du sie denn mitnehmen?«, frage ich.

»Mögliche Eigengefährdung und Selbstverletzung. Die hat sich ja überhaupt nicht unter Kontrolle.« Jill hat sich tatsächlich nicht im Griff. Aber ob sie sich selbst verletzen würde, da bin ich mir unsicher.

»Kann ich noch einmal versuchen, mit ihr zu reden? Danach können wir ja die Polizei rufen«, bitte ich.

Der Arzt nickt. »Aber nicht zu lange.«

An der Tür des Zimmers nebenan hängt eine Sonne, gebastelt aus gelber Pappe. Darauf steht ungelenk: »Jilli«. Ich klopfe an. Keine Reaktion.

»Jill, darf ich kurz reinkommen? Ich möchte dir die Situation erklären. Du willst doch bestimmt auch nicht, dass die Polizei kommt, oder?«

»Aber nur du«, höre ich plötzlich. Ich trete ein und schließe die Tür. Jill kauert in einer Ecke ihres Betts, die Arme fest um die Knie geschlungen. Das Zucken hat aufgehört. Sie weint.

Ich hocke mich hin, um nicht von oben herab reden zu müssen: »Jill, hast du das mitbekommen? Der Notarzt sagt, du müsstest mitkommen, und wenn du das nicht freiwillig machst, ruft der die Polizei. Und das will ich auch nicht.« Ich spreche so einfühlsam ich kann.

Jill schluchzt: »Keiner darf mich anfassen. Keiner!«

»Warum ist das so schlimm für dich? Was ist denn passiert?«

Erst wimmert sie, dann bricht es aus ihr heraus: »Ich wurde vergewaltigt! In Singapur!«

Der nächste Faustschlag. Ich sacke ein. Komisch, dass ich nicht umfalle, dass ich überhaupt noch etwas einstecken kann. Mein Akku ist bei minus zehn Prozent, aber ich geb jetzt nicht auf.

»Jill, das ist ja furchtbar. Wissen das deine Eltern?«

»Jetzt wissen sie es. Die lauschen doch an der Tür. Ist mir aber auch egal. Scheißegal«, schluchzt sie.

»Jill, es ist wichtig, dass du mitkommst. Wir haben gute Psychologen in der Klinik. Mit denen kannst du sprechen.« Gut so. Ich glaube, ich habe den richtigen Ton getroffen.

»Nein. Lasst mich alle in Ruhe. Ich brauch keinen Psychologen. Ich will jetzt alleine sein!«

»Das geht nicht, dann kommt die Polizei.« Ich ahne, dass das hier nicht gut ausgehen wird.

Plötzlich sagt Jill: »Okay, ich komme mit. Gebt mir nur noch zwei Minuten.«

Ich atme tief durch, stehe auf, verlasse das Zimmer, ziehe hinter mir die Tür zu. Geschafft. Bin ein bisschen stolz. Im Wohnzimmer gucken mich alle gespannt an.

»Sie möchte noch zwei Minuten allein sein, dann kommt sie mit.« Ich lächele.

Der Notarzt blickt auf seine Armbanduhr.

Ich gehe zu ihm rüber und bedeute den Eltern, dazuzukommen: »Haben Sie gehört, was sie gesagt hat? Sie ist in Singapur vergewaltigt worden.« Ihre Augen weiten sich. Sie sind entsetzt. Shit. Habe ich gerade die Schweigepflicht gebrochen? Oder hat mir Jill dazu indirekt ihre Zustimmung signalisiert? Ich weiß es nicht. Aber es ist doch wichtig, dass die Eltern das erfahren.

Auf einmal baut sich der Vater auf und schüttelt die Faust: »Wer war das? Den bring ich um!«, ruft er. Scheiße.

Es eskaliert. Die Mutter streicht ihrem Mann die Arme, versucht, ihn irgendwie zu beruhigen.

Der Notarzt nimmt den Blick nicht mehr von der Armbanduhr.

»Die zwei Minuten sind um!«, verkündet er und marschiert in den Flur. »Jill.«

Keine Reaktion. Der Notarzt zögert nicht, er öffnet die Zimmertür und tritt ein. »Jill, du hast ja gesagt, dass du jetzt mitkommen würdest. Wir warten alle auf dich.«

Der Feuerwehrkollege, Dennis und ich folgen ihm.

Jill sitzt genauso da wie vorher. »Ich habe es mir anders überlegt«, sagt sie ruhig. »Ich will hierbleiben.«

Der Arzt schüttelt den Kopf: »Das geht nicht. Ich will Ihnen mal was sagen. Sie hatten einen Krampfanfall. Damit ist nicht zu spaßen. Der kann immer wieder auftreten und tödlich enden. Deshalb machen wir jetzt Schluss mit diesem Spielchen und fahren los. Oder sollen wir die Polizei rufen?«

Jill wird wieder laut: »Nein. Haut ab! Das ist mein Zimmer hier. Mama, Papa, helft mir!« Sie schluchzt nicht, sie ist erregt. Fängt an, um sich zu treten.

Der Notarzt verliert die Geduld. »Ich ruf jetzt die Polizei, und die junge Dame bekommt eine Tavor-Spritze zur Beruhigung«, sagt er zum Feuerwehrkollegen. Er geht aus dem Raum und telefoniert. Der Kollege holt seinen Rucksack. Im Flur zieht er eine Spritze auf.

Mir gefällt das alles überhaupt nicht. »Bitte, Jill«, flehe ich sie an, »du hast das noch in der Hand. Komm doch einfach mit. In wenigen Stunden bist du dann wieder zu Hause.«

Doch Jill lässt sich nicht darauf ein. Sie weint wieder. »Ich will einfach nur hierbleiben. Bitte lasst mich in Ruhe.«

Der Notarzt kommt zurück. Er sieht unzufrieden aus. »Die Polizei trifft wahrscheinlich erst in zwanzig Minuten ein, dabei habe ich eigentlich schon Feierabend. Aber zur rechtlichen Absicherung ist das gut, wenn die auftauchen. Wir können ja mal schauen, wie weit wir kommen.«

Was meint er damit?

»Wie hast du dir das vorgestellt?«, frage ich leise. In dem Moment kommt der Kollege mit der Spritze in der Hand herein.

Jill fängt lauthals an zu schreien: »Keiner fasst mich an! RAAUUS!«

Der Arzt greift sich in den Nacken. »Wir gehen noch mal vor die Tür«, sagt er. Im Flur zieht er uns drei zur Seite: »Wir gehen da gleich rein. Ihr fixiert sie, und ich geb ihr die Spritze in den Oberschenkel. Dann wird sie sich schon beruhigen.« Danach verschwindet er ins Wohnzimmer zu den Eltern.

Meint der Typ das ernst? Wir sollen sie »fixieren«? Ein blumiger Begriff für »Gewalt anwenden«. Ich blicke den Kollegen von der Feuerwehr fragend an.

Er hebt die Schultern: »Ich find das ja auch nicht gut, aber lass es uns hinter uns bringen.«

»Sehe ich auch so. Wie sollen wir sie sonst mitnehmen?«, sagt Dennis. Ich bin also in der Minderheit. Soll ich jetzt noch was sagen? Meine Bedenken äußern? Gegen den Notarzt rebellieren, meinen Vorgesetzten? Nein. Bin zu schwach.

Auch die Eltern scheinen sich ergeben zu haben. Ich höre die Mutter: »Wenn Sie meinen, dass das nötig ist, tun Sie es.«

Der Notarzt kommt zurück, nickt uns zu und öffnet die

Tür, wir drängen rein. Vier ausgewachsene Männer gegen eine junge Frau auf dem Bett.

»Jill, kommst du jetzt mit?«, will der Arzt wissen.

»Nein. Und wehe, ihr kommt noch näher!«, droht sie.

»Okay, dann lässt du uns keine Wahl. Ich werde dir jetzt diese Spritze zur Beruhigung in den Oberschenkel geben. Wenn du das nicht freiwillig machen lässt, müssen wir dich leider festhalten.«

»Keiner berührt mich!« Jill ist in Lauerstellung. Sie wird sich niemals freiwillig ergeben.

Der Arzt hebt kaum sichtbar die Hand. Dann sagt er: »Jetzt.«

Wir greifen die Extremitäten der zappelnden Jill. Dennis hält die Arme, der Feuerwehrkollege und ich jeweils ein Bein. Es ist eine immense Kraftanstrengung. Jill hält nicht still, sie zappelt, schlägt, tritt um ihr Leben. Sie kämpft und schreit:

»Hilfe, Vergewaltigung. Mama, Papa, Hilfe, Vergewaltigung!«

Ich umklammere ihr rechtes Bein. Sie kickt mir in den Magen. Auch der starke Feuerwehrkollege hat Probleme. Der Notarzt visiert den Oberschenkel an und sticht schließlich zu, durch Jills Jeans hindurch, drückt den Kolben der Spritze. Jill brüllt. Ein letzter, verzweifelter Schrei. Ein Urschrei. Der Arzt zieht die Nadel raus, und wir lassen los. Verlassen das Zimmer, eine lautlos weinende Jill im Rücken.

»Das war nicht gut. Gar nicht gut. Das ist nicht unser Job«, schimpft der Feuerwehrkollege. Ich fühle mich genauso. Geschockt, betroffen. Mir wird klar, was wir da gerade gemacht haben. Vier große Männer stürzen sich auf eine wehrlose junge Frau. Eine Frau, die es gerade erst über die Lippen gebracht hat, dass sie vergewaltigt wurde. Das ist doch völlig irre. Wie soll sie das jemals verarbeiten?

Der Notarzt scheint aber ganz zufrieden: »Jetzt noch fünf Minuten warten. Dann wird das Tavor schon wirken.«

Hat er den Schuss nicht gehört? Hat er überhaupt noch einen Funken Empathie in sich? Macht er sich gar keine Vorwürfe?

Jills Eltern sagen kein Wort. Sie haben es geschehen lassen. Sind wahrscheinlich fassungslos darüber, was passiert ist.

Nach fünf Minuten kehren wir zurück ins Zimmer. Jill ist sichtlich neben sich.

»Steh bitte auf und komm mit«, fordert der Notarzt. Ganz langsam erhebt sie sich. Ist etwas wackelig auf den Beinen. Ich will sie stützen, aber sie dreht sich weg.

Es klingelt. Zwei Polizisten kommen ins Haus. Der Notarzt erläutert den Fall, während Jills Mutter ihrer Tochter Schuhe und Jacke anzieht. Ich höre die Worte »Selbstgefährdung«, »alternativlos« und »Spritze«. Die Polizisten nicken und machen sich Notizen. Anscheinend haben sie keine Einwände. Was der Notarzt sagt, ist Gesetz.

Ich fühle mich elend. Der Feuerwehrmann hat recht. Das ist nicht unser Job. Ich bin für meine Patienten da, und in diesem Zimmer ist das Gegenteil passiert. Vielleicht war Jill wirklich nicht mehr zurechnungs- und einsichtsfähig, und dass sie in die Klinik muss, steht außer Frage. Aber es ist nicht meine Aufgabe, eine Patientin zu fixieren. Niemals. Das ist Aufgabe der Polizei. Ich hätte mich weigern können. Nein, ich hätte mich weigern müssen. Ich habe versagt. Ich habe mich einschüchtern lassen. Ich bin schwach. Sehr schwach.

Im Rettungswagen sitzt mir Jill mit gesenktem Kopf gegenüber. Wir haben sie gebrochen. Sie macht alles, was ihr gesagt wird, gibt keine Widerworte. Auch nicht, als sich ihr in der Klinik der Psychologe vorstellt.

»War ja echt nicht einfach, die Kleine. Aber wir haben das gut hinbekommen.« Der Notarzt klopft mir auf die Schulter. Viel länger sind Einsatznachbesprechungen selten. Das ist normalerweise auch kein Problem. Diesmal schon. Und doch kann ich nichts erwidern. Schäme mich so.

ERKENNTNIS

Ich stapfe durch den Garten, vor mir der Nachbar. In meinem Rücken schnauft Dennis. Wir wollen den Hintereingang nehmen.

»Hilfe!«, ruft eine Frau von drinnen.

Ich versuche, über die Schwelle zu treten, aber es geht nicht. Ich komme einfach nicht vorwärts. Eine unsichtbare Wand lässt mich nicht durch. Dennis nimmt meine Hand und zieht mich mit.

Auf dem Sofa sitzt jemand, in der hintersten Ecke des Raums. Eine Frau. Zerzauste Haare. Sie zappelt und tritt um sich. »Hilfe!«, ruft sie panisch. »Hilfe, Vergewaltigung! Fassen Sie mich nicht an! Nein, lassen Sie die Finger von mir!«

Ich sehe außer ihr niemanden. Hier ist keiner, der sie versucht anzufassen. Hier ist keiner, der sie vergewaltigen will. Ist der Täter flüchtig? Ich nähere mich der Frau.

»Hier ist der Rettungsdienst. Was ist denn passiert?«

Sie schreit einfach weiter um Hilfe.

»Hat Ihnen jemand etwas angetan?«, frage ich.

Warum beruhigt die sich nicht? Es bedroht sie doch niemand mehr.

»Ja! Ich werde gerade angefasst. Hilfe!«

Von oben ruft Dennis: »Kim, du musst dir das ansehen. Komm mal schnell!« Er klingt aufgeregt.

»Ich komme gleich. Bitte noch einen kurzen Moment durchhalten!«, rufe ich zurück. Ich will mich zuerst um diese Frau kümmern. Ich mache noch einen Schritt auf sie zu, gehe vor ihr in die Hocke.

»Hier ist niemand. Es fasst Sie auch gerade keiner an«, versuche ich, sie zu beruhigen.

»Doch. Hier ist jemand!« Die Frau tritt noch wilder um sich. Dann hört sie plötzlich auf zu zappeln, wird ganz ruhig. Sie hebt ihren Kopf, lehnt sich vor und kommt ganz nah an mein Gesicht.

»SIE! Sie wollen mich vergewaltigen!«, schreit sie. Und dann holt sie aus und rammt mir eine Schere in den Oberschenkel. Ich schreie vor Schmerzen auf.

Die Frau lacht dreckig: »Das wird Ihnen helfen, Sie Vergewaltiger!« Blut spritzt aus der Wunde, der Strahl trifft direkt auf ihre Hände. Sie lässt die Schere fallen und beginnt, sich die Hände zu waschen. In meinem Blut.

»Kim, die Regeldesinfektion ist noch immer nicht gemacht worden. Ihr müsst euren Wagen putzen!« Carsten ist in seinem Element, dabei ist er auch gerade erst gekommen. Ich schau ihn wortlos an. Meine Augen brennen. Hab wieder eine erholungslose Nacht hinter mir.

Carsten runzelt die Stirn. »Kim, das muss jetzt passieren. Heute noch. Und außerdem muss der Müll ausgeleert werden. Die Nachtschicht hat sich auch heute wieder um nichts gekümmert. Faule Säcke!«

»Also, ich habe gerade mal geguckt«, sagt Jo und stellt sich neben mich. »Die hatten zehn Einsätze in der Nacht. Kein Wunder, dass die zu nichts gekommen sind.«

Ich bin heute mit Jo eingeteilt.

»Das ist mir völlig egal. Die Wache hat sauber zu sein,

und die benutzten Gläser stellt man in die Spülmaschine«, sagt Carsten zu Jo, der ein Glas Cola mit sich herumträgt.

Fühle mich zurückversetzt in meine Jugend. Wohne wieder bei meinen Eltern. Es sind dieselben Sprüche. Vater Carsten weist mit harter Hand seine Kinder zurecht. Wahrscheinlich sieht er das wirklich als seine Aufgabe an. Manche Kollegen sind in der Tat noch blutjung und brauchen das vielleicht. Aber ich bin Mitte dreißig, bald vierzig. Warum? Warum zur Hölle tue ich mir das an?

Ich versuche, tief durchzuatmen, aber es geht nicht. Der Druck auf der Brust, die Enge im Hals, sie lösen sich nicht – mein Atem bleibt flach. Die Ereignisse der letzten Zeit haben Spuren hinterlassen. Eine unsichtbare Schlinge liegt mir um den Nacken, jede Woche zieht sie sich enger. Viel Luft ist nicht mehr, dann wird mein Kehlkopf zerquetscht.

Und jetzt steht mir auch noch eine ganze lange Schicht mit dem Facebook-Troll Jo bevor. Ich bin der Erfahrene und muss das Vorbild sein. Ich bin aber kein Vorbild mehr. Ich bin zu einem abschreckenden Beispiel geworden. Einem Mahnmal. »So nicht!«, könnte ich mir auf die Stirn tätowieren lassen.

Alarm. *Krampfanfall* steht auf der Depesche. Auch ein Notarzt ist alarmiert. Bin ich in einer Zeitschleife gefangen? Die Bilder sind noch frisch. Wie wir uns gestern zu dritt auf die junge Frau gestürzt haben, wie sie sich wehrte und ich sie trotzdem nicht losließ.

Ich will nicht los. Ich kann nicht. Ich will nicht.

»Kim, was stehst du noch hier rum! Ihr habt einen Einsatz! EIINNNSAAATTTZ!« Carsten scheucht mich aus der Wache.

Jo wartet schon am Steuer. Fährt aus der Garage, Blaulicht an, Martinshorn an. Erst jetzt schaue ich mir die Depesche genauer an. Als Besonderheit ist das Alter des Patienten vermerkt. *0 Jahre*, steht da.

»Es handelt sich um einen Säugling, Jo!«, brülle ich gegen die Sirene an. Selbst wenn die Seitenfenster geschlossen sind, fällt die Kommunikation schwer.

»Dann müssen wir auf jeden Fall auch die Kindernotfalltasche mitnehmen!«, ruft Jo zurück.

Innerlich gehe ich die Medikation für Kinder durch und welche Komplikationen auf uns zukommen könnten. Sie sind aus medizinischer Sicht alles andere als einfach nur kleine Erwachsene. Sie haben so gut wie keine Sauerstoffreserven in der Lunge, und schon ein kleiner Blutverlust ist schwer zu kompensieren. Dazu kommt, dass kaum einer von uns Routine hat bei Kindernotfällen, sie treten im Alltag zu selten auf. Ich habe ein ungutes Gefühl. Nicht nur wegen gestern.

Vier Minuten, länger brauchen wir nicht zum Einsatzort. Der Notarzt ist noch nicht da, vor dem Haus wartet ein Mann. Jo und ich nehmen in Windeseile Sauerstoffgerät, Absauge, C3, Notfallrucksack und Kindernotfalltasche. Mehr Beladung geht nicht.

»Meine Tochter hat so heftig gezittert«, sagt der Mann hektisch und eilt ins Haus. Wir hinterher.

»Wie alt ist Ihr Kind?«, fragt Jo.

»Drei Monate.«

Ich verlangsame meine Schritte, lasse mich zurückfallen. »Los, vorwärts, Kim«, ermahne ich mich leise. Die Wohnungstür im ersten Stock ist angelehnt.

»Da hinten!«, ruft der Vater. Ein enger Flur führt zum Wohnzimmer, Jo stellt den Notfallrucksack neben die

Couch. Auf ihr liegt etwas. Ich schaue daran vorbei, mag nicht hingucken. Ich kann nicht. Kann nicht fokussieren, muss die Patientin ausblenden. Lasse meinen Blick schweifen. Die Bücher im Regal sind nach Farben sortiert, wie ungewöhnlich. Am alten Esstisch gleicht kein Stuhl dem anderen, aber so konsequent hat das Stil. Der Vater schaut besorgt auf die Couch. Daneben kniend die Mutter, die mit den Tränen kämpft. Jo, der die Atmung überprüft. Ich schaue mir alles an. Nur eines nicht. Das Ding, das da liegt. Drehe den Kopf zur Balkontür, die Sonne gleißt durchs Glas und blendet mich, blendet alles aus.

»Ich höre eine normale Atmung«, sagt Jo. »Die Stirn ist ganz heiß. Ich denke, das war ein Fieberkrampf, und jetzt ist sie in der Nachschlafphase. Kim, sollen wir den Notarzt abbestellen?«

Ich schweige. Schaue ins milchige Licht.

»Kim, wie kritisch schätzt du die Situation ein? Kim?«

Ich senke den Blick, bin blind für einen Moment. Ganz langsam treten Formen und Details hervor. Die dunkle Couch, das rote Kissen, die braune Decke. Darunter ein kleiner Körper, ein Baby, drei Monate alt. Das Mädchen liegt ganz still. Die kleinen Augen geschlossen.

Ich schlucke und erstarre. Erinnerungen blitzen auf. Heftige Blitze. Ihre Einschläge treffen mich ins Mark. Bilder, die ich lange nicht gesehen habe.

Weiteratmen. Du musst weiteratmen. Alles kommt hoch. All das, was so lange fest verschlossen war. Alles bricht heraus, bricht sich Bahn. Alles.

Mein Körper fährt hoch. Der Motor heult auf, ist völlig überdreht. Hitze breitet sich aus. Mein Puls rast, das Herz knallt gegen die Rippen, wieder und wieder. Ich schnappe nach Luft, keuche, schneller, schneller. Ich muss aus der

Einsatzjacke raus. Viel zu heiß. Mein Hirn explodiert, und die Druckwelle erfasst den ganzen Körper. Die Alarmsirene im Ohr schrillt, schraubt sich hoch, überdeckt alles. Das ist nicht zu ertragen, das ist Panik. Blanke Panik. Ich muss hier raus, ganz raus. Aus dem Zimmer, aus der Wohnung. Sofort. Raus.

Ich flüchte in den RTW. Auf einmal ist alle Kraft dahin. Ziehe mich mühsam auf die Trage und rolle mich zusammen. Jetzt liege ich hier in meinem eigenen Rettungswagen. Jetzt bin ich der Patient.

Jo taucht auf. »Kim, was ist los? Was hast du?«

Ich zittere. Am ganzen Körper.

»Jo, ich …« Ich schließe die Augen. »Ich kann jetzt nicht mehr weiterarbeiten. B-bitte, melde uns für heute bei der Leitstelle ab. Und auch für die nächsten Tage geh ich krank außer Dienst.«

»Aber warum? Was ist passiert? Kim?«

VOR ZEHN MONATEN

Die Kopfhörer schon in den Ohren, wische ich hektisch über das Smartphone. Da ist es, *Nevermind*. Welt aus, Nirvana an. Skippe direkt zu *Territorial Pissings*, schließe die Augen und blase mich weg, aus diesem Bus, aus diesem Leben. *Gotta find a way, to find a way, when I'm there*.

Vor der Wohnungstür rutscht mir der Schlüssel aus der Hand. Ich bücke mich, und er fällt erneut. Als ich es endlich hineingeschafft habe, verklingen die letzten Riffs von *Heart-Shaped Box*. Rucksack und Jacke gleiten mir von den Schultern. Ich betrachte meine Hände. Sie zittern.

Mit letzter Kraft wanke ich zur Couch. Ziehe die Knie zur Brust und lege die Stirn darauf ab. Für einen Moment sind es nur ich und mein Atem – doch dann brechen sich die Bilder Bahn, erst wild durcheinander, dann sortieren sie sich. Der Filmprojektor im Hirn ist angelaufen. Kann ihn nicht stoppen, kann nicht mehr weg, sitze gefesselt im Kinosessel des Grauens.

»Boah, ich muss unbedingt was essen. Sollen wir zu ›Dieters Grillstation‹ fahren? Lecker halbes Hähnchen und Pommes?«, fragte Dennis und schaute mich erwartungsfroh an. Mir drehte sich der Magen um. Genau das wollte ich auf keinen Fall essen. Danach wäre ich zwei Stunden einsatzunfähig. Dummerweise konnte sich Dennis vermutlich keine Alternative mehr vorstellen. Er sah das Hähnchen bereits vor sich, und der Speichelfluss hatte schon eingesetzt. Mir blieben zwei Optionen. Entweder zwanzig Minuten über die Mittagsmahlzeit diskutieren und dann ein halbes Hähnchen mit Pommes essen gehen müssen. Oder gleich nachgeben.

»Können wir machen«, antwortete ich. »Aber gut gehen wird es uns danach nicht.«

»Wir brauchen Nahrung. Und bei Dieter bekommen wir alles für drei Euro neunzig, inklusive Cola!«

»Das wird einen Grund haben, warum der Dieter das so billig anbieten kann.« Ich sah Hühner, in kleine Käfige gequetscht. Die Federn größtenteils ausgefallen. Offene, entzündete Wunden. Die Vögel pickten kleine Pillen auf, ihre tägliche Dosis Antibiotika.

»Ach, Kim, das ist doch alles übertriebener Unfug von diesen hysterischen Ökofuzzis. Ich glaube nicht, dass Dieter schlechte Ware anbietet. Schließlich trägt der Grill seinen guten Namen.«

Es hatte keinen Sinn, mit Dennis übers Essen zu diskutieren. Ich ließ ihm die Freude über den Sieg bei unserem kleinen Schlagabtausch. Schließlich brauchte er was zu futtern, dann würde er nicht mehr so schlecht gelaunt sein und auch nicht so viel reden. Ich mochte es, wenn's still war.

Wir hielten direkt vor dem Imbiss, der am Rande einer dreispurigen Straße sein Dasein fristete. Imbiss mit Aussicht. Der Rettungswagen stand mitten auf dem Bürgersteig geparkt. Das entsprach nicht wirklich der Straßenverkehrsordnung, aber es handelte sich schließlich um eine Art Notfall. Einen Essensnotfall.

Ich nahm das Funkgerät aus der Halterung, und wir beide gesellten uns zu der kleinen Schlange vor dem Tresen. Ein paar Schneeflocken wirbelten durch die Luft. Abgase mischten sich mit Fettgeruch. Wenigstens war es schön warm hier. Drei Personen warteten vor uns. Autos rauschten vorbei. Ein Paketbote bremste abrupt, der Fahrer hinter ihm hupte, der Bote hupte zurück. Jetzt waren nur noch zwei vor uns. Da knackte das Funkgerät.

»Der 75-Berta für Florian Hamburg.«

»Scheiße. Das sind wir. War ja klar«, fluchte Dennis.

»Der 75-Berta hört«, sprach ich ins Funkgerät.

»Wir haben einen Notfall für Sie«, schnarrte es aus der Funke. Die Kollegin in der Leitstelle gab die Adresse durch. »Im Erdgeschoss, auf den Namen Wenzel. Der Nachbar hat angerufen. Sie sollen zum Hintereingang kommen. Es ist unklar, um was es sich genau handelt. Bitte schauen Sie vor Ort nach und geben Sie dann Rückmeldung.«

»Das ist so verstanden«, antwortete ich knapp. Funken ist nicht Telefonieren. Man hält sich kurz, man bleibt nüchtern, emotionslos. Auf einmal war ich genauso schlecht gelaunt wie Dennis. Egal, Arschbacken zusammenkneifen. Das ist mein Job. Im Grunde kommt jeder Alarm im falschen Augenblick. Wir gaben unseren Platz in der Schlange auf und stiegen zügig zurück in den RTW.

»Hoffentlich wird das 'ne kurze Nummer. Dann können wir gleich wieder herfahren. Zum Glück fliegen uns die Hähnchen ja nicht weg«, grinste Dennis.

»Klingt eh nach Fehlalarm. Wieder so ein besorgter Bürger«, grummelte ich.

»Ich hätte jetzt lieber ’nen richtigen Burger.«

Dennis fuhr schnell, er machte das gut, bremste und beschleunigte im richtigen Augenblick. Er war ja auch schon lange dabei, mit dem Fahrzeug verwachsen. Eine menschliche Rettungsdienstmaschine. Allerdings nur solange er fuhr und nicht laufen musste. Dann fing die Maschine zu stottern und zu stöhnen an.

Ich entspannte mich neben ihm, war ruhig und gelassen. Das hier war genau mein Ding. Als frischgebackener Notfallsanitäter auf dem Weg zum Einsatz. Drei harte Jahre lagen hinter mir. Aber jetzt hatte ich endlich den Titel erreicht. Mit äußerst guter Abschlussnote. Jetzt respektierte mich auch der Letzte im Betrieb.

Das Wohngebiet hatte schon bessere Zeiten erlebt. Viele der Häuser hatten mindestens einen neuen Anstrich nötig. Manche auch ein neues Dach.

»Hausnummer 15, 17a, b, c, 17d. Wir sind da«, stellte Dennis fest. Reihenendhaus, verwahrloster Vorgarten, verstreuter Müll.

»Wir sollen zum Hintereingang«, sagte ich.

»Mit dem RTW komm ich da nicht durch.«

»Nee, wir lassen den Wagen hier stehen. Und gehen einmal rum.« Ich war motiviert. Wollte es gut machen.

Wir holten die Ausrüstung aus dem Wagen und marschierten an der Längsseite des Hauses entlang und dann neben einem Zaun nach hinten. Da war ein Törchen. Ich ging voraus. Das Gras war matschig, in der Mitte der Wiese wartete ein älterer Herr mit freundlichem Gesicht und grau melierten Haaren.

»Hallo, ich bin der Nachbar!«, rief er. »Ich habe Sie alarmiert. Ich habe leider keinen Schlüssel. Aber kommen Sie schnell. Die Terrassentür ist offen.«

»Was ist denn los?«, fragte ich.

»Das ... werden Sie gleich sehen. Kommen Sie!«

Ich stapfte durch den Garten. Hinter mir hörte ich Dennis schnaufen. Peinlich, wie unfit der mittlerweile war, vor allem vor Patienten. Wer möchte schon von einem gerettet werden, der erst mal um Luft ringen muss, wenn er vor ihm steht?

Ich schlüpfte nach dem Nachbarn durch die Terrassentür. Was für ein fürchterlicher Gestank! Es ist ja selten angenehm mit den Gerüchen im Rettungsdienst, aber das hier war speziell. Eine Mischung aus Moder, Rauch und Kot. Versuchte, nur noch durch den Mund zu atmen. Die Vorhänge waren halb zugezogen, doch selbst im spärlichen Licht war erkennbar: Diese Wohnung hatte schon lange keinen Putzlappen mehr gesehen. Das Laminat klebte, die Wände waren fleckig. Überall lag irgendetwas rum, Klamotten, Tüten, Papierfetzen, Geschirr mit eingetrockneten Essensresten. Aufgeschreckte Fruchtfliegen umschwirrten meinen Kopf. Ich versuchte, sie mit einem Armwedeln zu verscheuchen.

Eine Frau saß hinten in der Ecke, auf einer Couch, umgeben von Rauchschwaden. Ihre Zigarette glühte auf. Ich näherte mich, blieb wieder stehen. Sie beachtete mich nicht, hielt eine Wodkaflasche in der Hand. Die Flasche war leer, bis auf einen Schluck. Die braunen Haare der Frau waren zerzaust. Sie saß da im Hemdchen, auf dem Oberarm ein Tattoo. Ein Herz und ein Anker und ein Name drunter. Wie alt mochte sie sein? Vielleicht mein Alter, aber sie sah so verlebt aus, dass sie auch locker hätte Ende vierzig sein können. Ihr Make-up war verschmiert. Hatte sie geweint? Sie schaute mich nicht an. Dann fing sie an zu lallen. Nicht zu verstehen. »Ich hasse dich« oder

»Ich hasse mich«? Oder vielleicht »Lass mich«? »Ich hab dich«? Die war völlig weggetreten. Hatte sie nur Wodka intus oder auch andere Drogen? Es hätte mich nicht überrascht, wenn sie Einstiche an den Armen gehabt hätte.

»Nach oben, gehen Sie nach oben«, forderte der Nachbar.

Ich schaute zu Dennis, der völlig versteinert hinter mir stand.

»Dennis, lass uns mal nachsehen«, sagte ich. Fühlte mich wie an einem Tatort. Hier musste irgendetwas passiert sein. Die Szenerie war so düster und bedrückend, so was kannte ich nur aus Filmen. Deshalb wirkte es so irreal. Jedes Detail löste ein mulmiges Gefühl aus. Das war zu übertrieben. Zu finster, zu dreckig, zu ekelhaft. Aber es war echt. Selbst Dennis war geschockt, und der durfte in seinen über zwanzig Dienstjahren schon so einige Türen geöffnet haben, die er am liebsten gleich wieder geschlossen hätte.

Auf dem Weg zur Treppe lagen braune Häufchen. Kot. Teils in breite Streifen verschmiert. Nach Hund oder Katze sah das nicht aus.

»Dennis, pass auf, wo du hintrittst«, warnte ich. So eine Drecksbude. Widerwärtig. Wie kam denn Scheiße auf den Boden? Nur nicht durch die Nase atmen.

Die erste Stufe der Holztreppe knarzte. Ich blickte zurück. Dennis schaute mich ernst an. Hinter ihm der Nachbar.

»Sie müssen nach oben«, sagte er.

»Warum?«, fragte Dennis. »Was ist denn da?«.

»Das kann … kann … sehen … Sie müssen helfen, bevor es zu spät ist!«

Scheiße. Hätten wir erst einmal die Feuerwehr oder

die Polizei rufen sollen? Eigenschutz geht in Gefahrensituationen vor. Ich stieg die Treppe hoch. Stufe für Stufe, alle Sinne geschärft. Sie müssen helfen, hatte der Nachbar gesagt. Dafür waren wir da. Um zu helfen. Das war unser verdammter Job. Und das hier der Moment.

Eine Tür stand offen, gab den Blick auf das Fußende eines Betts frei. Offensichtlich ein Schlafzimmer. Ich ging darauf zu. Ein kleines, verdunkeltes Zimmer, darin ein großes Bett. Auf der Decke lag etwas. Mir drehte sich der Magen um.

Ein kleines Kind. Ein Baby, ein Säugling, nicht älter als drei Monate. Das Kind lag auf dem Rücken, hatte einen Strampler an und Blut im Gesicht. Getrocknetes Blut. Die Haut um die Nase war aufgeplatzt, ein blauer Fleck auf der kleinen Stirn. Seine Augen waren geschlossen. Es war still, rührte sich nicht.

So eine verfickte Scheiße. Mit einem Satz war ich bei dem Säugling. Berührte ihn. Keine Reaktion, kein Schrei. Das war nicht gut. Ganz und gar nicht gut. Ich checkte die Atmung. Nichts zu hören. Suchte den Puls am Hals. Nichts zu spüren.

»Dennis, hol die Beatmung raus! Wir müssen reanimieren. Jetzt!«, rief ich. Schob von beiden Seiten meine Finger unter den Rücken des leblosen Kindes. Umfasste den Brustkorb. Drückte mit beiden Daumen fest und rhythmisch auf das Brustbein. Eins, zwei, drei …. Eigentlich hätte ich als Erstes beatmen müssen, Mund zu Mund. Aber das Gesicht … Neben mir Dennis. Eine Kindermaske und einen Minibeatmungsbeutel in der Hand. Dreizehn, vierzehn, fünfzehn. Stoppte. Dennis beatmete, eins, zwei. Stoppte. Ließ den Beutel zu Boden fallen.

»Kim.«

»Was ist? Nimm den Beutel!« Ich drückte.

»Kim!«

»Ja!«

Dennis berührte meine Schulter. »Lass gut sein, das bringt nichts.« Er sprach ganz ruhig mit mir. Eindringlich. Ich hörte ihn, aber ich verstand nicht, was er sagte.

»Das klären wir gleich. Weiter, Dennis! Wir holen es zurück. Nicht aufhören! Beatmen«, befahl ich. Und drückte einfach weiter. Eins, zwei, drei.

»Kim. Lass es!« Dennis griff meinen Arm. Ich stieß ihn weg. Drückte. Sechs, sieben, acht. Was wollte er von mir? Was redete er? Zehn, elf, zwölf. Drückte auf das kalte Kind in meiner Hand. Vierzehn, fünfzehn. Stopp.

»Beatmen!«, brüllte ich.

»Kim! Wach auf! Die Leichenstarre hat doch schon eingesetzt!«, brüllte Dennis zurück.

Das kalte, steife Kind. Hielt es fest umschlossen. Das kalte, steife, tote Kind. Konnte es nicht loslassen. Das Kind. So ein kleines Kind. So klein. So zart. Die Finger. Für immer gekrümmt. Dieses winzige Leben. Erstarrt.

Mein Atem. Laut und Schnell. Speichel sammelte sich im Mund. Ich musste hier raus, ließ die Leiche aufs Bett fallen. Aus dem Zimmer. Hand vor den Mund. Nützte nichts. Mein Innerstes kehrte sich nach außen. Es spritzte zu beiden Seiten an den Fingern vorbei. Alles musste raus. All der Ekel, die Erschütterung, das Unbegreifliche. All die Grausamkeit. Raus. Raus damit.

Ich fühlte nichts. Alles war taub. Beobachtete die Polizeibeamtin, wie sie die Treppe emporstieg, an mir vorbeiging. »O mein Gott!«, rief sie.

Ich hörte mich meine Aussage machen. Stand neben

mir, im wahrsten Sinne des Wortes. Schaute mich von der Seite an. Sah mir dabei zu, wie ich erzählte. Der Polizist, der mich befragte, machte sich Notizen.

Dennis und ich saßen wieder im Rettungswagen. Stille.

Bis Dennis sagte: »Das war ja mal ein richtiger Kackeinsatz. Wir haben uns eine Pause verdient. Lass uns eine Stunde Pause machen. Eine ganze Stunde. Und dann melden wir uns wieder frei.«

Auf der Wache war ich ein Fremdkörper. Die Kollegen schwatzten. Ich hörte nicht zu. Sie ließen mich in Frieden. Sie hatten schon mitbekommen, was passiert war. Wenn ein Team lange weg ist, wird mal im Wachencomputer nachgeschaut, an was für einem Einsatz die Kollegen arbeiten.

Saskia tauchte am Esstisch auf: »Kim, ist alles okay? Kann ich was für dich tun?«

»Is schon okay. Ich brauche jetzt einfach noch ein paar Minuten Ruhe. Dann geht's weiter. Ich will das einfach nur abhaken.«

Ich öffnete die Wohnungstür. Nichts war besser. Diese Hilflosigkeit, diese verdammte Hilflosigkeit. Warum hatte ich den Säugling nicht retten können? Warum war ich zu spät gekommen? Warum hatte ich versagt?

»Kim, was ist los mit dir? Du sagst ja gar nichts.« Marie umarmte mich von hinten. Das tat gut.

»Ach, ich hatte einfach einen beschissenen Tag. Tut mir leid, wenn ich heute Abend nicht wirklich da bin.«

»Willst du drüber reden? Das hilft bestimmt.«

»Gerade nicht. Vielleicht später«, sagte ich.

Ich war zu müde, um schlafen zu gehen. Konnte mich nicht bewegen. Wollte einfach nur dort sitzen bleiben. Regungslos am Küchentisch. Hatte mich den Rest des Tages völlig taub gefühlt. Taub und matt. Niedergeschlagen. Ich war traurig. Ich war die verdammte Traurigkeit.

ALLEIN

Die Erinnerung war gar nicht weg. Der Papierkorb wurde nie vollständig geleert. Dabei hatte ich es mir doch so sehr gewünscht. Einfach weg damit. Für immer. Ich habe es Marie nie erzählt. Ich habe es niemandem erzählt. Irgendwann nicht mal mehr mir selbst. Mit Erfolg. Das Drecksmonster hat sich zurückgezogen. Ich konnte es nicht mehr hervorlocken, selbst wenn ich gewollt hätte. Trügerische Ruhe. Zehn Monate Winterschlaf. Jetzt ist es erwacht und schlägt um sich. Schlägt seine Klauen in meinen Kopf. Es will meinen Kopf.

Die Blitze verstärken sich. Ich sehe mehr Details. Es fügt sich in meinem Großhirn zusammen wie ein Puzzlespiel. Dieters Grillstation. Der geschockte Nachbar. Die verwahrloste Frau. Meine Verwirrung. Und dann das Gesicht des Säuglings. Das verkrustete Blut. Mein Entsetzen. Ich umfasse den steifen Körper. Höre den Beatmungsbeutel auf den Boden klatschen. Klatschen. Klirren. Gläser, die am Boden zerklirren. Ein totes Kind, fallen gelassen. Ekel. Panik.

Ich krümme mich vor Schmerz, vor Trauer, vor Entsetzen und Wut. Weine um das Kind, weine um mich. Ich konnte nichts tun, konnte nicht helfen. Schreie stumm in diese schreckliche Welt. Sie bricht zusammen, bricht in mir zusammen, bricht über mir zusammen. Geröll und Schutt gehen auf mir nieder, ich werde weggerissen, fortgespült, fast ertränkt in einem Sturzbach aus Tränen.

Wie lange sitze ich schon auf der Couch? Minuten? Stunden? Die ganze Nacht? In mir rast es. Gedanken und Gefühle wirbeln durcheinander, kollidieren, explodieren. Kreisen um die eine Erkenntnis: Ich bin an den Kern gelangt. Den Auslöser für alles, für den wiederkehrenden Traum, meinen körperlichen Verfall, meine Traurigkeit, meine Ängste. Mein Versagen. Ich habe die Quelle gefunden. Kenne den Ursprung. Ich habe meinem Verfolger in die Augen geblickt und ihn durchschaut.

Und plötzlich halte ich es nicht mehr aus. Es reicht jetzt, es ist zu viel. Ich schaffe es nicht. Alleine schaffe ich es nicht mehr.

ZU ZWEIT

Im Morgengrauen zu Fuß zum Bahnhof. Sofort. Ohne Tasche.

Ich dachte, wir würden uns erst mit siebzig wiederbegegnen. Beim Taubenfüttern im Park. Drauf geschissen. Ich will, ich muss Luzi sehen. *Wo finde ich Dich?*, hab ich ihr getextet. Kommentarlos kam eine Adresse zurück: Bremen, am Rande der Stadt.

Nehme vom Bahnhof aus den Bus: Innenstadt, Stadtautobahn, Industriegebiet, Vorort, Land, Bauernhöfe. Luzi. Das Sonnenkind. Sie taucht die Dinge in neues Licht. Kaputtes glänzt golden. Krankes wirkt rosig. Verlorenes wird aufgehoben. Wenn ich irgendwo Heilung finden kann, dann bei ihr.

Der Bus rumpelt über eine Straße voller Schlaglöcher. Und hält schließlich direkt bei der angegebenen Adresse.

Bin da, schreibe ich Luzi und warte. Betrachte die Häuser, rot gestrichene Holzfassaden, weiße Fensterrahmen wie in Schweden. Bullerbü. Ein bisschen albern.

Ein Hahn kräht, die Luft ist frisch mit einem Hauch von süßlichem Herbstmoder und Schweinestall. Die Bäume und Sträucher haben Blätter gelassen. Bald ist alles kahl. Ich fröstele.

»Kim! Ich dachte, ich seh dich nie mehr wieder!«

Ich drehe mich um, und da sind sie. Die großen, freundlichen Augen, die langen braunen Locken, die bei jedem Schritt wippen. Sie ist da, als wäre sie nie weggewesen. Frei von Zweifeln, Neugierde im Blick. Sie wirkt wie mein komplettes Gegenteil. Luzi die Antithese. Und ich der Antichrist. Hoffentlich sehe ich nicht mehr so verheult aus.

»Sag mal, hast du gekifft?«

Es fällt mir schwer, mich zusammenzureißen. Ich versuche, die Fassade aufrechtzuerhalten. Rücken durchdrücken, einfach drauflossprechen. Ich räuspere mich: »Hätte nicht gedacht, dass du mit deiner WG so am Arsch wohnst.«

»Das hier ist nicht die WG. Da bin ich raus und dann hierhergezogen. Ich lebe gerade bei einer Freundin, die hatte ein Zimmer frei und hat mich eingeladen. Du wirst sehen, es ist superschön hier.« Luzi macht auf ihren nackten Sohlen kehrt.

Auf einem Schotterweg spazieren wir um die Bullerbü-Häuser herum. Dahinter erstreckt sich ein weites Gelände mit weiteren Häusern, wilden Gärten, Feuerstellen, einer riesigen Schaukel und einem großen Trampolin. Eine Horde Kinder rennt vorbei, ohne uns eines Blickes zu würdigen.

»Was ist das hier?«, frage ich.

»Ich würde mal sagen, so 'ne Art Ökokommune. Die Philosophie ist, möglichst naturnah zu leben, die Natur nicht zu belasten, sich selbst zu versorgen. Da hinten sind Gemüsegärten. Der Rest kommt vom Bauernhof nebenan.«

»Na, das passt doch zu dir.«

»Cool, ne? Es geht aber auch um die Gemeinschaft.

Sich gegenseitig zu helfen, füreinander da zu sein, gemeinsam zu feiern und so was. Und jeder muss zehn Stunden im Monat Gemeinschaftsarbeit leisten. Das ist sehr streng geregelt.«

»Und was muss man da machen?«

»Was er oder sie so kann. Das meiste ist aber Gartenarbeit.«

»Unbezahlt?«

»Ja klar!«

»Zehn Stunden unbezahlt, das klingt ja fast nach dem Überstundenmodell im Rettungsdienst.« Ich versuche mich an einem Lächeln. Es fällt schwer.

»Musst du eigentlich gar nicht arbeiten?«

»Nee, ich ... ich hab frei. Und du, wie war's denn noch auf Texel?«

»Ich hab noch ein paar Tage mit diesen Typen verbracht, Chris und Andi, diese Poser. War aber nicht mehr so schön, nachdem ihr weg wart. Den einen Abend hat sich Andi an mich rangemacht und irgendwann gegrabbelt. Da hab ich ihm einen gegeben.«

Ich bleibe stehen. »Wie, du hast ihm einen gegeben?«

»Na, ich hab ihm einen Tritt in die Eier gegeben. Kam nicht so gut an.«

»Überraschenderweise«, werfe ich ein und muss grinsen.

Luzi geht weiter, direkt auf das letzte Holzhaus zu. »Jedenfalls bin ich dann einfach zurück nach Bremen getrampt. Ende der Geschichte. Und da wären wir schon«, lächelt sie mich an und holt einen Schlüssel aus der Jackentasche. Die Haustür ist übersät mit Aufklebern. *The climate is changing, why aren't we? Kein Mensch ist illegal. FCK AFD.*

Ich stehe hinter ihr und schließe die Augen. Atme tief durch. »Okay, Luzi. Ich will dir nichts vormachen.« Meine Stimme ist leise. Luzi hält inne. »Ich kann nicht weiter den freundlichen Besucher spielen.« Öffne die Augen. »Ich … ich kann überhaupt nichts mehr.«

»Was soll das heißen? Was ist denn los?« Sie lässt den Schlüssel im Schloss los, dreht sich um und blickt mich an.

»Ich habe da etwas herausgefunden. Über mich. Etwas, das mich schon länger verfolgt. Etwas, das mich auffrisst. Ich … bin völlig fertig. Zu Hause konnte ich nicht mehr bleiben. Ich … ich wollte … zu dir.«

Luzi hebt ihre Arme und drückt mich an sich. Ist das fair? Darf ich sie da mit reinziehen? Darf ich meinen Dreck auf ihr abladen? Warum zu ihr, warum nicht zu Benny? Vielleicht weil Benny mit seiner Mutter schon genug Leid schultert.

»Komm doch erst mal rein. Meine Freundin ist bis heute Abend nicht da. Wir haben die Bude für uns.« Luzi zieht mich hinter sich her.

Es riecht nach Bioladen. Die Wände sind lehmverputzt. Wir schlängeln uns durch den Flur, vorbei an einem klobigen Bauernschrank. Die Holztür zum Wohnzimmer knarzt. Luzi nickt zu der schwarzen Ikea-Eckcouch, und ich setze mich.

»Was trinken?«, fragt sie.

»Ein Wasser vielleicht?«

Bodentiefe dreckige Fenster. Bücherregale. Etliche Zimmerpflanzen. Kein Flatscreen.

Luzi bringt ein Tablett herein. Darauf eine dampfende Tasse Tee und ein Glas stilles Wasser. Sie reicht es mir und zwinkert: »Gefiltert.«

Auf einem Holztischchen neben dem Sofa steht eine Duftlampe. Luzi träufelt ein paar Tropfen Öl in das mit Wasser gefüllte Glasschälchen und zündet das Teelicht an. Nach wenigen Sekunden riecht es nach Zitrone und Omas Kräutersäckchen.

Sie setzt sich mir schräg gegenüber, zieht die Beine in den Schneidersitz, pustet in ihre Tasse und schaut mir in die Augen. Sie ist bereit.

Ich bin es nicht. Finde keinen Anfang.

»Sag einfach irgendwas«, ermutigt sie mich. »Du hast doch Worte im Kopf. Lass sie raus.«

Lass es raus, Kim. Lass das Monster aus seinem Bau. Scheuche es raus, scheuche es fort.

Luzi schweigt.

»Es war ein Einsatz. Knapp ein Jahr her. Das Haus war so versifft.« Ich wage mich in mich hinein. Jemand hat das Licht angemacht. Wenn ich wollte, könnte ich alles sehen. Aber noch presse ich die Hände vors Gesicht und wage es höchstens, durch einen Spalt zwischen den Fingern zu linsen.

»Ein Nachbar hatte uns alarmiert. Wir wussten nicht, was Sache war, was auf uns zukommt. Es war so eklig, das ganze Haus. Wie in einem Albtraum, wie die Kulissen eines Horrorfilms. So übertrieben, so unwirklich. Es hat gestunken. Überall auf dem Boden war Kacke. Ich wollte am liebsten rückwärts wieder raus.«

Aber ich gehe weiter.

»Mittendrin diese Frau. Besoffen. Vielleicht auf Drogen. Völlig verwahrlost. Vielleicht die Mutter. Vielleicht hat sie einfach um ihr Kind getrauert.«

»Welches Kind?«

»Oben. Oben war ein Kind. Ein Baby. Deshalb hatte

der Nachbar uns gerufen. Er dachte, es sei noch zu retten. Auch ich dachte, das Kind sei noch zu retten. Habe gedrückt und gedrückt. Dabei war es längst tot.«

Luzi beugt sich vor. »Das war doch gut. Du wolltest es retten.«

»Luzi!«, heule ich auf. »Das Kind war verletzt! Verstehst du? Es sah aus, als habe es jemand verletzt! Ich weiß nicht, wie – vielleicht geschlagen, gestoßen, fallen gelassen, zum Schweigen gebracht.« Tränen kommen. »Die Nase war aufgeschlagen. Es hatte blaue Flecken.« Das Atmen fällt mir schwer. »So ein kleines Kind! So ein winziges kleines Ding. Ich war so hilflos! Ich konnte nicht mehr helfen. Obwohl das doch mein Job ist. Ich konnte es nicht retten. Ich war zu spät!« Mir versagt die Stimme, erstickt von Schluchzern.

Luzi löst ihre Beine, rückt zu mir, hält mich. Streicht meinen gebeugten Rücken.

Nach einer Weile sagt sie vorsichtig: »Aber es ist doch schon so lange her.«

Ich schlucke. »Ja, aber … es kam erst jetzt wieder hoch. Vorher hatte ich es irgendwie verdrängt. Es tauchte nur in meinen Träumen auf. Wieder und wieder. Die haben mich fertiggemacht, vor allem weil ich nicht wusste, was sie zu bedeuten haben. Aber seit einem Einsatz gestern kann ich mich wieder erinnern. War eigentlich harmlos. Ein Säugling mit Fieberkrampf, schon abgeklungen. Aber als ich das Kind da liegen sah – das war wie … als hätte jemand eine Tür aufgestoßen. Eine seit Langem verschlossene Tür. Weißt du, ich habe damals niemandem davon erzählt. Du bist die Erste. Ich wollte mich nicht damit auseinandersetzen. Wollte es vergessen. Habe es einfach verdrängt. Als wäre es nie geschehen. Und das war das Schlimmste, was ich hätte machen können.« Ich beginne, in meiner Hosentasche zu kramen. Luzi löst ihren Griff. Ich hole ein Taschentuch hervor und schnäuze mich. »Damit habe ich alles kaputt gemacht.« Eigentlich begreife ich das jetzt erst so richtig. »Ich habe damit mein Leben zerstört. O Gott. Was habe ich getan? Ich schäme mich so!« Ich breche ein. Das Eis knackt, birst, und ich werde in die Tiefe gesogen.

»Kim, hey, Kim.« Mein Entsetzen spiegelt sich in Luzis Blick.

»Ich bin ein elender Versager!«, schleudere ich ihr entgegen. »Ich bin gescheitert! All die Jahre, die ich in die Ausbildung investiert habe. Umsonst. Für nichts. Ich habe einen radikalen Schnitt gemacht, habe alles aufgegeben und bin gescheitert. Was hat es mir denn gebracht? Nichts. Nur Selbstzerstörung. Und alle, die ich an mich rangelassen habe, habe ich mit zerstört. Und dabei nicht mal begriffen, warum. Meine Beziehung ist im Arsch. Und mein Job als Notfallsanitäter …«

»Aber wieso? Was ist denn damit?«

»Ich kann es nicht mehr!«, schluchze ich. »Ich bin unkonzentriert, mache Fehler, schlimme Fehler, gefährde Patienten. Ich habe Angst, regelrechte Panik vor der Arbeit! Ich … ich kann mir nicht vorstellen, je wieder in einen RTW zu steigen!« Habe ich das wirklich gesagt?

Luzi hat die Knie zur Brust gezogen. »Darf ich etwas sagen, Kim?«

Ich nicke.

»Das, was du da gerade tust, ist unglaublich mutig. Auch wenn du das vielleicht anders siehst. Ich bewundere dich dafür.«

»Wie meinst du das?«

»Ich bin keine Psychologin, aber das, was du mir erzählt

hast und was dir da widerfahren ist, klingt nach einem Trauma. Und einer Belastungsstörung. Wie bei Soldaten, die im Krieg waren. Das ist nichts, wofür man sich schämen müsste. Du bist vielleicht völlig falsch damit umgegangen, aber dass du es endlich erzählen kannst, ist doch ein erster Schritt. Ich fürchte nur, dass das nicht ausreicht und du dir professionelle Hilfe suchen musst.«

»Weil ich ein Psycho bin? Weil ich Stimmen höre und unsichtbare Freunde habe?!«

»Tust du das? Ja, das klingt psycho. Du bist ein Psycho. Aber das ist doch kein Wunder nach dem, was dir passiert ist. Das wär ich auch an deiner Stelle. Es ist nicht deine Schuld.«

Wir verstummen und sitzen einfach nur da. In meinem Kopf pocht ein dumpfer Schmerz. Wie ein Blinklicht, eine Leuchtreklame, mit nur einem einzigen Wort: ESCAPE. Blink. Blink. Blink. Ich kann nie wieder in einen RTW steigen. ESCAPE.

»Luzi?«

»Ja?«

»Ich will kein Notfallsanitäter mehr sein. Ich geb auf. Ich will raus. Ich hör auf.« H.P. Kinski hat gewonnen.

»Das kann ich verstehen. Dann hör auf. Ist doch okay.«

»Okay? All die Jahre, die ich verschenkt habe. All das, was ich dafür geopfert habe. Ich habe keinen Plan B.«

»Ja und? Definiert sich denn jeder über seinen Job? Das ist ja furchtbar.« Luzi klingt zum ersten Mal ärgerlich. »Es geht hier nicht um Selbstoptimierung oder Lebensläufe. Es geht um Charakterzüge. Du hast die Zeit nicht verschenkt, und du bist nicht gescheitert. Du wolltest helfen. Das hast du getan. Du warst über Jahre hinweg da für Menschen in Not. Wie cool ist das denn? Jetzt muss man dir helfen. Dringend. Und du machst den Anschein, als dürfte dir jetzt auch endlich jemand helfen. Du hast dich geöffnet. Du hast dich mir anvertraut. Das finde ich krass mutig. Ja. So sehe ich das. Punkt.«

Es klopft an der Haustür. »Ich mach nicht auf«, sagt Luzi. Es klopft noch einmal.

»Ist schon okay, geh ruhig«, murmele ich.

Luzi drückt sich widerwillig hoch und stampft zur Tür.

Eine Frau spricht.

»Tut mir leid. Es passt grad nicht so gut«, höre ich Luzi antworten. »Ja, tschüss. Viel Spaß!«

Sie kommt zurück, nimmt ihren Platz auf dem Sofa ein und leert den Tee.

»Was war denn?«, frage ich.

»Ach, ich wollte eigentlich bei so 'ner Yogastunde mitmachen.«

»Okay.«

»Ist nicht schlimm. Ist nur so ein Nachbarschaftsding. Kann ich auch nächstes Mal machen.«

Ich nicke, und wir verfallen in Schweigen. Das Teelicht der Duftlampe erlischt. Ich spüre, wie sich Ruhe in mir ausbreitet.

Es klopft wieder.

»O Mann!«, schnaubt Luzi. Ich strecke meine steifen Beine und stehe auf. Müsste eh mal meine Blase leeren.

Ich folge Luzi in den Flur, wo ich ein Gästeklo vermute. In der Haustür steht ein kleiner Mann mit einer zusammengerollten Matte unterm Arm. Er trägt T-Shirt und kurze Hosen. Ich schaudere beim bloßen Anblick.

Als er mich kommen sieht, unterbricht er seinen Satz, hebt die Hand zum Gruß und ruft: »Hallo, fremder Mann!«

Ich bleibe stehen. »Hallo.«

Der Mann wendet sich wieder Luzi zu: »Also, es geht gleich los. Komm schon, ich würde mich freuen.« Dann blickt er zurück zu mir: »Du darfst auch mitmachen, wenn du möchtest.« Seine Stimme ist tief und sanft.

»Was denn? Yoga?«, frage ich verdattert.

»Ja! Ich gebe eine Stunde im Gemeinschaftsraum. Ich lade euch beide ein. Es kostet nichts.«

Yoga? Ich? Jetzt?

»Das ist nett, Victor«, wendet Luzi ein, »aber ich glaube, das ist wirklich nicht der richtige Moment.« Sie guckt mich an. Ich zucke mit den Schultern. Warum eigentlich nicht?

»Na gut. Okay. Wir besprechen das mal«, nickt sie Victor zu.

»In fünf Minuten geht's los! Ihr braucht nur eine Matte«, ruft er und zieht weiter.

Als die Tür geschlossen ist, erklärt sie: »Victor ist ein bisschen extrem. So ein Esoteriktyp. Er hat 'ne Homepage, auf der nennt er sich Geistheiler. Aber das ist jetzt wirklich nicht das Thema. Sollen wir nicht da weitermachen, wo wir aufgehört haben?«

»Hm … vielleicht tut mir eine kurze Pause ja ganz gut. Ich muss irgendwie mal raus. Ein bisschen Ablenkung. Ist doch nur Yoga. Würd ich ausprobieren, solange du mitmachst«, sage ich.

»Das hätte ich nicht erwartet. Du willst echt nicht weiterreden?«

»Können wir doch später machen. Und jetzt schieben wir erst mal ein bisschen Sport dazwischen. Ich hab das Gefühl, das täte mir gut, ehrlich.«

»Äh, okay. Dann warte mal kurz. Wir können das nicht

in Straßenklamotten machen. Ich besorg uns noch schnell was Gemütlicheres.« Luzi läuft die Holztreppe hoch.

Warum habe ich zugesagt? Wollte ich einfach nur nett sein? Nein. Der Jung muss an die frische Luft, hab ich die Tante im Ohr und öffne die Tür zum Gästebad.

Zwei Minuten später kommt Luzi mit Mattenrollen unterm Arm und Jogginghosen in der Hand die Treppe herunter.

»Willkommen zu meiner Yogastunde. Schön, dass ihr alle da seid«, sagt Victor in die Runde.

Eines der Bullerbü-Häuser hat im Erdgeschoss einen großen Gemeinschaftsraum. Er ist fast leer, bis auf ein paar Sofas und Sitzkissen und eine Küchenzeile in der Ecke. Luzi und ich bilden mit Victor und acht weiteren Menschen in der Mitte des Raums einen Kreis. Sie sind alle älter als ich. Wir haben Schuhe und Socken ausgezogen, Luzi hat sich die Füße abgerubbelt. Die Jogginghose ist mir zu eng und zu kurz.

Victor fährt fort: »Weil einige von euch danach gefragt haben, möchte ich heute noch einmal eine Stunde Kontaktyoga anbieten. Kontaktyoga, wie ich es nenne, das achtsame Zusammensein mit anderen, die behutsame, platonische Berührung, das Halten und Gehaltenwerden – all das hat eine äußerst positive Wirkung auf unser Wohlbefinden, auf unsere körperliche und seelische Gesundheit. Wir erleben ein tiefes Gefühl von Zugehörigkeit und Aufgehobensein. Wir können nicht nur entspannen – wir können uns fallen lassen.«

Ach du Scheiße. Ich schaue hilfesuchend zu Luzi, die ratlos zurückgrinst.

»Schließt die Augen«, erfüllt Victors dunkle Stimme den Raum. Und ich tue, was er sagt.

»Spürt den Boden unter euren Füßen.« Holz. »Richtet euch auf.« Ich strecke die Wirbelsäule und drücke die Brust raus. »Atmet tief ein. Und aus. Und ein. Und aus.« Okay. Tut doch gut. So ein bisschen runterkommen, einem anderen die Führung übergeben. Ich lege die Handflächen vor meiner Brust aneinander, so wie Victor es ansagt, und komme »im Hier und Jetzt« an.

»Lasst bitte die Augen noch geschlossen. Wir gehen nun in Kontakt. Vergesst nicht: Es gibt hier kein ›Müssen‹. Lasst euch einfach treiben. Seid spontan. Erlebt die Nähe. Ihr seid nicht allein, ihr seid geliebte Wesen.« Victor macht eine Kunstpause. »In der ersten Übung fassen wir uns im Kreis an den Händen.« Von beiden Seiten werden meine Hände gesucht und gefunden. Die Frau links greift zaghaft zu. Luzi hingegen hält meine rechte Hand, als würde sie nie mehr loslassen wollen.

»Atmet. Spürt, wie die Energie von einem zum anderen fließt«, sagt Victor. Ich atme. Luzi drückt ein paarmal schnell hintereinander meine Finger. Ich drücke zurück, dann lasse ich los und pikse ihr in die Seite. Sie unterdrückt ein Kichern, räuspert sich, greift wieder meine Hand. Wo sind wir hier nur gelandet?

»Öffnet die Augen«, weist Victor uns an. »Und jetzt: Lauft einfach frei herum, frei durch den Raum, und nehmt denjenigen fest in den Arm, der euch entgegenkommt.«

Alle beginnen, bedächtig durch den Raum zu schreiten. Ich zögere.

»Darf ich dich in den Arm nehmen?«, brummt ein Mann hinter mir. Er kommt um mich herum. Ein großer, älterer Kerl mit Glatze. Seine Statur erinnert mich an Benny. Er blickt mich fragend an.

»Ja, okay«, entscheide ich, und sofort umschlingen mich zwei breite Pranken. Der drückt wirklich fest zu. Das geht auf die Atmung. Ich halte es aus. Mein Gesicht an seiner Schulter. So stehen wir da. Und jetzt? Lässt der von alleine wieder los? Oder muss ich was sagen?

Da nähert sich eine kleine schwarzhaarige Frau von der Seite: »Darf ich auch mitmachen?«

»Ja«, willigt der Mann ein, bevor ich auch nur den Mund aufmachen kann.

Die Frau versucht mit ihren kurzen Armen, mich und den großen Kerl gleichzeitig zu packen. Er löst einen Arm von mir und legt ihn um sie. Ich bekomme wieder Luft. Der Mann senkt den Kopf und legt seine Stirn an meinen Hals. Das ist zu viel.

»Vielen Dank. Ich … ich geh jetzt mal zu den anderen«, sage ich leise, aber bestimmt. Unser Knäuel löst sich auf.

Victors Stimme ertönt erneut. »So. Und jetzt wollen wir uns alle auf den Boden legen. Breitet eure Matten aus.«

Ich hole unsere Matten vom Eingang und schlängele mich zu Luzi durch, die sich aus der Umarmung einer Frau befreit. Beide lächeln sich an, dann legen wir uns alle hin, ich direkt neben Luzi.

»Spürt die Kraft der Erde. Sie hält euch«, sagt Victor salbungsvoll.

»Ich weiß nicht, ob ich das bis zum Ende durchhalte«, flüstere ich Luzi ins Ohr.

»Ich auch nicht«, antwortet sie.

Victor setzt wieder an: »Schaut eure Nachbarin oder euren Nachbarn an. Dreht euch zu ihm und umarmt ihn. Spürt seine Energie.«

Luzi und ich gucken uns an. Ihre Augen lächeln. Sie funkeln. Sie fordern. Das ist neu. Ein warmer Schauer läuft mir den Rücken herunter. Ich rücke näher und umarme sie. Sie schmiegt sich an mich. Wie auf Texel. Und doch anders. Wir sind uns so nah. Keine Schlafsäcke zwischen uns. Meine Wange an ihrer. Sie duftet. Ich möchte in ihre schönen Augen schauen. Hebe den Kopf an. Da küsst sie mich. Erst zart, dann richtig. Tief. Wild. Augen zu. Endlich. Ich schiebe meine Hand unter ihr Shirt und halte ihren Rücken. Haut. Herzklopfen. Auch ihre Hände wandern unter mein Shirt. Sie krallt sich fest. Sie will mehr.

»Entschuldigung, erotische Gedanken sind hier erlaubt, aber keine erotischen Handlungen.« Victor klingt irritiert. Ich erstarre. All eyes on us. Luzi lässt sich nicht stören. Sie schwingt sich rittlings auf mich und strahlt mich an.

»Luzi, Luzi, bitte aufhören!«, ruft Victor gereizt.

Luzi beugt sich vor und küsst mich wieder. Ich lasse es geschehen.

Victor nicht. Er steht auf und rüttelt Luzi an der Schulter: »Aufhören. Geht. Nicht hier.«

Luzi kommt wieder hoch. »Gute Idee«, sagt sie und lässt mich nicht aus den Augen. Sie stellt sich hin und reicht mir die Hand. Ich ziehe mich an ihr hoch, lasse Socken und Schuhe, wo sie sind, und stürme mit Luzi raus, durch den Flur ins Freie. In die Abenddämmerung. Der Boden ist kalt und feucht, Steinchen stechen in meine Fußsohlen. Egal.

Luzi zieht mich mit. Wir laufen, als würde die Uhr gegen uns ticken. Als dürften wir keine Zeit verlieren. Keuchend erreichen wir das letzte Holzhaus. Luzi schließt auf, und wir eilen die Treppe hoch. Hand in Hand.

Sie öffnet die Zimmertür zur Rechten. Drückt mich hinein, wirft mich aufs Bett. Setzt sich auf mich. Und hält inne.

»Moment«, sagt sie. Sie springt wieder auf, läuft zur Tür und schließt ab.

Wir liegen im Dunkeln. Neben mir unter der Decke Luzi, nackt und weich.

Ich fliege mit meinen Gedanken. Gleite vorbei an Benny und mir, uns umarmend in der Bar. Sehe mich den Metalhead reanimieren, über ihm auf der Trage kniend. Dann hält er meine Hand und ich seinen Blick, in dem Krankenzimmer auf der Intensivstation. Beobachte Marie, ein Buch im Schoß, die Füße auf dem Balkongeländer. Schwebe durch die leere Wohnung, viel zu groß für mich allein. Und lande am Bett des Babys. Panik steigt auf. Ich versuche, das Bild wegzuschieben, aber es gelingt nicht. »Nach oben, nach oben!«, ruft der Nachbar. Ich bin schon oben, aber ich bin zu spät.

»Luzi?«, flüstere ich.

»Ja?«

»Was glaubst du, wo geht man hin, wenn man stirbt?«

Sie überlegt eine Weile. »Ich glaube, man bleibt. Wird eins mit den Dingen, die einen umgeben. Wird ein Teil der Menschen, die einen lieben.«

Irgendwann sage ich: »Kennst du Nangijala?«

»Ja«, antwortet sie und greift mich. »Das ist auch ein schöner Gedanke.«

Staub tanzt im Sonnenlicht, das schräg neben uns aufs Bett fällt, durch einen Spalt zwischen den schweren Vorhängen. Luzi schläft noch. Atmet leise.

In mir herrscht Ruhe. So etwas wie Zufriedenheit. Ein Hauch von Glück. Tauben zu füttern im Park mit siebzig Jahren braucht keiner. Das hier ist viel intensiver. Das fühlt sich nach Leben an. Berührung. Begehren. Das habe ich gebraucht. Und Luzi auch, da bin ich mir sicher.

Sie öffnet ihre Lider. Auf diesen Moment habe ich gewartet.

»Gilt dein Angebot noch?«, schießt es aus mir heraus.

»Welches Angebot?«, fragt Luzi schläfrig.

»Du und ich. Auf Texel.«

Ihre Augen weiten sich. Sie ist schlagartig wach, stützt sich auf. »Ja, das gilt noch.«

»Dann greif ich zu. Zweite Chance. Ich komme mit«, sage ich. Ich sehe ihr Lächeln. »Ich weiß zwar auch nicht, wie wir das hinkriegen sollen, aber wir machen das einfach.«

Ich küsse Luzi ein letztes Mal, zum Abschied.

»Danke«, hauche ich ihr ins Ohr. »Dass ich dir alles erzählen durfte. Und du auch noch zugehört hast.« Der Bus öffnet die Vordertür.

»Es war mir eine Ehre«, raunt sie zurück.

Ich löse mich, steige ein, kaufe eine Fahrkarte und drehe mich noch einmal um.

»Ich freu mich auf die Zugabe«, ruft sie und die Tür schließt.

Die Foo Fighters spielen nie eine Zugabe. Aber wer zum Teufel sind schon die Foo Fighters?

MARIE

Auf einmal habe ich also einen Plan, eine Lösung, einen Ausweg. ESCAPE. Habe ich die Kraft dazu? Ich muss die Kraft haben. So wie jetzt geht es nicht weiter. Es geht nicht anders. Ich will es. Gegensteuern. Aussteigen.

Ich sammele Kleidungsstücke vom Parkett auf, schlage sie aus, schnüffele daran. Kann ich davon noch irgendwas anziehen? Die meisten stopfe ich in den Wäschekorb, die Waschmaschine läuft schon.

Das Schwierigste wird sein, es allen zu sagen. Meinen Eltern, meinen Kollegen und Benny. Vor allem Benny. Aufgeben – das ist nicht sein Ding. Das war bis gestern eigentlich auch nicht mein Ding.

Stehe mit einem großen Müllsack in der Küche und werfe alles rein: verschrumpelte Äpfel, abgelaufene Brotaufstriche, alte Zeitschriften, Maries vertrocknete Blume.

Mit Marie muss ich auch sprechen. Sie hat die Wahrheit verdient. Sie soll wissen, was ich verschwiegen habe. Was zwischen uns stand. Warum ich nicht mehr für sie da sein konnte. Ich war der Grund für unser Scheitern, nur ich, und es wird Zeit, dass sie das weiß. Ich muss endlich zu der Scheiße stehen, die ich gebaut habe. Richtige Scheiße, meine Verantwortung. Ich muss das aushalten. Das kann mir niemand abnehmen.

Bevor ich alles hinschmeiße und über die Grenze fahre.

Sie hat mir nicht geantwortet. Keine Nachricht. Nicht mal eine kurze Absage. Deshalb stehe ich jetzt einfach vor ihrer Tür. Besser gesagt: vor der Tür ihrer Eltern. Wie ein Stalker.

Soll ich wirklich klingeln? Ist Marie zu Hause? Wohnt sie überhaupt noch hier oder hat sie inzwischen eine neue, eigene Wohnung gefunden? Das hier ist meine beste Chance.

Entschlossen ziehe ich die Hand aus der Jackentasche und klingele. Es dauert nicht lang, und Maries Vater öffnet.

»Äh, Kim? Was machst du denn hier?«, fragt er verwirrt.

»Hallo, Karl, ich möchte kurz mit Marie sprechen«, erkläre ich.

Karl wirkt nervös. »Weiß sie davon? Habt ihr euch verabredet?«

»Nein, das ist ein ... Überraschungsbesuch.«

»Warte ...« Karl schließt die Tür. Ich höre Stimmen. Es wird diskutiert. Ich erkenne Maries Tonfall, aber verstehen kann ich nichts. Mit einem Mal öffnet sich die Tür einen Spalt. Marie linst hindurch.

»Kim, was soll das? Ich hätte dir wohl geantwortet, wenn ich ein Treffen gewollt hätte«, sagt sie barsch.

»Ich will nur kurz mit dir reden. Wirklich. Dann bin ich auch sofort wieder weg.«

Marie seufzt. »Okay, ich komme zu dir raus. Wir können ja da vorne auf den Platz gehen.«

Die Tür geht zu und kurz darauf wieder auf. Marie schlüpft mit Schal und Jacke heraus, ihr Blick griesgrämig.

Schweigend gehen wir durch den kleinen Park vor dem Haus in Richtung Bank. Ich beobachte sie im Augenwinkel. Irgendwie hat sie sich verändert. Nicht optisch. Aber den Gesichtsausdruck kenne ich nicht. Er hat etwas Hartes. Das passt gar nicht zu ihr.

Wir setzen uns. Sie ans eine Ende der Bank, ich ans andere. Zwischen uns würden noch drei weitere Leute passen.

»Okay, Kim, was ist los? Warum kreuzt du hier auf?«, fragt sie gereizt.

»Ich ... ich weiß es jetzt.«

»Was weißt du jetzt?«

»Warum wir uns fremd geworden sind.«

»Ach, Kim.« Marie verschränkt die Arme. »Müssen wir das wirklich wieder durchspielen? Das wissen wir doch beide. Du hast dich verändert. Hast dich für irgendwas interessiert – aber nicht mehr für mich. Warst nicht da, als ich dich gebraucht habe ...«

»Es hatte einen Grund, warum ich dich ausgesperrt hab«, unterbreche ich sie. Bin selbst verwundert, wie ruhig meine Stimme bleibt.

Sie schaut mich zum ersten Mal richtig an. Wirkt überrascht. Ich hole Luft.

»Vor zehn Monaten hatte ich einen richtigen Scheißeinsatz. So richtig. Ein Säugling ist gestorben. Drei Monate alt. Ich ... ich konnte nichts mehr machen. War völlig hilflos. Das Szenario war die Hölle. Ich war gefangen in einem Albtraum. Ich ... kam da so gar nicht drauf klar.« Ich beobachte Marie. Wie sie mich anblickt. Anders als eben. Da sitzt die alte Marie vor mir, die geduldige, die vernünftige, die verständnisvolle. Das war sie, jedenfalls für eine lange Zeit.

»Und warum konntest du mir das nicht erzählen? Ich wär doch für dich da gewesen. Es war doch so eng zwischen uns.«

»Ich konnte nicht. Ich wollte nicht wahrhaben, dass ich damit einfach nicht klarkomme. Und deshalb habe ich es verdrängt. Jedenfalls habe ich es versucht. Und ob du's glaubst oder nicht, irgendwann konnte ich mich tatsächlich nicht mehr daran erinnern. Aber auch das hat nichts gebracht. Im Gegenteil. Es hat alles noch verschlimmert. Der Fall hat mich weiter verfolgt, unterbewusst. All das hat mich zerstört. Es ... hat uns zerstört.«

Es ist raus. Alles ausgekotzt, alles kaputt. Und ich stapfe durch die Trümmer, aber ich bin noch nicht am Ende. Noch fehlt der Schlussakkord. Das erlösende C-Dur: »Ich bin der Arsch. Ich war zu feige und zu stolz. Ich bin verantwortlich für alles. Das wollte ich dir einfach sagen. Ich bin verantwortlich für unser Ende.«

Ich senke den Blick. Stille. Ein leichter Wind weht vertrocknete Blätter vor unsere Füße. Macht sie mir gleich Vorwürfe? Ich bin bereit, Schläge zu kassieren. Meine Deckung ist unten, doch Marie bleibt ruhig.

»Danke«, sagt sie. Ihre Augen glänzen. »Ich habe immer gewusst, dass da irgendwas ist. Dass irgendwas zwischen uns steht. Und ich habe mir so oft den Kopf darüber zerbrochen. Scheiße, Kim. Es tut mir leid.« Sie gibt den Kampf gegen die Tränen auf. Still und leise weint sie in sich hinein.

Fuck. Damit habe ich nicht gerechnet. Damit kann ich nicht umgehen. Ich blicke mich um, ob wir beobachtet werden.

»Es tut mir leid, dass du so eine Scheiße erleben musstest«, schnieft sie. Ich hätte sie umarmen wollen, ihr Haar an meiner Wange spüren, sie trösten wollen – zu einer anderen Zeit, an einem anderen Ort. Wir werden nie mehr die sein, die wir waren. Das weiß ich, das weiß Marie.

Und wie zum Beweis zieht sie die Nase hoch und die Augenbrauen zusammen und sagt: »Aber es tut mir nicht leid, dass es jetzt so gekommen ist. Ich habe dir so viele Chancen gegeben. Du hast sie nicht ergriffen.«

Doch noch ein Faustschlag in die Magengrube. Ich nehme ihn hin. Was soll ich auch sagen?

Sie wischt sich mit dem Ärmel übers Gesicht und steht auf: »Kim, ich geh jetzt wieder rein.«

»Okay.« Es gibt nichts zu sagen. Unser Ende hat jetzt ein Ende, und das ist es.

Sie geht. Ich bleibe auf der Parkbank sitzen. Stünde neben mir eine Boombox, was wollte ich hören? Einmal *Was hat dich bloß so ruiniert?* von den Sternen, bitte. Laut. »Warst du nicht fett und rosig? Warst du nicht glücklich? Was hat dich bloß so ruiniert?«

TEAMPARTNER

Hab es tatsächlich geschafft. Erster. Ich zücke das Telefon und tippe. *Bin schon da. Stell mich in die Schlange. Stehe hinter 'nem Punk mit grünen Haaren.*

Es passt perfekt, dass hier und heute eine Band spielt, auf die Benny und ich uns einigen können: die Antilopen-Gang. In der »Großen Freiheit«. Und ich hab noch Tickets bekommen. Das wird unser Abend.

»Yo Digga, Teampartner, wo ist deine Faust?« Benny knufft mich in die Seite. Dann hebt er seine Basecap und kratzt sich am Kopf. »Meinst du wirklich, wir kommen rein? Hast du nicht Hausverbot?«

Shit. Das Glaskonzert. War das ein Hausverbot für einen Abend oder für immer? Ich weiß es nicht mehr. Die Schlange rückt langsam vor. Je näher wir dem Klub kommen, desto nervöser werde ich.

»Gib mir mal deine Mütze«, fordere ich Benny auf. »Sicher ist sicher.« Ich ziehe mir die rote Kappe tief ins Gesicht. Sie ist viel zu groß für meinen Schädel. Wahrscheinlich sehe ich aus wie ein bemitleidenswert peinlicher Typ, der verzweifelt seiner Jugend hinterherrennt. Egal. Lieber Clown, als abgewiesen zu werden.

Außerdem gibt es Wichtigeres: »Wie geht es dir? Wie geht es deiner Mutter?«

»Den Umständen entsprechend.« Mehr sagt Benny nicht. Es ist okay. Er muss auch nicht mehr sagen. Er braucht Ablenkung. Und wenn er reden will, werde ich für ihn da sein. Wir sind schließlich Teampartner. Nur dass bald eine ordentliche Distanz zwischen uns liegen wird. Fünfhundert Kilometer sind es zwischen Hamburg und Texel.

Wir sind bei den Türstehern angekommen. Ich wage es nicht, sie anzugucken. Benny zeigt die Tickets. Ich werde abgetastet.

»Was ist denn das?«, fragt der Security-Mann plötzlich. Mir rutscht das Herz in die Hose.

Der Mann klopft genervt auf meine rechte Hosentasche. »Was ist da drin?«

»Äh, nur Taschentücher«, sage ich und fummele die Packung heraus.

»Alles klar. Viel Spaß!«

Wir sind durch. Ich atme auf.

»Mann, Alter, du machst dir ja fast in die Hose«, feixt Benny. »Der Typ, der dich neulich rausgeschmissen hat, war gar nicht da. Entspann dich!«

Ich setze ihm seine Basecap auf. »Die geht ja gar nicht!«, spotte ich und laufe Richtung Bar. Ich brauche etwas Anschubhilfe, damit der Motor ins Rollen kommt.

»Sechs Jägermeister, bitte!«, rufe ich dem Barkeeper zu.

»Ist das dein Ernst? Du fängst sofort mit diesem schlimmen Zeug an? Hast du wieder vor, etwas zu zerstören?« Sorge in Bennys Blick. Dann zuckt er mit den Schultern. Er will es doch auch. Nur nicht denken müssen. Wir prosten uns zu und trinken unsere drei Shots schnell hintereinander weg.

»Wodka-Lemon, zweimal!«, ruft Benny und klopft mir auf die Schulter. »Tja, Kim, was du kannst, kann ich auch.«

Wohlige Alkoholwärme breitet sich in mir aus. Ich muss aufpassen, dass ich die Kontrolle nicht gleich komplett verliere. Ich muss es ihm sagen. Aber noch nicht jetzt.

Yes, *Beate Zschäpe hört U2*, als dritter Song. Benny und mich hält nichts mehr. Wir stürmen durch die Menge nach vorne, nicht mehr ganz Herren unseres Gleichgewichts.

»Zwischen Schnaps und Bier wird der Hass geschürt, der sich auf jeden Fall in einem Knall entladen wird, denn heute dreschen sie noch Stammtischparolen, doch morgen haben sie Sprengstoff und scharfe Pistolen.«

In den Moshpit. Wir springen. Schubsen andere. Werden geschubst. Lachen laut. Umarmen uns immer wieder.

»Und Günter Grass schreibt ein neues Gedicht ...«, rappt Koljah im Refrain. Er hält das Mikro in die Menge. Wir grölen aus voller Kehle mit: »... und Beate Zschäpe hört U2.« Es ist so befreiend.

»Und aus dem Jenseits lacht Jürgen Möllemann und der Holger Apfel fällt nicht weit vom Stamm. Und Max Mustermann zündet ein Flüchtlingsheim an.«

»Deutschland, Deutschland, du tüchtiges Land!«, rufen Benny und ich und zweitausend andere Konzertbesucher. Sie schreien und klatschen. Die »Große Freiheit« kocht.

»Komm mal mit aufs Klo!«, brülle ich Benny ins Ohr. Er zuckt zusammen. War wohl etwas zu laut.

Rechts neben der Bühne springen wir die Treppen zu den Toiletten hinunter und verdrücken uns ins Männerklo.

»Kim, was ist los?«, fragt Benny, weil ich nicht pinkele, sondern nur dastehe und grinse. Ich packe ihn und drücke ihn leicht gegen die Kacheln der Toilettenwand.

»Teampartner, machen wir Blutpogo zusammen?« Ich merke selber, wie irre das klingt – und genieße es.

»Blutpogo, was ist das denn für eine Scheiße?« Benny schaut mich ungläubig an. »Blutpogo – das klingt wie der Name einer Naziband.«

»Das kenne ich von früher. Das haben die Älteren in der Schule immer erzählt. Nur die Allerkrassesten machen Blutpogo. In den besten Momenten. Also, du lässt dir auf dem Klo die Nase aufschlagen. Dann geht es ab in den Moshpit. Und dann saust du mit blutender Nase alle voll. Wie klingt das? Bist du dabei?« Reden können wir später.

»Bist du völlig bescheuert? Was stimmt nicht mit dir?«, fährt Benny mich an.

»Ich hab mich früher nie getraut. Ich weiß ehrlich gesagt auch gar nicht, ob die Geschichten stimmen. Aber lass es uns ausprobieren. Heute geht alles!« Ich spreche schnell und euphorisch.

»Kim, wir sind beide rotzevoll. Aber so betrunken bin ich nun auch wieder nicht, dass ich so eine Scheiße mache. Auf keinen Fall.«

»Auf keinen Fall?«

»Auf keinen Fall«, antwortet Benny bestimmt.

»Okay, dann mach es bei mir. Schlag mir auf die Nase«, befehle ich.

»Kim, das artet hier gerade wieder aus. Das geht nicht.«

»Schlag mich! Auf meine Lase … äh Nase«, lache ich. »Los. Du traust dich eh nicht. Schlag mich doch, du Feuerwehrpisser!«

Ein Schatten. Ein Knacken. Ich schreie auf. Alles schwarz. Sterne. Schmerz. Adrenalin. Yeah! Benny hat mir ordentlich eine verpasst. Mitten ins Gesicht. Blut rinnt aus der Nase. Bin völlig benommen und doch wach. Bin hier. Spüre es, das Leben, mich. Das Blut läuft mir über die Lippen. Wende mich zum Spiegel. Alter! Wie krass das aussieht! Ich grinse mich an. Jetzt werden meine Schneidezähne rot. Benny ist sprachlos.

»Geht doch«, sage ich.

Ein anderer Toilettenbesucher kommt aus seiner Kabine, will sich wohl die Hände waschen, überlegt es sich bei meinem Anblick aber anders. Er schüttelt den Kopf und stürzt aus der Tür. Benny guckt hinterher. Ich nutze die Unaufmerksamkeit und reibe meinen Kopf an seinem T-Shirt.

»Du Sau!«, schimpft er und springt zurück. Mitten auf seinem weißen Shirt prangt ein fetter roter Blutfleck. Benny sieht aus, als wüsste er nicht, ob er lachen oder weinen soll. Ich schnappe seine Hand und ziehe ihn raus zur Treppe, zurück zum Konzert. Mit blutender Nase springe ich in die Menge und versuche, so viele Menschen wie möglich zu erwischen. Schweiß. Blut. Und Spucke. Alles vermischt sich. Benny springt mit. Ein Lächeln auf seinem Gesicht.

»Allergie! Aversion! Anti Alles Aktion! Allergie! Aversion! Anti Alles Aktion! Hey! Hey! Hey!«

Die meisten der anderen Besucher haben den Konzertsaal schon verlassen. Benny und ich stehen genau dort, wo eben noch der Moshpit getobt hat. Das grelle Rausschmeißerlicht schmerzt in den Augen.

»Tut mir leid, das mit deinem T-Shirt«, sage ich heiser.

»Tut mir leid, das mit deiner Nase«, grinst Benny.

»Sind wir jetzt neben Teampartnern auch noch Blutsbrüder?«, frage ich.

»Na, dein Blut hab ich jedenfalls schon mal bekommen. In rauen Mengen!« Benny legt den Arm um meine Schulter. »Komm, wir müssen nach Hause. Wirklich, lass uns abhauen.« Wie er das schafft, selbst im volltrunkenen Zustand so eine Ruhe und Vernunft auszustrahlen.

»Nein, halt, Benny. Ich ... ich muss dir noch was sagen. Ist wichtig.« Ich spucke blutigen Speichel auf den Boden.

»Dass du überhaupt noch reden kannst ...«

»Benny, ich höre auf.«

»Womit hörst du auf?«

»Mit dem Job.«

»Du kündigst? Ernsthaft? Dann kannste ja endlich bei uns anfangen.« Shit, Benny checkt es nicht.

»Nee, ich bin raus. Ganz raus.«

»Du nimmst eine Auszeit? Die würd ich dir auch empfehlen. Wenn du dich gerade sehen könntest!« Er lächelt.

»Nein ... ähh ... wie sag ich dir das? Eine Auszeit brauche ich auf jeden Fall. Eine sehr lange. Ich ... ich will nicht mehr als Notfallsanitäter arbeiten.«

Benny starrt mich nur noch an: »Alter, Teampartner. Echt jetzt? Erzähl mir keine Scheiße.«

»Echt jetzt. Escape Room Rettungsdienst. Ich bin raus. Keine Ahnung, wie lange. Aber wenn du mich jetzt fragst, würde ich sagen: für immer.«

»Alta, aber warum? Na, okay ... ich kenne viele Gründe. Ich hasse meinen Job auch ziemlich oft. Aber alles hinzuschmeißen. Komplett?«

»Ja, komplett. Ich kann dir das jetzt nicht alles erklären. Dafür bin ich viel zu betrunken. Der Auslöser ist ... eine

Säuglingsrea, die schiefgegangen ist. Na ja … eigentlich war da gar nichts mehr zu reanimieren … ich erzähl dir das mal in Ruhe. Ich wollte es dir nur unbedingt sagen. Endlich. Viel zu spät.«

»Was? Welche Säuglingsrea? Wovon redest du?« Er fixiert mich, vollkommen verständnislos.

»Ist schon ein bisschen her.« Mehr kriege ich nicht raus. Presse die Lippen zusammen und schüttele kaum merklich den Kopf.

Bennys Blick wird weich. »Fuck … Kim. Komm her. Mein Kim.« Er packt mich. Ich schmiere noch mehr Rotz und Blut an sein T-Shirt. Es ist ihm egal. Es ist nicht wichtig.

»Da ist noch was«, spreche ich in sein Shirt hinein. »Ich … werde weggehen.«

»Weggehen? Wohin denn?«, höre ich ihn brummen.

»Nach Texel.«

»Nach Texel? Ohne mich?«

»Mit Luzi.«

»Mit Luzi.« Dann sagt er nichts mehr. Zieht mich fester an sich.

Da stehen wir wieder und halten uns. Klammern uns aneinander fest. Beim letzten Mal hatte ich nur noch ihn, nun hat er nicht einmal mehr mich. Es tut weh.

»Das zerstört doch nicht unsere Freundschaft, oder?«, vergewissere ich mich.

Benny lacht. »Kim, bist du besoffen, oder was? Nichts zerstört unser Team.«

»Danke. Ich danke dir. Für alles«, krächze ich.

Und dann motzt einer: »Los, raus hier! Ihr seid die Letzten.« Die Security-Leute fordern uns nachdrücklich auf zu gehen. Bei denen habe ich anscheinend ein Abo gebucht. Rausschmiss aus der »Großen Freiheit«. Immer wieder, auf Lebenszeit. Ich krame ein Taschentuch hervor und fange an, mir Blut und Schweiß aus dem Gesicht zu wischen.

»Danke, Benny«, sage ich noch mal.

Wir sind schon aus der Tür und in entgegengesetzte Richtungen auf dem Heimweg, als Benny sich noch einmal umdreht. »Eine Bedingung! Ohne die lass ich dich nicht ziehen!«, ruft er. »Du musst mit mir fahren. Wir beide. Ich organisier das. Deine letzte Schicht.«

KOLLEGEN

»Spontane Feierei – alles geht auf meinen Nacken«, heißt die WhatsApp-Gruppe, die ich vorgestern gegründet habe. Eine kleine Gruppe. Nur meine Kolleginnen und Kollegen, mit denen ich die letzten vier Jahre gearbeitet hab. Zwanzig Personen. Nicht mehr. Eine kleine Runde Retter. Ich will mich verabschieden. Das gehört sich so. Erst mal bin ich zwar nur krankgeschrieben, aber gerade bin ich mir sicher, dass das der Anfang vom Ende ist.

Ich bin eine Stunde früher in der Bar. Siebzehn Uhr. Zwei einsame Seelen sitzen am Tresen. Ich hab es mir hinten auf einem der Sofas bequem gemacht. Trage ein breites Pflaster auf der Nase. Sie tut noch immer fürchterlich weh. Den Schmerz habe ich gestern Nacht gar nicht so wahrgenommen. Heute Mittag hab ich sie abgetastet, da hat sie sich stabil angefühlt. Alles egal. Nur die Menge Alkohol, die heute in meinem Körper landen wird, soll definitiv geringer werden als gestern, sonst kippe ich noch um. Und mein Kopf explodiert endgültig.

Ich hatte eigentlich die größenwahnsinnige Idee, nicht nur einen Tisch, sondern die ganze Bar für uns zu mieten. Ich wollte keine Unbekannten auf meiner Party. »Wir nehmen keine geschlossene Gesellschaft. Unsere Bar steht jedem offen«, hat der Wirt auf meine Anfrage hin gesagt und mir einen Kompromiss angeboten: »Aber den hinteren Teil kannst du mieten. Nur für deine Leute. Musik und Getränke kommen aber von uns.« Eine sympathische Einstellung. Ich hab eingeschlagen. Ehrlich gesagt, wären zwanzig Leute selbst für diese eher kleine Bar eine traurige Crowd gewesen. Der Raum ist schlauchartig angelegt. Heute ist Samstag. Vorne am Tresen wird das Leben toben, und hinten haben wir Freiraum für uns. Von daher bin ich ganz zufrieden mit dem Kompromiss. Mein Plan ist, die Party erst mal laufen zu lassen. Irgendwann werd ich dann die Musik runterdrehen und eine kurze Rede halten. Dann weiß es jeder.

Als Erstes taucht Daniel auf. Mein hochgeschätzter Daniel. Die langen Haare wie immer zum Pferdeschwanz gebunden. Ich freue mich sehr. Wir umarmen uns herzlich, dann putzt er seine beschlagene Brille.

»Ey, Kim, was ist denn mit deiner Nase passiert? Hast du deswegen diese Woche nicht gearbeitet?«, fragt er und lässt sich aufs Sofa fallen.

»Äh … ja. Unter anderem«, winke ich ab. Ich will das jetzt nicht diskutieren. Es wird sich ja eh gleich klären.

»Na, du hast ja Eier, dass du trotzdem eine Party organisierst. Darf man das überhaupt? Feiern, wenn man krankgeschrieben ist?«

»Keine Ahnung. Wahrscheinlich nicht.«

»Ha, du bist der Erste, der sich das traut. Mal sehen, was Carsten dazu sagt.« Er reibt sich die Hände.

»Kommt der überhaupt? In der Gruppe hat der gar keine Antwort geschrieben.«

Daniel greift nach der Karte. »Zu mir hat er gesagt, dass er kommt. Der lässt sich doch keine freien Drinks entgehen!«, lacht er. »Und du feierst einfach so? Ohne Grund?«

»Einfach so«, antworte ich.

»Auch das hat noch keiner gemacht. Mensch, Kim, du verwirrst mich komplett!« Daniel legt die Karte hin und steht auf. »Und ich darf bestellen, was ich will? Oder gibt es irgendwelche Einschränkungen?«

»Alles erlaubt.«

»Du bist ein krasser Typ.« Er ruft dem Barkeeper zu: »Einen White Russian, bitte.« Der nickt, und Daniel setzt sich wieder hin.

Vorne füllt sich der Laden langsam. Stimmen mischen sich in die Hintergrundmusik. Später legt noch ein DJ auf, dann wird getanzt. Jetzt aber knabbern wir Nachos und Salzstangen und quatschen.

Die Bartür öffnet sich. Jo spaziert herein. Blickt sich suchend um, sieht uns und winkt. Wir winken zurück. Jo, der Facebook-Troll. Aber das zählt heute nicht. Auch mit ihm kann man Menschen retten. Auch mit ihm konnte ich gut arbeiten. Dafür will ich mich auch bei ihm mit diesem Abend bedanken. Einfach so. Auch er gehört dazu. Auch wenn seine politischen Ansichten nicht zu ertragen sind. Über die wird heute nicht gesprochen. Dieser hintere Bereich der Bar ist die Schweiz. Neutrales Gebiet. Die gemeinsame Zeit steht im Mittelpunkt. Nicht die Politik.

Mittlerweile sind wir dreizehn Leute. Saskia ist da und hält alle bei Laune. Nicole hat ihre Schwester zum Babysitten verdonnert. Malte nippt an seinem Whiskey-Cola. Laura und Daniel teilen sich eine Piña colada. Da fährt ein Wagen vor, ein Rettungswagen, der 72-Berta, und bleibt genau vor dem Eingang stehen. Zwei Leute in Einsatzklamotten steigen aus und betreten die Bar. Für einen Moment wird es still, bis alle begreifen, dass es sich offensichtlich nicht um einen Notfall handelt.

Dennis stampft mit dem neuen Azubi auf uns zu: »Hey, Kim, wir haben Nachtschicht. Aber kurz Hallo sagen, das wollten wir doch.« Er schlägt bei mir ein. »Dein Gesicht sieht ja schlimm aus!« Er begutachtet mich. »Solange wir unser Funkgerät dabeihaben und es hier nicht zu laut ist, können wir bleiben«, erklärt er dem Azubi und bestellt an der Bar zwei große Cola.

Hinter Dennis sehe ich Carsten. »Kim! Krank sein, aber Party machen. Du bist gefeuert!« Sein Ton ist scharf, der Blick ernst. »Außerdem hast du noch Minusstunden!«, raunzt er. Alle schweigen betreten. Dann prustet Carsten los. »Scherz! Danke für die Einladung, mein Lieber«, lacht er und fragt dann vorsichtig: »Alle Getränke sind frei? Alle?« Ich nicke.

»Zwei Sambuca, bitte. Einen für den Herrn mit dem dicken Pflaster und einen für mich«, ruft Carsten Richtung Bar. Dann beginnt er, einen nach dem anderen freundlich auf die Schulter zu tätscheln, zu plaudern und zu scherzen. Erstaunlich, wie anders Carsten ist, wenn er nicht im Dienst ist. Wie ausgewechselt. Er muss auf der Wache enorm unter Druck stehen.

Von den zwanzig eingeladenen Kollegen und Kolleginnen sind siebzehn erschienen. Eine sehr gute Quote. Dennis und der Azubi sind zwar schon wieder wegalarmiert worden, aber ich bin zufrieden. Die Wichtigsten sind alle gekommen. Ich wollte sie noch einmal sehen. Wollte ein Zeichen setzen, dass ich Frieden mit ihnen geschlossen habe. Dass es nicht an ihnen liegt. Nach all dem Stress, den wir im Job gehabt und erlebt haben, füllt nun vor allem ein Gefühl den Raum: Versöhnung. Meine ganze Misere liegt nicht an den Kollegen. Die machen nur ihren Job. Die leiden genauso wie ich. Es sind die äußeren Bedingungen, denen wir gemeinsam ausgesetzt sind. Die zerstören alles. Die brechen einen. Die machen alles kaputt.

Ein langhaariger Typ tritt hinter das DJ-Pult. Gott, der sieht aus wie Jesus. Auf einen Schlag sind Gespräche unmöglich: Lauter Elektro beschallt den Raum, Bässe wummern, im vorderen Teil der Bar jauchzen die Menschen und fangen an zu tanzen.

Carsten verzieht das Gesicht: »Was ist denn das für eine Scheiße?«, schreit er zu mir herüber. Ich mag Gitarrenmusik zwar auch lieber, bin aber ganz angetan. Kein Small Talk mehr. Jetzt kann ich entspannen, mich gehen lassen. Malte und Saskia beginnen, übertrieben wild miteinander zu tanzen.

Meine Rede habe ich immer noch nicht gehalten, und es ist fast Mitternacht. Die hab ich sogar kurzzeitig ganz vergessen. Hat irgendwie noch nicht reingepasst. Alle amüsieren sich, bis auf Carsten. Der hört nicht auf, sich über den Jesus zu beschweren. Tja, Carsten ist ja auch ein Schlagertyp. Kein Wunder, dass er mit elektronischer Musik nichts anfangen kann. Ich versichere ihm erneut, dass ich keinen Einfluss auf die Musikauswahl habe.

»So war der Deal mit dem Wirt!«, brülle ich Carsten ins Ohr. »Aber ich kann es ja trotzdem mal versuchen. Was willst du denn hören, Carsten?«

»*Skandal im Sperrbezirk*«, ruft er. Ich lache. Das passt so überhaupt nicht in die Setlist.

Ich zwänge mich durch zum DJ-Pult. Jesus beachtet mich nicht. Er schaut demonstrativ auf seinen Laptop. Ich wedele mit meiner Hand vor seinen Augen. Er blickt genervt hoch.

Ich beuge mich zu ihm: »Ich hab hier den hinteren Teil des Ladens gemietet. Könntest du mir einen Wunsch erfüllen? Nur einen?«

»Das mach ich eigentlich nicht. Welcher Song denn?«

»Skandal im Sperrbezirk.«

Jesus starrt mich ungläubig an und schüttelt den Kopf. »Vergiss es.«

Der vordere und hintere Bereich sind zu einer tanzenden Masse verschmolzen. Es ist schon nach Mitternacht, und nur Carsten steht noch regungslos an der Bar. Aus dem Augenwinkel sehe ich, wie Jesus Richtung Toiletten verschwindet. Ich ergreife die Chance, schreite entschlossen zum DJ-Pult, zücke mein Smartphone und drehe langsam die Musik leiser. Die Menschen halten inne und schauen zu mir. Es ist Zeit.

»Ich wollte meinen Kollegen noch ganz kurz was sagen. Ich …« Ich stocke. Ich sehe sie an, schaue in ihre Augen. Saskia. Laura. Carsten. Jo. Daniel. Erwartungsvolle Gesichter. Ich setze noch einmal an.

»Ich … ich bin froh, dass ihr da seid. Und das nächste Lied ist nur für Carsten.« Dann stecke ich das Audiokabel vom DJ-Laptop in mein Telefon und drücke auf Play. Volume hoch. Gitarren erklingen. Keyboard-Sounds. Und jemand singt: »In München steht ein Hofbräuhaus, doch Freudenhäuser müssen raus, damit in dieser schönen Stadt, das Laster keine Chance hat …«

Ich habe erwartet, dass die Menge rebelliert, dass Bierflaschen nach mir geschmissen werden. Das Gegenteil ist der Fall. Alle singen lauthals mit.

Ich geselle mich zu Carsten. Der legt seinen Arm um mich.

»Gut gemacht!«, freut er sich und schmettert: »Und draußen vor der großen Stadt stehn die Nutten sich die Füße platt.« Ein Düsseldorfer und ein Kölner. Vereint für einen Song, von einer Münchener Band.

Jesus ist zurück und richtig angepisst, aber das Lied lässt er laufen. Es kommt einfach zu gut an.

Als ich mein Handy wieder einsammeln will, giftet er mich an: »Das machst du nicht noch einmal!«

Werde ich nicht. Brauche ich nicht. Das Zeichen ist gesetzt. Ich bin mit ihnen im Reinen. So sollen sie mich in Erinnerung behalten. In guter Erinnerung. Wir hatten einen letzten Abend, auch wenn nur ich wusste, dass es der letzte war. Es brauchte diese Rede gar nicht. War eh keine gute Idee. Danach hätte ich mich bei allen mühsam erklären müssen, und so nah stehen wir uns jetzt auch wieder nicht.

War das feige? Nein. Es war die richtige Entscheidung. Es hätte die Stimmung komplett zerstört. Wir haben einfach eine gute Zeit. Ohne Arbeitsterror. Zusammen, als Gruppe. Vereint dadurch, dass wir helfen möchten. Und uns dadurch selbst aufopfern. Warum? Weil es trotz aller schlechten Bedingungen eben doch ein geiler Job ist.

SCHICHT

»So gefällst du mir. Die hättest du gleich nach der Ausbildung anziehen sollen«, kommentiert Benny mein Outfit. »Nur deine Nase sieht immer noch ordentlich zermatscht aus.«

»Das ist nicht witzig«, antworte ich.

»O doch!« Er hebt die Hand. »Ich muss mal schnell wohin. Hol dich gleich hier ab.« Und verschwindet.

Mir rutscht das Herz in die Hose. Alles in mir schreit: Geh! Geh nach Hause und lass es gut sein.

Aber ich habe es Benny versprochen, und so stehe ich jetzt in der Umkleide seiner Stammwache und stecke in einer Feuerwehr-Rettungsuniform.

Benny, dieser Wahnsinnige. Er hat es wirklich hinbekommen. Hat nur eine Woche gedauert. Ich fahre heute meine letzte Schicht. Mit ihm. Auch wenn ich nur als Dritter mit an Bord bin, sozusagen als Praktikant, und bei der Anfahrt hinten sitzen muss. Und niemals die Einsatzleitung übernehmen darf, das war Bennys Vorgesetztem ganz wichtig. Benny ist und bleibt der Chef, aber ich darf Patienten behandeln, solange ich das mit meinem Team abspreche.

Ich drehe mich im Spiegel von links nach rechts. Es ist bestimmt nicht erlaubt, bei einem anderen Arbeitgeber zu hospitieren, während man krankgeschrieben ist. Aber egal. Sollen sie mich doch rausschmeißen und mir damit die endgültige Entscheidung abnehmen.

Dieser ganze rechtliche Kram interessiert mich ohnehin nicht. Im Grunde will ich heute auch gar nicht wirklich retten. Am liebsten wäre es mir, es würde gar nichts passieren. Kein Notruf, kein Einsatz. Der Tag ist ein Zeichen für unsere Freundschaft. Ich will noch einmal mit Benny zusammen sein. Eine ganze Schicht lang. Von sieben bis neunzehn Uhr. Ein Freundschaftsdienst.

Bin ich überhaupt in der Lage zu retten? Ich habe geistig schon damit abgeschlossen. Ich will nur noch weg: ESCAPE. Heute Morgen habe ich sogar mit dem Gedanken gespielt, Benny abzusagen. Aber ich weiß, wie viel es ihm bedeutet, und auch für mich wird ein kleiner Traum wahr: einmal raus mit meinem Teampartner. Mit meinem einzig wahren Teampartner. Benny und ich sind noch nie zusammen in einem RTW gefahren, und außer in Notaufnahmen sind wir uns auch noch nie bei Einsätzen über den Weg gelaufen. Er fährt in einer anderen Ecke der Stadt. Da hätte schon ein Virus die ganze Stadt lahmlegen müssen, dass wir mal in einem Einsatz zusammenarbeiten.

Wir wissen aber aus den Praxisübungen in der Schule, wie gut wir harmonieren. Benny ergänzt mich und ich ihn. Wir achten aufmerksam auf den anderen. Jeder kleine Fehler wird entdeckt und korrigiert. So war es jedenfalls mal. Mit einem »sehr gut« durch die Rettungssanitäterprüfung.

Diese Zeiten sind für mich vorbei. Dafür bin ich zu fertig, zu kaputt. Noch immer blitzen die Bilder auf, »Nach oben, nach oben«, und werfen mich aus der Bahn. Ich habe das noch längst nicht verdaut. Dazu war es viel zu lange in mir eingeschlossen. Ist im Verborgenen gewachsen und gewuchert zu einer unbezwingbaren Schlingpflanze. Sie wird ein Teil von mir bleiben, für immer, sie wird mich lähmen und würgen, wenn ich es am wenigsten gebrauchen kann.

Ich nehme mein Handy von der Bank und lese noch einmal Luzis letzte Nachricht: *Versuch, es zu genießen. Es ist deine Zugabe. Die Menge will noch eine Zugabe. Und dann Verbeugung. Und Abgang.*

Scheiße, sie fehlt mir gerade. Durch sie fühlt es sich nicht komplett nach Scheitern an. Durch sie fühlt es sich wie die Lösung an. Wie der richtige Weg. Der Weg, den ich jetzt gehen muss. Mit ihr.

Die Tür öffnet sich. Wie ertappt lasse ich hastig das Smartphone in die Tasche gleiten. Locker bleiben, Kim.

»Komm mal mit.« Benny füllt in seiner Kluft den ganzen Türrahmen. »Jetzt stell ich dir unseren Dritten vor«, sagt er.

»Ich dachte, ich sei der Dritte«, antworte ich.

»Offiziell ja«, grinst er.

Wir nehmen die Treppe in den ersten Stock. »Rechts ist der Komplex für alle Kollegen, die zur Brandbekämpfung am Start sind, und links sitzt die Rettung«, erklärt Benny, öffnet eine Glastür und führt mich durch einen langen Flur. Wie ruhig es hier ist. Obwohl immer wieder Kollegen auftauchen und freundlich grüßen. Bei mir an der Wache würde man jetzt schon lautes Stimmengewirr hören. Aber bei uns ist auch alles kompakter, gestauchter. Außerdem gibt es hier die ganzen Teams nicht, die nur Krankentransport fahren.

»Das ist die Küche, da vorne sind die einzelnen Schlafräume, und hier ist der Aufenthaltsraum.« Benny wirkt wie ein windiger TV-Makler, der seine Immobilie anpreist. Die ist auch echt nicht übel. Sie ist die MAX-Version unserer Rettungswache. Im Kern aber ist alles ähnlich. Nüchtern und funktional.

»Und hier ist der heilige Sportraum.« Benny öffnet die nächste Tür. Auf der einen Seite des Raums liegen Matten, auf der anderen sind Fitnessgeräte aufgereiht. Heimtrainer, Stepper, eine Hantelbank.

»Fuck, das brauchen wir auch«, entfährt es mir. Hallo, Kim. Es gibt kein Wir. Du bist raus.

»Das auf dem Laufband ist Elias. Er ist Rettungssani und fährt heute mit uns«, verkündet Benny.

Elias, ein junger, recht muskulöser Kerl mit kurzen braunen Haaren, drückt einen Knopf auf der Steuerkonsole. Das Laufband stoppt. Er kommt auf mich zu und schüttelt mir die Hand: »Freut mich.«

Kurz, knapp, zackig. Militärischer Drill. Der macht bestimmt alles, was Benny ihm sagt. Sehr gut. Ein Jungspund, der aus der Reihe tanzt, würde Stress bedeuten. Das muss ich mir an meinem letzten Arbeitstag nicht geben. Wir lassen Elias weiterlaufen und kehren zurück auf den Flur.

»Benny, können wir uns irgendwo mal ungestört unterhalten?«, frage ich ihn. Er nickt, geleitet mich in einen Zwei-Mann-Schlafraum und schließt die Tür.

»Was gibt es denn?«

»Du weißt schon, dass ich noch immer ordentlich Schlagseite habe, oder? Ich mag deine Idee, aber ich weiß nicht, ob ich euch heute wirklich eine große Hilfe bin.«

»Kim. Alles gut. Du musst dich nicht rechtfertigen. Wir sind zu dritt, du bist der Bonus obendrauf. Wenn es nicht geht, dann geht es eben nicht. Dann stehst du daneben und reichst ein paar Sachen an oder schreibst das Protokoll. Mach, was du machen kannst. Ich erwarte nichts von dir. Mach dich locker.« Er lächelt.

»Okay. Sag mal … gibt's Neuigkeiten von deiner Mutter?«

Jetzt lächelt er nicht mehr. »Heute Morgen war es wieder schlimm. Normalerweise steht sie immer um fünf Uhr auf. Aber heute kam sie gar nicht hoch. Hat sich so schlapp gefühlt. Ich kann sie so nicht sehen. Und erst recht kann ich dann nicht einfach zur Arbeit gehen. Das bricht mir das Herz. Na ja, aber heute bin ich ja gerne hergekommen.«

»Benny …«, setze ich an.

»Passt schon. Muss. Auf jeden Fall hilft es, nur noch eine halbe Stelle zu haben. Kim, wo wir hier grad stehen, darf ich ganz ehrlich sein?«

»Ja, klar.«

»Ich find es scheiße, dass du gehst. So richtig scheiße. Ich mein, ich kann's verstehen. Aus deiner Sicht. Aber es wird so kompliziert, dich zu besuchen. Fünfhundert verdammte Kilometer.«

»Ich weiß … ich weiß.«

»Wann geht es los?«

»Ich muss noch einiges klären. Mit meiner Wohnung und so. Und ich muss zu meinen Eltern nach Köln fahren. Da steht ein langes Gespräch an. Ich schätze, in zwei bis drei Wochen fahren wir los. Mit Bus und Bahn, das wird was!«

»Und dann?«

»Weiß nicht. Überraschenderweise fühlt sich das gar nicht so schlecht an.«

»Wohin genau fahrt ihr?«

»Kann ich dir auch noch nicht sagen. Aber die Insel kennst du ja.«

»Ganz schön verrückt.«

»Ja. Aber vielleicht eine Lösung. Flucht ist die beste Verteidigung. Oder so.«

Alarm. Unsere Melder piepen und surren im Gleichklang.

»Es geht los, Teampartner.« Benny klopft mir auf die Schulter. Dann flüstert er in mein Ohr: »Auf die alten Zeiten.« Bescheuert, von einem Kerl unter dreißig. Ich rolle mit den Augen, und wir setzen uns in Bewegung.

»Treppe oder Stange?«, fragt mich Benny.

»Stange natürlich! Wenn schon Feuerwehr, dann richtig.«

Elias sitzt bereits am Steuer. Ich öffne die hintere Seitentür und setze mich auf den Begleitersitz neben der Trage im Patientenraum. Elias schaltet das Blaulicht an und fährt los.

»Was haben wir denn für einen Einsatz?«, schrei ich nach vorne. Es ist laut hier hinten. Die Trage, die Geräte, die Schubladen – alles rumpelt und scheppert. Benny schaut durch das kleine Schiebefenster.

»Eine Zehnjährige hat sich am Fuß verletzt. Einsatzort ist ein See hier um die Ecke!«, ruft er.

Wir erreichen einen Park. Ein Weg führt links in ein Waldstück, dort steht ein Junge in Joggingklamotten. Wir rollen auf ihn zu. Er zeigt den Weg hinunter. Mehr kann ich nicht erkennen. Die Seiten- und Heckscheiben haben einen Sichtschutz, und durch das kleine Schiebefenster zur Fahrerkabine sind immer nur Ausschnitte des Gesamtbilds zu erkennen. Ich bin hier hinten echt in meiner eigenen Welt. Ich steige die Holztreppe hoch. Vor mir das Zimmer mit dem Baby. Der RTW schwankt. Ruckt und poltert. Boah, Kim, bleib hier. Bleib im Wagen, im Wald, auf dem mit Schlaglöchern übersäten Weg.

Mein Ausschnitt zur Außenwelt lässt Wasser erahnen. Wir fahren auf den See zu. Vor uns kreuzt eine Gruppe Jugendlicher im Sportoutfit. Sie tragen Nummern auf ihrer Brust. Ein Sportturnier? Im November?

Der Wagen hält. Sekunden später öffnet sich die Seitentür. Benny steckt seinen Kopf zu mir in den Patientenraum: »Hoch mit dir. Da vorne auf der Bank sitzt unsere Patientin. Packst du alles ein? Vielleicht brauchen wir auch die Vakuummatratze.«

Ich sammele Sauerstoff, Absauge, Rucksack und C3 zusammen und lege alles auf die Trage. Elias öffnet die Flügeltüren und steht bereit, um sie herauszuziehen. Die Vakuummatratze nehmen wir aus einem Fach an der Außenseite des RTW. Wir schieben unsere Geräte vorsichtig in Richtung der Parkbank am Seeufer. Glücklicherweise hat es nicht geregnet, sonst wär hier alles matschig, und die Trage würde stecken bleiben. Benny ist vorausgegangen und spricht mit dem Mädchen und einem Erwachsenen.

»Das ist Emma«, weiht er uns ein. »Sie ist beim Laufen umgeknickt und kann jetzt den rechten Fuß nicht mehr belasten. Ihre Eltern sind schon informiert. Ihr Lehrer fährt erst mal mit uns ins Krankenhaus.« Dann kniet er sich vor Emma hin. »Darf ich mal schauen? Den Schuh muss ich dir leider ausziehen.« Er redet ganz ruhig und behutsam.

Emma sieht verheult aus. »Bitte nicht zudrücken, das tut so weh«, warnt sie.

Benny schiebt vorsichtig die Jogginghose hoch, löst die Schleife des Schuhs und zieht ihn langsam vom Fuß.

»Und noch die Socke, okay?«

Emma protestiert nicht.

»Hi, ich bin Kim.« Ich hocke mich neben Benny. Emmas rechter Knöchel ist dick geschwollen und rot. »Unsicheres Frakturzeichen. Willst du mal checken, ob es Krepitationsgeräusche gibt?«, frage ich Benny.

»Emma, dürfte ich deinen Fuß doch mal abtasten und leicht drücken? Nur dann kann ich fühlen, ob vielleicht wirklich etwas gebrochen ist?«

»Bitte ... bitte nicht!«, fleht Emma.

»Okay, okay«, sagt Benny, »dann lassen wir das. Elias, machst du ein Kühlpack klar? Und Kim, wenn du willst, kannst du den SAM-Splint anlegen. Auf die Vakuummatratze würd ich jetzt verzichten. Bodycheck war ja unauffällig.«

An Emmas gesundem linkem Fuß bringe ich den SAM-Splint in die richtige Form. Ein breiter Streifen Alublech, umhüllt von Schaumstoff – fest und doch biegsam. Damit schiene ich den verletzten Fuß, nachdem wir ihn einen Augenblick gekühlt haben. Dann helfe ich ihr hoch und auf die Trage. Als Benny vorsichtig ihr rechtes Bein greift und hochlegt, verzieht Emma das Gesicht.

»Geht das von den Schmerzen?«, frage ich.

»Ja, geht schon.«

Tapfere Emma. Wir schieben sie in den RTW. Der Lehrer nimmt hinten bei ihr und mir Platz.

»Wenn sich irgendwas bei den Vitalwerten verändert, sagst du Bescheid«, mahnt Benny.

»Ich bin zwar heute der Praktikant, aber du weißt

schon, dass das nicht mein erster Tag ist.« Es klingt beleidigter als beabsichtigt.

»Stimmt. Es ist dein letzter.« Er grinst und schließt die Seitentür.

Ohne Blaulicht fahren wir Emma in die Notaufnahme. Auf einmal fühle ich mich wie früher, als wäre nichts gewesen. Ich funktioniere. Ich kann es noch. Nichts habe ich verlernt. Alles fühlt sich vertraut an, richtig und gut. Richtig gut.

Wir haben gerade die Trage desinfiziert und ein neues Laken aufgespannt, da knarzt das Funkgerät.

»Sorry, ich hatte schon die eins gedrückt«, entschuldigt sich Benny und macht kehrt zur Fahrerkabine.

»Der 54-Anton, der 54-Anton, bitte kommen«, schnarrt es.

»Der 54-Anton hört«, höre ich Benny mit fester Stimme in das Funkgerät sprechen.

Elias und ich bugsieren die Trage zurück in den Wagen und halten inne, um die Anweisung der Leitstelle zu verstehen: »Wir haben einen Notfall für Sie. Unklare Lage. Tür verschlossen. Das HLF ist mit raus. Sie können die drei drücken.«

»Ist verstanden«, antwortet Benny. Und schon piepen unsere Melder und zeigen die Adresse des Einsatzorts an.

Elias wechselt nach vorne, und ich schließe die Seitentür von innen. Eben noch wärmte ein Wohlgefühl mein Herz. Jetzt wird mir mulmig.

SCHOCKRAUM

Elias fährt schnell. Die Sirene heult. Ich werde hin und her geschüttelt. Unfassbar, wie sehr sich hier hinten alle Bewegungen und Erschütterungen des RTW potenzieren. Das mulmige Gefühl mischt sich mit Übelkeit.

»Unklare Lage.« Immer Scheiße. Kann alles bedeuten. Von zerstückelter Leiche bis Pickel auf dem Rücken. Bis totes Baby.

Der RTW hält vor einem Hochhaus, Sozialwohnungen wahrscheinlich. Gibt schönere Ecken in der Stadt. Wir teilen die Ausrüstung unter uns auf. Ich habe den Notfallrucksack auf dem Rücken. Mehr nicht.

»Das HLF ist noch nicht da. Warum überrascht mich das jetzt nicht?«, kommentiert Benny trocken.

Ich schaue an dem Betonbunker hoch. Das müssten um die fünfzehn Stockwerke sein. Die Tür zum Erdgeschoss steht offen. Jemand hat sie eingehakt. Sehr vorausschauend.

Tatsächlich sind es zwölf Stockwerke, dem riesigen Klingelschild nach zu urteilen. Die Auswahl der Namen erschlägt mich. Buchstaben tanzen vor meinen Augen.

Elias ist schneller: »Da. Vierter Stock. Schäfer.«

»Wir nehmen die Treppe.« Typisch Benny. Sieht das wahrscheinlich als kostenlose Fitnesseinheit.

Ich schnaufe leicht. Elias nicht. Benny auch nicht. Vor der hinteren Tür im rechten Flurabschnitt steht ein junger Erwachsener mit schwarzer Wollmütze. Müsste so das Alter von Elias haben.

Er ruft uns zu: »Mein Kumpel, mein guter Kumpel … ist da drin. Ich … ich höre ihn. Deshalb habe ich Sie gerufen«, sagt der Mann.

»Was hat er denn? Kommen Sie nicht rein? Warum macht er denn nicht auf?«, fragt Benny.

»Ich weiß es nicht. Er hat … nichts gesagt, ich habe ihn nur stöhnen gehört. Er kann nicht weit weg sein … von der Tür.«

»Kim, checkst du das mal?«

Ich stelle den Rucksack auf den Boden und klopfe mehrmals kräftig an die Tür. »Herr Schäfer. Herr Schäfer! Sind Sie da drin? Haben Sie Probleme?« Keine Antwort. Ich presse mein Ohr an die Tür. Höre ein Schleifen, als würde sich jemand von innen an der Tür reiben. »Hört sich an, als würde jemand hinter der Tür liegen. Direkt hinter der Tür.«

»Wann haben Sie zuletzt mit ihm gesprochen?«, fragt Elias den Mützentypen.

»Weiß ich nicht. Wir waren verabredet … vor 'ner halben Stunde bei ihm. Und er geht auch nicht … an sein Handy.«

Irgendwas ist merkwürdig an dem Kerl. Trotz der Aufregung spricht er so langsam und wirkt irgendwie verhuscht.

»Und kam das schon mal vor? Hat er schon mal nicht aufgemacht?«, hakt Benny nach.

»Kann mich nicht erinnern.«

»Sind Ihnen Vorerkrankungen Ihres Freundes bekannt? Vielleicht eine Sturzneigung?«, fragt Benny weiter.

Der Mützenmann verneint.

»Wie alt ist er denn?«, wirft Elias ein.

Er zieht ratlos die Augenbrauen hoch: »Wie ich?«

»Herr Schäfer, haben Sie Schmerzen?«, versuche ich es erneut. Nichts zu hören. Nicht gut. »Benny, da stimmt was nicht. Ich glaube, wir müssen komplett Alarm schlagen.«

»Dass dieses HLF noch nicht da ist«, ärgert sich Benny. »Okay, Elias. Frag per Funk nach, wie lange die noch brauchen. Die müssen unbedingt die Tür aufbrechen. Außerdem brauchen wir einen Notarzt und die Polizei. Das ist mir hier alles nicht geheuer.«

Elias beginnt zu funken.

Der Kumpel des Patienten duckt sich tiefer. »Die Polizei ... auch noch? Ist das wirklich nötig?«

»Ja, ist es. Was dagegen?«, antwortet Benny barsch.

»HLF braucht noch sieben Minuten, Notarzt mindestens zehn«, berichtet Elias.

»Shit. Verdammter Shit«, schimpft Benny. »Das ist zu lang. Ich bin doch nicht bescheuert und mach jetzt minutenlang gar nichts. Kann mir einer eine Kreditkarte geben?«

Elias greift nach seinem Portemonnaie und zückt eine MasterCard: »Nicht kaputtmachen, bitte.«

»Hast du das schon mal gemacht?«, frage ich Benny, der das Türschloss inspiziert und ohne aufzuschauen Elias' Karte entgegennimmt.

»Nö, aber in etlichen Filmen gesehen«, grinst er und versucht, die Karte tief in den Spalt zwischen Rahmen und Tür zu stecken. Dann zieht er sie langsam nach unten. Es klackt. Aber die Tür geht nicht auf. Benny versucht es noch einmal. Keine Chance. Er richtet sich auf: »Okay, fassen wir noch einmal zusammen. Hinter der Tür liegt ein junger Mann. Er hat gestöhnt und sich bewegt, war aber unfähig, ans Telefon zu gehen und die Tür zu öffnen. Jetzt reagiert er gar nicht mehr. Ist das richtig?« Er schaut den Kerl mit der Mütze eindringlich an.

»Ja«, wimmert der.

»Und wir wissen nicht, warum er so ausgeknockt ist. Sie haben keine Vermutung?«

»Hab ich doch gesagt.«

»Okay, und wir wissen auch nicht, wie genau und wie nah er vor der Tür liegt.«

»Korrekt«, stimme ich Benny zu.

»Wenn alle einverstanden sind, dann will ich jetzt doch einen Versuch wagen, die Tür aufzubrechen. So vorsichtig das irgendwie geht. Seid ihr mit mir?«, fragt Benny in die Runde. Elias nickt.

Ich warne: »Benny, aber nicht mit Anlauf. Nicht dass sein Kopf genau hinter der Tür liegt.«

»Keine Sorge. Ich will mich nur einmal richtig schwer machen. Wofür trainier ich denn, wenn nicht für solche Situationen?« Benny nimmt mit einem großen Schritt Abstand von der Tür. »Drückt mir die Daumen, dass ich mir die Schulter nicht auskugele.« Er lehnt sich zurück und schnellt vor zum Sprung und kracht gegen die linke Seite der Tür oberhalb des Schlosses, Schulter voran. Es rummst und splittert. Benny federt die Landung in den Knien ab. Die Tür hat nachgegeben und sich einen Zentimeter geöffnet.

»Benny, alles gut?«, frage ich.

Er hält sich die Schulter. »Scheiße, das tat richtig weh.« Aber er ist voll im Modus. Komplett im Film. Er löst die Hand und drückt erst sachte, dann stärker gegen die Tür, damit der Spalt sich vergrößert. Damit wir was erkennen können. Ich drücke mit. Elias auch. Ganz langsam gibt der Widerstand hinter der Tür nach. Der Spalt wird breiter. Verdammt. Beine. Wie vermutet liegt da jemand. Auf dem Rücken. Unmittelbar hinter der Tür.

»Weiterdrücken«, ruft Benny. Jetzt ist die Lücke so groß, dass man hindurchschlüpfen kann.

Der Typ mit der Mütze schaut nach drinnen: »Lars! Ey, Lars, was ist los mit dir?«

Lars antwortet nicht. Ich greife mir den Notfallrucksack, schiebe den Kumpel beiseite und zwänge mich durch die Tür. Dann folgt Benny mit dem Sauerstoff und der Absauge. Schließlich Elias mit dem C3.

Ich steige über den Patienten und knie mich neben ihn. »Herr Schäfer!« Rüttle an seinen Schultern. Ein Zucken. Sonst nichts. Ich lege mein Ohr ganz nah an seinen Mund und beobachte den Brustkorb. Ja, ich spüre etwas und kann eine leichte Hebung erkennen. Aber nur ganz leicht. Die Atmung ist extrem flach und die Frequenz gering. Ich ziehe den Unterkiefer nach unten. Die Atemwege sind frei. Puls am Hals tastbar. Aber auch nur schwach. Ich mache einen kurzen Bodycheck. »Benny, gehst du an den Kopf? Fixierst du ihn? Möglicher Sturz. Und wir brauchen den Sauerstoff plus Beutel. Assistierte Beatmung, okay?«

»Scheiße, ist das eng hier«, motzt Benny, als er sich hinter mir vorbeimüht. Ich gebe der Tür einen Schubs, und sie fällt zurück in ihr zersplittertes Schloss. Der Mützenmann muss vor der Tür warten.

»Elias, gibst du Benny, was er braucht? Ich kümmere mich um das Monitoring.«

Elias reagiert sofort.

»Nur sechs Atemzüge«, zähle ich. Mehr muss Benny nicht wissen. Er drückt die Maske auf Lars' Gesicht. Öffnet mit dem Esmarch-Handgriff die Atemwege. Er vertieft die Züge des Patienten und beatmet ihn in den viel zu langen Pausen dazwischen.

»Sechsundsiebzig Prozent Sättigung«, lese ich vom C3 ab. Nicht gut. Aber sie steigt. Achtundsiebzig Prozent. Weiter so. Lars braucht Sauerstoff. Benny muss seine Lunge sein, muss ihn aufsättigen.

Während die Blutdruckmanschette aufpumpt, lass ich mir von Elias die Kleiderschere geben. Ich schneide das T-Shirt auf. Will sehen, ob auf seinem Körper Prellmarken zu erkennen sind, und seine Lunge abhorchen.

»Was ist denn das?« Eine rechteckige, durchsichtige Folie klebt auf der linken Brust des Mannes. Ein Pflaster? »Benny, guck mal. Ist das ein Schmerzpflaster?«

Er blickt auf. »Ja. Das könnte so ’n Opiatpflaster sein. Sind da noch mehr?«

»Bisher nur eins.« Gute Frage. Ich inspiziere den ganzen Oberkörper. Fühle auch, so gut es geht, unter den Rücken. »Benny, da sind noch mindestens drei!«

»Fuck. Das sind viel zu viele. Kein Wunder, dass der völlig sediert ist.«

»Elias, kannst du mal gucken, ob du die Packung findest – irgendwas, das uns einen Hinweis gibt?«

»Geht klar«, sagt Elias.

Ich strecke mich über den Patienten und öffne die Tür wieder einen Spalt. »Ey, kann es sein, dass dein Kumpel abhängig ist?«, rufe ich, sodass man mich hören kann. Der Typ linst durch die Tür, schaut mich mit großen Augen an und sagt nichts. »Hör mal zu, du Mützenfreak«, entfährt es mir. »Mir ist das scheißegal, was ihr beide euch in eurer Freizeit reinpfeift. Ich bin kein Polizist. Aber das hier ist ein Notfall. Es geht um das Leben deines Freundes. Hast du gehört? Um sein LEBEN! Also kann das eventuell sein, dass dein Freund sich öfter mal ’n Trip gönnt?« Ich zeige auf das Pflaster.

»Vielleicht«, antwortet der Kumpel ganz leise.

»Vielleicht?! Wie heißt das Zeug?«

»Fen... Fentanyl.«

»Und warum hast du das nicht sofort sagen können?« Ich dreh gleich durch! Fentanyl ist hundertmal stärker als Morphium. Und damit heftiger als Heroin.

»Dass ... er so weggetreten ist, das hab ich noch nie erlebt.«

Scheißkerl, ich bin so wütend. Hätte er das gleich der Notrufzentrale erzählt, wäre jetzt der Notarzt schon da. Der Typ hat seinen Kumpel gefährdet. Extrem. Wie kann man so dämlich sein?

Ich schwitze. Es ist viel zu heiß. Ich explodiere gleich. Ich schäle mich aus meiner Jacke und lege sie hinter mich auf den Boden. Wie sind die Werte? Blutdruck achtzig zu vierzig. Sehr, sehr niedrig. Puls jetzt bei knapp vierzig Schlägen die Minute. »Benny, also, vermutlich Überdosis. Wir brauchen so schnell wie möglich einen Zugang. Elias?«

»Ja«, höre ich aus einem anderen Raum.

»Ist okay, komm zurück. Wir wissen, was das für ein Zeug ist. Kannst du mir alles für einen Zugang anreichen?«

Stimmen im Treppenhaus. Ein neuer Kopf schiebt sich durch die Tür. »Hi, ich bin Paula, die Notärztin. Ihr seid ja schon drin! Die Jungs vom HLF sind auch da. Und zwei Polizisten. Könnt ihr uns schnell auf Stand bringen?«

Benny strahlt Paula an: »Hey, Paula. Das freut mich. Komm rein.«

Paula und ihr Kollege, ein Notfallsanitäter, quetschen

sich durch die Tür. Jetzt ist es noch enger im Flur. Fast unerträglich. Wir müssen das jetzt schnell hinter uns bringen.

Ich lege los: »Hier liegt Lars Schäfer. So um die zwanzig Jahre alt. Wir vermuten: Überdosierung durch Fentanyl-Pflaster. Ich habe vier Pflaster gefunden. Drei seitlich auf dem Rücken, eins auf der Brust. Die Beine muss ich noch inspizieren. Wahrscheinlich ein Abhängiger. An den Armen sind allerdings keine Einstiche zu sehen. Assistierte Beatmung durch Benny. Sättigung jetzt bei dreiundachtzig Prozent. Steigend. Druck achtzig zu vierzig. Ich wollte gerade einen Zugang legen. Ach ja, und das HLF soll nicht verschwinden. Das brauchen wir für den Abtransport.«

Benny schaut mich an. »Kim, perfekt. Du bist ja voll drin. Als wär nix gewesen.«

Das Lob tut gut. Aber ich ahne auch, dass ich alles andere in einem Winkel meines Hirns weggesperrt habe, damit ich hier sein kann, damit ich helfen kann. Das ist sauanstrengend.

Die Notärztin gibt ihrem Notfallsanitäter Anweisungen: »Wir brauchen das Antidot. Kannst du mir Naloxon aufziehen? Eine Ampulle. 0,4 Milligramm.« Er nickt.

Elias reicht mir eine grüne Braunüle und entlüftet die Infusion. Ich entscheide mich, den Zugang in der Ellenbeuge zu legen. Der erste Versuch sitzt.

»0,4 Milligramm Naloxon. Verdünnt auf einer Zehnerspritze«, sagt der Notfallsanitäter.

»Willst du ihm das Medikament geben?«, fragt mich die Notärztin.

»Kann ich machen.« Ich nehme die Spritze, setze sie auf die Braunüle und drücke den Kolben runter.

»Nicht so schnell!«, ruft Paula.

Zu spät. Die zehn Milliliter sind komplett in der Vene des Patienten verschwunden. »Das muss doch titriert werden!«, schimpft sie.

Stimmt. Scheiße! Ich erinnere mich dunkel, dass uns beigebracht wurde, Naloxon als Gegenmittel zu Fentanyl langsam zu injizieren wegen der Entzugserscheinungen. Die können heftig sein und sofort einsetzen. Patienten schätzen es nicht so sehr, wenn man ihnen schlagartig den Trip versaut. Ich habe Naloxon aber noch nie in der Praxis benutzt. Fuck, ich bin hier wohl doch nur der Praktikant.

Paula reitet nicht drauf rum. »Ich habe es dir auch nicht explizit vorher gesagt. Unser beider Fehler«, versucht sie die Situation aufzufangen. Ich fühle mich trotzdem schlecht. Anfängerfehler. Praktikantenfehler.

Das Piepen des C3 wird schneller. Die Herzfrequenz des Patienten steigt an. Da. Er bewegt sich leicht. Stöhnt auf. Seine Lider flattern. Die Augen sind rot, wo sie weiß sein sollten.

»W... Wa...«

»Soll ich kurz aufhören?«, fragt Benny. Paula und ich nicken, und er legt Beutel und Maske zur Seite.

Ich beuge mich über den Patienten. Mein Ohr ist jetzt bei seinem Mund. Er sagt etwas. Ein Wispern. Kraftlos, atemlos: »Was ... soll das ... krieg sie ... sie entkommen mir nicht.«

Wirres Zeug. Fentanyl-Pflaster-Zeug. Sein rechter Arm bewegt sich. Er greift in seine Hosentasche. Ich rücke ein Stück von ihm ab, damit er mehr Platz hat. Auch der Arm gegenüber bewegt sich. Schwingt hoch. Krallt mein Poloshirt. Zieht mich zu sich runter und haucht mir ein Wort ins Ohr. Nur ein Wort: »Ratte.«

Dann ein Ratschen. Und Schmerz. Heller, heißer

Schmerz. Etwas Spitzes hat sich durch meine Bauchdecke gebohrt.

»W... Was?«, höre ich mich stammeln. Der Patient zieht mich noch enger an sich. Dann dreht er seine rechte Hand. In meinem Bauch dreht es sich auch. Feuer fährt mir vom Unterleib bis in die Haarspitzen, presst mir die Luft aus der Lunge und lässt die Welt erlöschen. Nichts ist mehr da, alles getilgt, überrollt von Schmerz.

Ich höre Benny schreien. Ich höre Paula schreien. Und diese schrillen Schreie, bin das ich?

Jemand hat die Zeit angehalten und lässt sie jetzt ganz langsam ablaufen. Ich werde zurückgezogen und sinke nach hinten. Ein Schatten schwingt an mir vorbei auf den Kopf des anderen zu. Meine Hände finden ihren Weg zu meinem Bauch. Lass es nicht wahr sein. Bitte lass es nicht wahr sein. In mir steckt etwas. Bitte lass es nicht wahr sein. Doch da ist Nässe. Warme Nässe. Warmes Blut gegen die Kälte, die mich erfasst.

Bennys Gesicht. Seine Lippen bewegen sich. Was sagt er? In meinen Ohren saust es, ein Konzert aus tausend Tönen. Worte dringen durch. »Bei dir ... nicht im Stich ...«

Der Untergrund schwankt. Bin auf einem Boot. Den Fluss hinab nach Nangijala.

Ich warte auf dich, Benny, will ich ihm sagen. Doch es kommt nichts außer Röcheln.

Er nimmt mir die Sauerstoffmaske vom Mund. »Was, Kim?«

»Ich ... warte auf dich«, flüstere ich.

»Du wartest auf mich? Wo denn?«

»Ich warte auf dich.«

Benny schüttelt den Kopf: »Du wartest nirgendwo. Du bleibst. Ich bleibe.«

Du bleibst. Ich bleibe, hallt es. Du bleibst. Ich bleibe. In diesem RTW. In unserem RTW.

»Muss ich jetzt sterben?«, hauche ich.

»Einen Scheiß musst du. Ich bin da. Ich tue alles, Kim ... Mein Kim.« Ruckartig wendet er sich ab.

Grelles Licht füllt die plötzliche Leere über mir. Ich schließe die Augen und höre die Frau: »Ankunft in weniger als zehn Minuten. Ich will einen Bauchchirurgen im Schockraum haben. Einstich auf Höhe der Leber.«

Das Boot gerät in eine Stromschnelle, wird von einer Seite zur anderen geschleudert, fängt sich wieder und rast den Fluss hinab.

Ich blinzele. Menschen. Alle sehen gleich aus. Hauben. Mundschutz. Voller Sorge. Macht euch keine Sorgen, es geht mir gut. Ich schwebe, wisst ihr.

Die Frau spricht. Monoton und rhythmisch. »Klingenlänge ... Blutverlust ... EK-Transfusion ... Rapid Sequence Induction ... Propofol.«

Ich lande. Schockraum. Das ist ein Schockraum. Wo ist Benny? Da ist er. Er drückt meine Hand.

Ein Mann beugt sich über mich. »So, Kim. Ab ins Land der Träume. Ans Meer?«

Wo ist Benny? Da.

Lou Reed singt aus voller Kehle. »You just keep me hanging on. You just keep me hanging on.« Applaus. Dann Verbeugung. Und weg.

BRIEFE

Durst.

Schemen.

Dumpfer Schmerz. Ein Stöhnen im Dunkeln.

Wasser. Ich will Wasser. Mein Mund ist voll mit Zunge. Eine geschwollene, riesige Zunge, sie hat alles aufgesogen und klebt nun eingetrocknet fest.

Bewegung im Raum. Schritte, Rascheln. Seufzen. Summen.

Hinter mir piept es. Unentwegt.

Meine Lider flattern. Langsam, ganz langsam öffne ich die Augen. Es ist dunkel und doch nicht dunkel. Graue Dunkelheit, voller Umrisse. Displays und Blinklichter tauchen den Raum in Zwielicht.

Die Bettdecke, warm und glatt. Bewege die Finger. Vorsichtig. Die Hände. Die Arme. Die Zehen. Die Füße. Die Beine.

Da ist Schmerz. Ein dumpfer Schmerz im Bauch. Ein Stöhnen entweicht meinen Lippen. Sie sind trocken, aufgesprungen. Mich kneift es an der Nase. Die Sauerstoffbrille.

Kopfbrummen, aber das Hirn funktioniert. Ich erinnere mich. Ich weiß alles. Der Einsatz. Die Überdosis. Meine Dummheit. Das Medikament verkackt. Damit den Angriff provoziert. Hab den Stich nicht kommen sehen. Warum war ich so verwundbar? Ich habe die Jacke ausgezogen. Fuck, ich habe die Jacke ausgezogen. Zieh im Einsatz niemals die Jacke aus – wenn du nicht selbst im Schockraum landen willst.

Niemand kommt. Ich blicke mich um. Neben dem Geräteturm steht ein Beistelltisch. Darauf ein Umschlag. Nein, zwei. Bedächtig hebe ich meinen linken Arm und greife den vorderen Brief. Es ist ein Kraftakt. Ich sehe drei große Buchstaben. *KIM.* Das ist für mich. Noch einmal anstrengen. Ich betrachte den Umschlag. Verschnaufe. Weiß nicht, was mich erwartet. Zupfe ein Stück von der Lasche auf, fahre mit dem Finger hinein, öffne den Brief und ziehe ein Blatt hervor. So viel Text. Ich kneife die Augen zusammen und reiße sie wieder auf. Fokussiere.

Ey, Teampartner,

wenn Du das hier liest, hast Du es geschafft, Du krasser Typ. Da rammt Dir einer ein Teppichmesser in den Bauch und trifft Deine Leber, aber Du bist trotzdem nicht totzukriegen. Ich bin stolz auf Dich.
Aber nicht auf mich. Es war ein unverzeihlicher Fehler, Dich arbeiten zu lassen. Ich hätte Dich niemals dazu drängen dürfen, mit mir zu fahren. Ich bin an allem schuld. Es tut mir so sehr leid, Bro.

Vielleicht tröstet es Dich, dass ich dem Wichser ordentlich eine verpasst hab. Damit er Dich loslässt. Hab ihm mit der Sauerstoffflasche vorübergehend die Lichter ausgeknipst.

Augenkuss, Dein Benny

PS: Luzi war jeden verdammten Tag bei Dir. Hast uns ganz schön warten lassen. Deine Eltern sind auch in der Stadt.

Ich blinzele. Atme schwer. Schlucke, auch wenn da nichts zu schlucken ist.

Dann greife ich nach dem zweiten Brief. *Für Kim – von Luzi*, steht darauf. Das Papier ist hellblau. Sie hat mit Tinte geschrieben. Ein Gedicht.

im brunnen

sechs, sieben meter freier fall
und ich war weiter weg
als je zuvor, ein kosmonaut
in seiner kapsel aus feldstein,
betrachtete aus der ferne
das kostbare, runde blau.

ich war das kind
im brunnen, nur die moose
kletterten am geflochtenen
strick ihrer selbst nach oben,
efeu stieg über efeuschultern
ins freie, entkam.

(...)
gerade, als ich die wörter assel und stein
als assel und stein zu begreifen lernte,
drang lärm herab, ein hasten, schreie,
und vor mir begann ein seil.

ich kehrte zurück ins läuten der glocken,
zurück zu brotgeruch und busfahrplänen,
dem schatten unter bäumen,
gesprächen übers wetter, kehrte
zurück zu taufen und tragödien,
den schlagzeilen, von denen
*ich eine war.**

(Jan Wagner)

Kim, greif das Seil. Ich zieh Dich hoch.
Luzi

* Jan Wagner, Regentonnenvariationen, Hanser Berlin, München 2014, mit freundlicher Genehmigung des Hanser Verlags

EPILOG

Möwen kreischen. Leise dringt ihr Ruf zu uns rein. Schwarz zu Blau. Es ist unglaublich, wenn das Meer erwacht. Ich kann meinen Blick nicht von diesen Wellen lassen. Eine Naturgewalt.

»Hilfst du mir mal auf die Terrasse?«, frage ich Luzi, die auch schon wach ist.

»Sicher«, höre ich von der Seite. Sie öffnet die Terrassentür. Ich lege meinen Arm um ihre Schultern. Langsam, unsicher, auf sie gestützt trete ich nach draußen. Jede Bewegung schmerzt.

Der Wind ist brutal. Aber ich halte ihn aus. Sie hält ihn aus. Sie hält mich. Sind Landschaften ein Spiegel der Seele? In diesem Fall ja. Zerzaust. Zerklüftet. Gefährlich. Aber ich kämpfe nicht allein. Eine Kriegerin steht an meiner Seite. Ich bin bereit. Wir sind bereit.

TEXTNACHWEISE

S.128 Songzeile aus *Schreit den Namen meiner Mutter* von Tomte, veröffentlicht auf dem Album »Schreit den Namen meiner Mutter« 2003

S.174 Songzeile aus *The Pretender* von Foo Fighters (writers: Taylor Hawkins, Dave Grohl, Chris Shiflett, Nate Mendel), veröffentlicht auf dem Album »Echoes, Silence, Patience and Grace« 2017

S.183 Songzeile aus *Alles neu* von Peter Fox, veröffentlicht auf dem Album »Alles neu« 2008

S.185 Songzeilen aus *Schwarz zu blau* von Peter Fox, veröffentlicht auf dem Album »Stadtaffe« 2008

S.209 Songzeile aus *Territorial Pissings* von Nirvana (writers: Kurt Cobain, Chet Powers), veröffentlicht 1991 auf dem Album »Nevermind«, DGC Records

S.245 Songzeilen aus *Beate Zschäpe hört U2* von Antilopen Gang veröffentlicht auf dem Album »aversion« 2014

S.247 Songzeile aus *Anti Alles Aktion* von Antilopen Gang, veröffentlicht auf dem Album »aversion« 2014

S.256 Songzeilen aus *Skandal im Sperrbezirk* von Spider Murphy Gang, veröffentlicht auf dem Album »Dolce Vita« 1981

S.279 Songzeilen aus *Perfect Day* von Lou Reed, veröffentlicht auf dem Album »Transformer« 1972

S. 283/284 Jan Wagner, Regentonnenvariationen © 2014 Hanser Berlin in der Carl Hanser Verlag GmbH & Co. KG, München